KB159255

"나는 너를 통해 세상을 보고, 너는 세상을 통해 나를 보게 된다.
아들이 아버지가 되고, 아버지는 아들이 된다."

영화 〈슈퍼맨〉, 말론 블랜도의 대사 中에서

아빠는

나
무
다

아빠는

나무다

이태범 장편소설

가연

CONTENTS

개미와 꿀벌

눈이 내린다.

함박눈이다.

올해 겨울은 유난히 눈을 보기 힘들다 싶더니만 보란 듯이 펑펑 쏟아지고 있다.

마감에 쫓겨 온종일 책상에 앉아 키보드를 두드려대던 영호는 문득 창밖을 내다봤다가 하얗게 변한 설경에 시선을 뺏겼다. 날씨 탓인지 따끈한 정종이나 소주 한잔 걸쳤으면 좋겠단 생각을 하고 있는데 취재를 나갔던 여자 후배가 사무실로 들어오며 영호를 불렀다.

"선배, 손님이 찾아왔는데요?"

"손님?"

그때서야 영호는 창밖의 설경에서 시선을 떼고 고개를 돌렸다. 무심코 허리춤의 호출기를 보니 무려 스무 통이 넘는 메시지가 와 있다. 모두 한 사람이 보낸 것 같은데 처음 보는 번호였다. 아마도 사무실로 찾아왔다는 사람인 것 같았다. 하지만 그게 누구인지 짐작조차 할 수 없었다.

"누구지⋯⋯."

"모르겠는데요. 근데 여자는 아니에요. 들어오시라니까 그냥 밖에서 기다리겠다던데요."

후배가 짓궂게 웃으며 말했다.

영호는 고개를 갸웃하고는 자리에서 일어나 복도로 나갔다. 복도에는 낯익은 얼굴의 사내가 서성이고 있었다. 낡은 청바지에 후줄근한 야상 차림만 봐도 누군지 대번에 알 수 있었다. 대학 동창인 석진이었다.

"어? 이게 누구야. 갑자기 무슨 일이야, 연락도 없이."

"오랜만."

석진은 영호를 보더니 어색하게 손을 흔들어 보였다.

"어떻게 된 거야, 갑자기."

"어, 지나다가 그냥⋯⋯."

"야, 그런데 어떡하냐. 우리 오늘 마감이거든. 주간지라서 매주 아주 전쟁이다."

"마, 마감이었어? 내가 날을 잘못 잡았구나. 그럼 다음에 다시 올게."

석진이 미안한 듯 말끝을 흐리며 흘끗 엘리베이터 쪽을 쳐다보았다. 이대로 그냥 돌아가야 할지 망설이는 것 같았다. 일 년 만에 만난 친구를 그냥 보내기도 그렇고, 조금 전까지 간절했던 술 생각을 상기한 영호는 석진의 팔을 붙잡았다.

"그러지 말고 요기 앞에 사우나 있거든. 거기서 기다려라. 시간이 좀 걸릴 것 같으니까 배고프면 라면도 시켜 먹고. 내가 사우나비 줄게."

영호가 주머니에서 지갑을 꺼냈다. 그러자 석진은 손사래를 치더니 정색한 얼굴로 나직이 말했다.

"됐고. 편하게 일 마무리하고 와. 오랜만에 백수처럼 뒹굴뒹굴하고 있을 테니까."

"아, 그럴래? 그럼 이따 보자. 내가 최대한 빨리 끝내마."

"알았으니까 마감이나 잘해."

석진은 주머니에 손을 찔러 넣고 털레털레 엘리베이터로 걸어갔다. 영호는 석진의 뒷모습을 물끄러미 바라보다 서둘러 일을 마무리 져야겠단 생각에 황급히 사무실로 들어갔다.

창밖엔 여전히 하얀 눈이 쏟아지고 있었다. 영호는 자리에 앉으려다 말고 다시 설경에 시선을 빼앗겼다. 안 그래도 술 생각이 간절했는데 타이밍이 참 좋다고 생각했다.

*　　*　　*

"이게 얼마만이냐. 잘 지냈지?"

영호는 기다리게 한 것이 미안했는지 석진의 잔에 술을 가득 따랐다. 석진은 대수롭지 않다는 듯 단숨에 술을 들이켰다. 영호는 빈 잔에 다시 술을 따라주고 흘끗 주위를 둘러보았다. 평일이고 자정에 가까운 시각이라 그런지 빈 테이블이 많았다. 11시가 넘어서야 가까스로 마감을 마친 영호는 사우나로 달려가 석진을 데리고 감자탕을 파는 인근 술집으로 왔다.

"나야, 뭐. 넌 어때?"

석진이 영호의 잔에 술을 따르며 물었다.

"나야 만날 그렇지. 야야, 이게 말이 언론사지, 동네 구멍가게 같은 곳이라 일인이역, 삼역을 해야 살아남아. 후우, 그렇다보니 마누라하고 애 얼굴 한 번 보는 게 원고 오타 찾는 것보다 훨씬 더 어렵다. 넌 어때? 작년에 봤을 때는 일이 잘 풀린다고 건방을 떨더니……. 야! 옷차림은 그게 뭐냐, 명색이 사장님이. 청바지에 군복 야상? 10년 전이나 지금이나 똑같냐. 요즘도 안에 깔깔이 입고 다녀? 그리고 너, 애인은 구했냐? 작년에 만날 때 거의 맛이 간 널 데리러 나갔던 걔하고는? 너 인마, 그날 걔하고 여관 갔었지? 아니, 걔가 널 데리고 갔던가?"

영호는 이 순간만을 기다렸다는 듯 속사포처럼 질문을 쏟아냈다.

"하나씩 물어봐. 그 급한 성격은 나이를 한 살 더 처먹어도 변하질 않냐? 술이나 빨리 따러."

석진은 황당하다는 얼굴로 영호를 쳐다보며 빈 잔을 내밀었다. 영호는 미안한지 어깨를 으쓱하고는 석진의 잔에 술을 따랐다.

"반가워서 그래, 반가워서."

두 사람은 같은 대학 신방과 동기였다. 거기다가 교내 신문사에서 4년간 한솥밥을 먹으며 취재기자와 사진기자로 지낸 단짝이었다. 그렇게 매일같이 붙어 다니던 두 사람이었지만 졸업 후에는 서로 다른 삶을 살고 있었다.

대학 졸업 후에도 딱히 진로를 정하지 못해 끌려가듯 군대를 다녀와 선배의 소개로 주간지 기자 생활을 하는 영호와는 다르게 석진은 돈 많은 아버지를 둔 덕분에 남들처럼 악전고투를 하는 일도 없이 제법 자리를 잡아가고 있는 어엿한 사장님이었다.

"너, 계속 이렇게 살 거냐?"

석진이 숟가락으로 감자탕을 뒤적이며 지나가는 투로 물

었다. 영호는 잔을 입으로 가져갔다가 멈칫하더니 화제를 돌리려는 듯 능글맞게 웃었다.

"우리, 정말 오랜만이지? 오늘 한번 코가 삐뚤어 질 때까지 마시는 거다. 우리 마누라는 마감하는 날엔 으레 집에 안 들어오려니 하거든. 아주 타이밍도 죽이잖냐?"

영호가 일부러 동문서답하고 있다는 걸 알면서도 석진은 개의치 않았다.

"영호야, 우리 대학 1학년 때 학보사 MT를 갔을 때 기억하냐?"

석진이 너무 정색하는 표정으로 묻자 영호도 웃음을 멈추고 굳은 얼굴로 쳐다봤다.

"새벽까지 술 먹다가 다 뻗어버리고, 너하고 나하고 둘이 남게 되었지. 그때 네가 나한테 이렇게 물었어. '나이 서른에 우린 뭘 할까?' 나는 그날, 그런 질문을 하는 네 눈빛을 보면서 깜짝 놀랐어. 아니 놀랐다기보다는 신기했지. 있잖아, 이렇게 말하면 네가 어떻게 생각할진 모르겠다만 그 후부터 너를 주의 깊게 지켜봤고, 시간이 흐르면 흐를수록 너의 말과 행동 하나하나는 나의 판단 기준이 되어 주었어. 그래서인지 요즘도, 정말 답이 안 나오는 상황에 직면하면 '이런 상황에서 영호는 어떤 판단을 하고, 어떤 행동을 할까?'라는 가정을 해봐. 그리고 그렇게 가정해서 판단하고 실행한 것의 결론은 항상 좋았어. 예나 지금이나 너는 나의 모범답안이야. 아니, 나뿐만 아니라 주변 사람들에게도 그럴 거야."

말을 마친 석진이 술을 단숨에 들이켰다.

영호는 멀뚱히 석진을 보며 뭐라고 대꾸하면 좋을지 고민했다. 분명히 칭찬하는 것 같긴 한데 이렇게 대놓고 말을 하니 뭔가 어색하고 멋쩍었다.

영호는 분위기를 바꿔볼 요량으로 다시 능글맞게 웃으며 석진의 잔에 술을 따랐다.

"솔직히 말해봐. 너, 무슨 일 있지? 뭐야, 또 무슨 사고를 쳤어? 짜식 또 여자 건드렸구나. 누구야? 이번에도 유부녀냐? 그러니까 인마 자유로운 영혼도 좋지만 빨리 짝을 찾아서 결혼을 해. 좋은 시절도 한때라고."

"우리 십년 후엔 어떻게 되어 있을까? 뭘 하며 살고 있을까?"

"어? 십년 후라면……."

느닷없는 질문에 영호가 당황해서 답을 궁리하는데, 석진이 자기 잔에 술을 따르며 넌지시 말을 꺼냈다.

"영호야, 나 멀리 떠난다. 아마 몇 년간 못 볼 거야."

도무지 종잡을 수가 없었다. 일 년 만에 만난 친구는 계속 알 수 없는 말만 늘어놓고 있었다.

"떠나다니? 그건 또 무슨 소리야? 너 오늘 왜 이래? 아무래도 수상하다, 너. 작년에 만났을 때만 해도 사업 잘 되고 있다고 했잖아. 그새 무슨 일 있었냐? 너희 아버지는? 하나뿐인 아들인데 그냥 내버려둬?"

영호는 흥분한 나머지 자기도 모르게 언성을 높였다.

석진이 피식 웃었다.

"그게 아니고. 뭐랄까, 이젠 개미처럼 사는 것은 지겨워. 꿀벌처럼 살아볼래. 그냥 그러고 싶어졌어."

이건 또 무슨 뚱딴지같은 소리인가. 영호는 눈을 휘둥그레 뜨며 대학시절의 단짝 친구를 쳐다봤다.

"뭐? 개미? 꿀벌? 너 벌써 취했냐."

"모르냐?"

"뭘 몰라?"

"우리가 지금까지 배운 거라고는 개처럼 기라면 기는 것, 잠을 덜 자고서라도 남들보다 하나라도 더 만들어내는 것, 남들이 모두 안 된다는 것을 수단과 방법을 가리지 않고 악착같이 해내는 것뿐이니, 구멍가게 몇 개 더 늘이려고 남들한테 싫은 소리 앓는 소리 번갈아 하면서 생쇼를 다하고, 그러면서 돈 몇 푼 쥐고 나면 세상을 다 얻은 냥 거들먹거리며 다니는 내가 한심스럽고 역겨워 보이더라고. '내 나이 서른에 나는 벌써 이것을 이뤘습니다.'라며 세상 사람들에게 내세웠던 것이 결국 나를 '독선'과 '오만'이라는 감옥에 가두어 버리고 말았지. 그래서 반성하려고 가는 거야. 기려면 제대로 기어야지. 하나 쓸데없는 자존심 뒷구멍에 살짝 숨겨놓고 기는 척할 순 없잖아."

석진이 일장연설을 하는 동안, 영호는 말없이 술을 들이켰다. 잠깐 사이에 빈 병이 하나 더 늘어났다. 가게 주인이 조용히 다가와 새로 술을 내놓고 빈 병을 가져갔다.

"그래서 넓은 곳에 가서 큰 장사 한 번 제대로 배워보려고 아버지 소개로 미국에 있는 회사로 들어가. 해외 부동산 개발과 무역을 전문적으로 하는 회산데, 거기서 공부도 좀 더 하고. 이번에 가면 5년 정도 있다가 들어 올 것 같아. 앞으로 5년 동안, 아니 그것도 모자라면 몇 년을 더 투자해서라도 내가 10년 후에 뭘 하고 있을지, 어떤 것에 내가 행복해하며 살아야 할지 확실하게 찾아서 올 거야. 물론 결혼도, 자식을 얻는 것도 별개로 생각하지 않고 10년 후의 나의 모습 중 하나의 부분으로 생각하기로 했어."

석진의 이야기가 끝나자 영호는 기다렸다는 듯이 물었다.

"언제 출국 하냐?"

"다음 주 월요일."

"몇 시 비행기?"

"오후……."

그 뒤의 대화는 대부분 단답형으로 이루어졌다. 마치 서로 어색함을 무마하려는 듯 다소 무성의하면서도 의미 없는 문답이 오갔다. 그러다가 문득 취조하는 분위기처럼 느껴져서 서로 잠시 입을 다물었다. 침묵이 길어지자 먼저 말을 꺼낸 쪽은 석진이었다. 아마도 자기 때문이라는 것을 자각한 탓인지 대학시절 이야기까지 들먹이며 분위기를 바꿔보려고 했지만 별반 도움이 되진 않았다. 결국 어느 순간부터는 다시 침묵 속에서 잔만 기울였다.

새벽 두 시쯤 술집을 나온 영호는 불콰하게 취한 석진을 먼저 택시에 태워 보내고 담배를 피워 물며 멍하니 밤하늘을 바라보았다. 여전히 눈발이 흩날리고 있었다. 영호는 담배를 피우며 석진이 했던 이야기를 되새김질했다.

'10년 후라……. 개미는 뭐고, 꿀벌은 또 뭐야. 그럼 나도 개미처럼 사는 건가? 꿀벌은 뭐가 다른 건데…….'

술기운 때문인지 생각이 실타래처럼 엉켰다.

영호는 머리를 세차게 흔들고는 담배를 비벼 끄고 다시 술집으로 돌아갔다. 그러고는 안주로 삼을 돼지껍데기를 얻은 후, 슈퍼에 들러 소주 네 병을 샀다. 처음에는 사우나로 가려다가 생각을 바꾸어 사무실로 발길을 돌렸다. 어차피 집으로 가는 막차도 끊겼고, 여느 마감 날처럼 사우나에 가서 노가다꾼들과 술이나 푸며 낄낄거리는 것이 영 내키지 않아서였다. 사무실로 가니 후배 현수가 소파에서 코를 골며 자고 있었다. 아마도 영호와 마찬가지로 마감을 끝내고 누군가와 술을 마시고는 집에 가는 걸 포기하고 사무실로 돌아와 자는 모양이었다.

영호는 점퍼를 벗어 후배에게 덮어주곤, 자기 책상으로 가서 앉았다. 그러고는 병을 따서 잔도 없이 들이키고는 술집에서 얻어온 돼지껍데기를 입에 넣고 우물우물 씹었다. 오랜만에 찾아온 석진은 영호에게 묘한 화두만 던져주고 가버렸다. 어쩌면 그것은 영호도 오랫동안 고민을 해왔던 것일지도 몰랐다. 그래서 이렇게 가슴이 먹먹한 것이리라.

영호는 의자등받이에 몸을 깊게 묻으며 창밖을 내다보았다. 잠시 소강상태였던 눈발이 다시 굵어지고 있었다.

"개미와 꿀벌이라……."

*　　　*　　　*

"아니 언제까지 잘 거야. 이제 좀 일어나지? 지금 몇 시인지 알기나 해? 밥이라도 먹고 자. 아침도 건너뛰었잖아!"

영호가 깨어나길 기다리다 지친 수진은 팔을 걷어붙이며 남편을 흔들어 깨웠다. 마감이라더니 술 냄새를 풀풀 풍기며 새벽녘에 들어와서는 정오가 다 되도록 이불 속에서 나올 생각을 하지 않았다. 말로는 오랜만에 친구가 찾아와서 술을 마셨다곤 하는데, 그런 것치고는 너무 과음한 것 같아 미덥지가 않았다.

"뭐야, 어제 술 마셨다더니 어디 좋은 데라도 다녀왔어? 엉뚱한 데서 힘쓰고 왔구나. 그러니 이렇게 빌빌거리지."

수진이 이불을 확 잡아당기자, 영호는 뒤척거리며 매트 밑으로 굼벵이처럼 기어들어갔다. 수진은 혀를 차고는 잔소리를 늘어놓기 시작했다.

"하기야 그런데 갈 능력도 없지. 사우나 외상값 밀려서 그냥 사무실에서 잤지? 그냥 전화하고 택시 타고 오지 그랬어? 저번처럼 택시비 안 들고 나갈까봐? 빨리 일어나, 밥 차려놨으니깐 먹어. 좀 있다 동식이 예방접종 맞히러 보건소 가는데, 같이 갈 수 있지? 태어나 처음 맞는 예방접종인데 기념사진이라도 한 방 찍고 와야지."

도무지 일어날 생각을 하지 않던 영호는 아들 이름을 듣자마자 언제 그랬냐는 듯 벌떡 일어났다. 누가 아들 바보 아니랄까봐 동식을 찾아 두리번거리는 남편을 보며 수진은 고개를 절레절레 흔들더니 눈짓으로 작은방을 가리켰다.

"동식아!"

영호는 무릎걸음으로 걸어가 문을 열더니 작은방으로 들어갔다. 뭐가 그리 좋은지 아이가 자지러지는 웃음소리를 냈다. 영호도 껄껄거리며 어린 아들에게 계속 말을 걸었다. 마치 아빠의 이야기를 알아듣기라도 하듯 동식도 옹알이로 대꾸했다. 밖에서 부자지간의 대화를 가만히 듣던 수진은 못 말리겠다는 듯 고개를 가로저었다.

"뭐가 그리 좋누. 적당히 하고 밥 먹어. 오후엔 출근해야할 거 아냐. 빨리."

아내의 성화에 못 이겨 식탁에 앉은 영호는 벽시계를 보고서야 여유가 별로 없다는 걸 깨닫고 허겁지겁 밥을 먹었다. 그사이에 수진은 외출복으로 갈아입고 병원에 갈 준비를 했다. 마음이 급해진 영호는 국에 밥을 말아 후루룩 마시고는 요란하게 트림을 했다. 옆에서 아내가 더럽다는 듯 눈을 흘기자 능글맞게 웃어보였다.

"예방접종은 어디서 할 거야?"

영호가 물었다.

"보건소에서 하려고."

"보건소?"

영호는 출근을 조금 미루고 아내를 따라 보건소로 가기로 했다. 아내가 혼자서도 충분하다고 했지만 영호는 동행하겠다며 고집을 부렸다. 남편의 성격을 잘 아는 수진은 두 번 토를 달지 않았다.

"가까운 병원 두고, 왜 그런 데 가려고 해. 가뜩이나 길도 미끄러운데. 아, 버스는 또 왜 이리 안 와."

무슨 까닭에선지 마을버스가 30분이 지나도록 오질 않았다. 기다리다가 지쳤는지 영호가 시계를 보며 투덜거렸다. 시간도 시간이지만 혹여나 아들이 감기라도 걸릴까 노심초사하는 모습이 역력했다.

"그런 데라니? 무슨 말이야. 보건소 가면 무료야. 그리고 보건소가 어때서? 요즘은 어지간한 개인병원보다 훨씬 나아."

수진이 남편을 돌아보며 말했다.

"아니, 공짜가 아무리 좋아도 그렇지. 추운 날 이 고생을 해가면서 꼭 가야해? 이러다 동식이 감기라도 걸리면 어쩌려고 그래."

영호가 툴툴거렸다.

"꼭 공짜라서 가는 거 아니야! 나도 애 엄마야. 엄마라는 사람이 설마 애를 나쁜 곳으로 데려가겠어?"

수진은 잠시 말을 끊더니 주위를 한번 두리번거렸다. 그러고는 작심한 듯 말을 이었다.

"그리고 누군 이러고 싶어서 이러니? 돈이나 많이 벌어오면서 뭐라고 그러든가. 당신 알아? 지금 우리 형편엔 보건소가 어울려. 애는 크면 클수록 돈이라는데……. 나 동식이 돌만 지나면 전에 다니던 회사 나갈 거야. 거기서도 빨리 나오래."

영호는 황당하다는 얼굴로 아내를 쳐다보았다.

"애는 어쩌고?"

"어머니한테 맡길 거야."

수진이 당연하다는 듯 대꾸했다.

영호는 입을 다물었다. 이런 대화는 길게 해봐야 서로에게 좋을 게 없었다. 무엇보다 '돈' 이야기만 나오면 한없이 작아지는 자신이 싫었다. 그래서 자기도 모르게 자격지심이 나와 말실수라도 할까봐 그냥 침묵하는 게 낫다고 생각했다. 불현듯 간밤에 석진이 찾아와 했던 이야기가 떠올랐다.

'개미와 꿀벌. 역시 나도 개미에 속하는 인간일까? 그럼 내가 살고 있는 여긴 개미굴이 되는 거고?'

버스에서 내린 영호는 한동안 말없이 아내 뒤만 졸졸 따라갔다. 그런 남편을 의식했는지 수진은 걸음을 옮기다가도 이

따금 흘끗 뒤돌아보곤 했다.

이윽고 보건소 입구에 이르자 수진은 멈추어 서서 따라 들어오라는 눈짓을 하고는 문을 열고 들어갔다. 영호는 잠시 머뭇거리다가 마지못해 아내를 따라 들어갔다.

보건소 안은 영호가 예상했던 것 이상이었다. 동사무소를 개조해서 만든 것처럼 보이는 실내는 깨끗하고 널찍했으며, 안내데스크의 간호사는 마치 의전행사를 나온 도우미처럼 친절하게 맞이해 주었다.

'어, 괜찮네?' 그렇게 잠시 딴생각을 하고 있는데 느닷없이 아이 울음소리가 들려왔다. 영호는 퍼뜩 정신을 차리고 동식을 찾았다.

"동식아!"

방금 접수를 마친 아내가 무슨 일이냐며 영호를 쳐다보았다.

"저거 봐. 보건소는 바늘을 싼 거 쓰니까 애들이 저렇게 울잖아."

영호의 이야기를 들었는지 간호사가 흘끗 보며 피식 웃더니 수진을 접종실로 안내했다. 그리고는 불안한 표정으로 진료실 앞에서 서성거리는 영호에게 돌아와 나직이 말했다.

"여기는요. 어른들도 예방접종 받으러 많이 오시거든요?

오신 김에 아버님도 독감 예방접종 받고 가세요. 올 겨울 감기는 어른도 조심해야 해요."

그렇게 말하고는 영호의 팔뚝에 주사를 놓는 제스처를 취하며 눈을 찡긋 했다.

"어른들은 특별히 더 싼, 이만한 바늘로 놔드리거든요?"

영호가 뜨악한 표정으로 쳐다보자 간호사는 뭐가 재미있는지 키득거리며 데스크로 돌아갔다. 뭐 저런 여자가 다 있나 싶어 간호사를 쳐다보는데 그새 접종을 마쳤는지 아내가 동식을 안고 진료실에서 나왔다. 다행히 주사가 아프지 않았는지 동식은 생글생글 웃고 있었다.

"가자, 접종 다 했어."

"뭐, 벌써?"

영호가 놀란 얼굴로 되물었다.

"그럼 주사 하나 놓는 데 얼마나 걸린다고."

"동식이, 안 울었어?"

"당연히 울지. 바늘로 찌르는데 안 울 애가 어디 있어?"

"그런데 지금은 왜 안 울어?"

"뭐야, 그럼 애가 지금까지 울고 있어야 돼? 이리 나와. 기념사진 찍게. 보건소에서 즉석카메라로 찍어준대."

"사진?"

영호가 무슨 소리냐며 돌아보는데 안내데스크의 간호사가 웃는 얼굴로 폴라로이드 즉석카메라를 들고 다가왔다.

　"첫 번째 예방접종 기념으로 저희가 사진 한 장 찍어 드릴게요."

　볼수록 이상한 여자라고 생각하고 있는데 미처 준비할 틈도 주지 않고 간호사가 셔터를 눌렀다. 플래시가 터지고 몇 초 후에 인화된 사진이 나왔다. 간호사는 싱긋 웃으며 사진을 몇 번 흔들더니 영호에게 건넸다.

　"실물보다 훨씬 잘 나왔어용."

　영호는 떨떠름한 얼굴로 사진을 받았다. 느닷없이 찍은 탓인지 사진 속 영호의 표정은 정말 가관이었다. 아내는 사진을 보더니 뭐가 그리 재미있는지 웃음을 터뜨렸다. 어린 아들에게도 보여주면서 은근히 남편을 놀렸다.

　못마땅한 얼굴로 보건소를 나온 영호는 정류장으로 향하던 중 다시 사진을 꺼내 보았다. 아무리 봐도 맘에 들지 않았다.

　"동식 엄마. 우리 다시 가서 찍으면 안 돼? 내가 너무 멍청하게 나왔잖아. 봐, 뭐야 이게. 이거 보관했다가 나중에 동식이 크면 보여줄 거야?"

　아내는 피식 웃기만 했다.

　"잘 나왔는데 왜 그래. 이런 모습도 보여주고 그러는 거지.

자연스럽고 좋은데 뭐."

"좋긴 뭐가 좋아. 완전 맹구잖아."

영호는 여전히 불만스럽다는 듯 투덜거렸다.

"자기야."

갑자기 수진이 콧소리를 내며 영호에게 바짝 다가섰다.

"왜 그래 또. 괜히 긴장되게……."

"어제 원고도 마감했고, 오늘은 그냥 집에서 쉬면 안 돼? 동식이 첫 예방접종 기념으로 파티도 할 겸."

"아니, 애 예방접종한 게 무슨 기념할 일이라고 파티씩이나 해."

"여보, 그러지 말고 오늘은 그냥 제껴라. 응? 간만에 나 양념치킨이 먹고 싶단 말이야."

아내가 눈웃음을 친다. 한창 연애하던 시절에 보여주었던 그 모습이다. 영호가 한눈에 반하게 만들었던 그 웃음.

"아무리 그래도……."

마음이 약해진 영호는 말끝을 흐렸다.

"여봉, 치킨 먹자, 양념치킨. 응? 응?"

영호는 졌다는 듯 짧게 한숨을 내쉬며 고개를 끄덕였다.

"그럼 우리 사진이라도 다시 찍으면……."

그때 정류장으로 버스가 들어왔다.

"앗! 버스다. 빨리 타자, 빨리!"

*   *   *

　결국 사무실에 나가지 못했다. 아내가 바라는 대로 주문한 양념치킨에 맥주 몇 잔을 곁들인 게 원인이었다.

　처음에는 간단히 목만 축이고 틈을 봐서 사무실에 나가려고 했는데 맥주가 목구멍으로 넘어가자 생각이 바뀌고 말았다. 어차피 마감도 끝냈고 딱히 별일이 있을까 싶어 술기운을 핑계로 그냥 무단결근을 해버렸다. 예의상 회사에 전화를 걸어보았더니 마침 편집장도 자리를 비웠다. 대충 전화 받은 직원에게 메모를 남기는 걸로 마무리하고, 모처럼 아내와 술을 마시며 오붓한 시간을 보냈다. 뒷감당할 일을 생각하면 무리수를 뒀나 싶지만 이런 일탈도 나쁘지 않다고 생각했다. 술상을 치울 때쯤 어린 아들이 칭얼대며 잠에서 깨어났다. 아마도 예방접종을 한 탓인지 그 뒤로 몇 번이고 잠에서 깨어 우는 바람에 조촐한 술자리는 그쯤에서 정리해야 했다.

　아내가 작은방으로 건너가 아들을 달래는 동안 영호는 담배를 들고 베란다로 나갔다. 어제 내린 눈으로 하얗게 변한 아파트 주차장이 눈에 들어왔다.

영호는 담배를 피워 물고 빙판길에서 주차를 하느라 애를 먹고 있는 승용차를 물끄러미 바라보았다. 하지만 단지 시선만 둘 뿐 생각은 다른 데 가 있었다. 이상하게 어젯밤 이후로 석진의 이야기가 계속 머릿속에서 맴돌았던 것이다.

영호는 다 피운 담배를 비벼 끄고 주머니에서 지갑을 꺼냈다. 그리고 지갑 사이에 껴둔 사진을 꺼내려는데 베란다 문이 열리며 아내가 고개를 내밀었다.

"날도 추운데 거기서 뭐해?"

"어? 아, 담배 좀 피우느라고."

"당신 오늘 참 이상하네. 무슨 일 있는 거야? 아니면, 혹시 아직도 사진이 걸려서 그래? 그럼 내일 다시 찍으러 갈까?"

영호는 슬그머니 지갑을 주머니에 넣으며 고개를 가로저었다.

"아냐, 그런 거. 첨엔 별로였는데 자꾸 보니까 나름 괜찮네."

"그럼 왜 그래? 어제 석진 씨랑 싸우기라도 했어?"

아내가 집요하게 물었다.

"아니라니까 그러네. 춥다. 그러다가 감기 걸릴라. 얼른 문 닫아. 나 한 개비만 더 피우고 들어갈게."

영호는 빙긋 웃으면서 담뱃갑을 흔들어 보였다.

수진은 못미덥다는 눈으로 남편을 쳐다보고는 마지못해

문을 닫고 들어갔다.

영호는 담뱃갑을 주머니에 도로 넣고 다시 지갑을 꺼내 신분증 뒤에 반으로 접어서 넣어둔 사진 두 장을 조심스럽게 꺼내 펼쳐보았다. 한 장은 임신 8주차에 찍은 아들의 초음파 사진이고 또 다른 사진은 탄광을 배경으로 무뚝뚝한 표정을 짓고 있는 아버지의 사진이었다.

영호는 사진들을 조용히 어루만졌다.

"개미와 꿀벌. 그러고 보면 울 아버지는 개미셨네, 개미셨어……."

영호는 묘한 표정을 지으며 쓰게 웃었다. 그러고는 사진을 지갑에 넣고 다시 아내의 성화가 있기 전에 서둘러 안으로 들어갔다.

이틀에 걸쳐 술을 마신 여파인지 영호는 늦잠을 자버렸다. 눈을 떴을 때는 아내도 식탁에 밥상만 차려놓고 아들과 외출한 뒤였다. 영호는 서둘러 집을 나서긴 했지만 무단결근에 지각까지, 상사에게 깨질 생각에 머리가 아플 만도 한데 이상할 정도로 무덤덤했다. 운이 따랐는지 사무실에 출근하니 편집장은 급한 용무가 있어서 자리를 비우고 없었다. 그런데 영호를 바라보는 사무실 동료들의 시선이 어딘가 평소랑 달랐다. 괜히 불편해진 영호는 다시 사무실을 나와 버렸다. 그러다가 건물 로비에서 취재를 마치고 돌아오던 현수와 마주쳤다.

"이 선배, 어떻게 된 거야. 어젠 또 왜 안 나왔어? 오늘도 선배 늦게 나온다며 편집장님이 아주 노발대발하면서 앞으로 마감 날에는 무조건 술 먹지 말고 집으로 바로 직행하라고 엄명을 내렸어. 대신에 뭐 마지막 주 마감에는 회식을 시켜준다고는 했지만."

"개뿔, 생색은. 야, 퇴근 시간도 다 됐는데 우리 요 앞 감자탕 집에 가서 소주나 빨자. 내가 쏠게."

"나, 기사도 써야 하는데……."

"기사는 새꺄, 내일 써. 따라 와."

영호는 막무가내로 현수를 이끌고 감자탕 집으로 갔다.

가게 주인이 단골손님들을 반갑게 맞아주었다. 안주를 기다리는 동안 술부터 달라고 하자 인심 좋은 가게 주인이 서비스라며 갓 담은 김장김치와 생굴을 가져다주었다. 영호는 헤벌쭉 웃으며 감사하다고 했다.

"야, 마셔라. 아주 굴이 싱싱하다."

영호가 현수의 잔에 술을 따라주었다.

"형, 진짜 이상하네."

현수는 장소가 바뀌자 덩달아 호칭도 선배에서 형으로 바꾸었다. 영호는 술이나 마시라며 잔을 부딪쳤다.

"이러다가 편집장님이 보면 아주 난리난다."

현수가 밖을 흘끗 살피며 말했다.

"야야, 됐다고 그래. 편집장? 그 새끼는 자기 손으로 기사한 줄도 못 쓰는 주제에 뭔 말이 그리 많대. 까짓 하루 쉬면 어때. 내가 마감을 펑크 냈나. 하여간에 그 새끼는 매사에 불만만 많아."

영호는 술도 마시기 전에 취한 사람처럼 얼굴을 붉히며 상사의 험담을 늘어놓았다. 현수는 평소랑 다른 영호의 모습에 무슨 일인가 싶어 술을 마시다가 말고 물끄러미 쳐다보았다.

"야, 마셔. 술은 마시라고 있는 거야."

하지만 현수는 잔을 내려놓았다.

"형, 정말 무슨 일 있지? 아냐, 분명히 뭔가 있어. 그치? 솔직히 말해봐. 다른 사람은 몰라도 나한텐 말할 수 있잖아."

영호도 술잔을 내려놓았다.

"현수야."

"어, 말해."

현수는 어떤 이야기라도 들어줄 준비가 되었다는 듯 자세를 고쳐 앉았다.

"나 말이다. 지금 하는 기자질 말고, 다른 뭔가 새로운 것을 해볼까 싶다. 지금 이대로 살다가는 나이 사십이 되고 난 후에, 아니 그 전이라도 땅을 치고 후회할 것 같아."

영호의 말이 끝나기가 무섭게 기다렸다는 듯 현수가 받아 쳤다.

"지금 사는 게 뭐가 어때서? 언제는 나한테 '이만저만 해도 이렇게 사는 게 남 등쳐먹고 사는 거보다 훨씬 낫다.'고 말하던 사람이, 무슨 바람이 들어서 이래. 뭐야, 어제 석진이 형 만난다더니 또 무슨 헛바람이라도 들어간 거야. 가만, 내가 맞혀볼까. 분명히 그 형, 또 와서 돈 자랑 좀 했겠고. 뭐, 그래서 괜히 배 아프고 샘나니까 갑자기 돈이라도 벌고 싶어진 거야?"

현수는 직장 후배이기 전에 같은 대학을 나온 동문이기도 했다. 영호가 학보 캡틴 자리를 꿰찼을 때 신입생으로 들어온 게 현수였다. 영호와 마찬가지로 지방에서 올라와서 그런지 현수는 유독 영호를 잘 따랐다. 반면에 강남 도련님 출신인 석진과는 늘 거리를 두는 편이었고, 석진도 그런 현수를 건방지다고 여기며 잘 어울리려고 하지 않았다. 그래서 어제도 엄연히 같은 학교 선배인 석진이 찾아왔는데도 일부러 술자리를 피한 것이다.

"하여간에 그 형은 나이를 먹어도 변하질 않는구나. 아버지 잘 만나서 걱정 없이 자란 사람이 뭘 알겠어. 그냥 잊어.

괜히 헛바람 들어서 일을 벌이다가 나중에 후회하지 말고. 형수가 이 이야기 들으면 펄쩍 뛸 거야."

영호는 현수의 잔소리를 들으며 묵묵히 술을 마셨다.

"아, 진짜 오늘 이상하네. 형 왜 그래 정말."

현수는 영호의 침묵이 길어지자 조금 불안해졌는지 슬금슬금 눈치를 살폈다.

영호는 기어이 혼자서 술 한 병을 다 비우더니 새로 소주를 주문하고는 조용히 현수를 쳐다보았다. 현수는 괜히 긴장해서 마른침을 꿀꺽 삼켰다.

"너 말이야. 개미와 꿀벌의 차이가 뭔지 아냐? 개미는 말이야 졸라 뺑이 치고 일만 할 줄 알아. 하루 온종일 먹이를 져다 나르는 노가다만 반복하지. 그런데 꿀벌은 안 그렇잖아? 꽃가루를 수집하면서 꽃이 열매를 맺을 수 있게 수정도 해주고, 그리고 모은 꽃가루를 꿀이라는 것으로 재가공해 내잖아? 얼마나 멋져?"

"뭐야, 갑자기 벌레 타령이야. 이번 주에 그걸로 기사 쓰게?"

"나 지금 농담하는 거 아냐."

영호가 진지한 얼굴로 현수를 쳐다보았다.

그때 가게 주인이 주방에서 나와 주문한 감자탕과 함께 소주를 가져왔다. 덕분에 잠시 대화가 끊겼다.

영호는 새 술병을 따서 현수의 잔에 따라주고는 자기 잔에
도 따르며 말을 이었다.

"현수야. 우리 인생 두 번 사는 거 아니잖아? 한번 멋지게
살아봐야 하지 않아? 이런 소모적인 삶 말고 말이다. 서울
변두리 뒷골목에서 빌빌대는, 그 누구도 봐주지도 알아주지
도 않는 마이너리그 인생이 아니라 스스로에게도 그리고 남
에게도 뭔가 내세울 것이 있는, 그래서 수많은 사람들의 박
수와 부러움을 받고 사는 그런 메이저리그 인생 말이야. 지
금처럼 좆도! 사명감도 보람도 없는 일에 매달려 아까운 시
간을 허비하며 살다가 저기 위에서 불러서 가고나면, 누구
하나 와서 울어주기나 하겠어? 정승집 개가 죽어도 문상객
이 문전성시를 이룬다는데, 이렇게 살다가는 개만도 못하게
되는 거 뻔하잖아? 나중에 죽기 전에 동식이한테 뭐라고 말
할 거야. '동식아! 아빠 어영부영 살다가 이 꼴 났다. 그러니
깐 너는 이 아빠처럼 살지 마라.' 뭐, 이런 유언이나 남길 수
는 없잖아?"

현수는 영호의 말이 끝나자 피식 웃으며 그의 잔에 술을
따라주었다.

"역시 어제 뭔가 일이 있었나보네."

"왜? 내 개똥철학이 오늘은 별로냐. 언제는 감동 받는다더니. 너도 이제 나이를 먹더니 변하는구나."

"아, 또 왜 그런 소리를 해. 아냐, 아냐. 멋져, 아주 멋지고 끝내줘. 형이 최고야. 그래, 죽이네, 죽여."

"새끼가 남은 진지하다는데 농은……."

영호가 쓰게 웃으며 잔을 비웠다.

"알았어, 알았다고."

현수가 고개를 끄덕이며 술을 따랐다.

"그러니까 개미처럼 살지 말고 꿀벌처럼 살자는 거 아냐."

"그렇지!"

영호는 바로 그거라는 듯 손바닥으로 테이블을 소리가 나도록 내리쳤다. 그 바람에 주변의 시선이 두 사람에게 쏠렸다. 현수는 크게 당황하며 다른 손님들에게 고개를 숙여 사과했다. 그러고는 영호를 슬쩍 노려보았다.

"그래서 뭐 이제부터 꿀벌처럼 살겠다는 거야? 어떻게?"

"생각 중이다, 생각……."

그때였다.

낯익은 사람이 씩씩거리며 가게 안으로 들어왔다. 외근을 나갔다던 편집장이 앞을 지나다가 영호와 현수를 발견한 것이다. 현수는 출입문을 정면으로 보고 있어서 편집장을 바로 알아보고 자기도 모르게 벌떡 일어났다. 영호도 불콰하게 취한 얼굴로 뒤를 돌아보았다.

"오오, 편집장님! 이제 오시는 길입니까. 여기 앉으십시오. 뜨끈한 국물에 한잔 하시면서 몸도 녹이시고……."

영호가 능글맞게 웃으며 편집장에게 술을 권했다.

편집장의 얼굴이 붉으락푸르락 귓불까지 빨개졌다. 무단결근에 출근이 늦은 것도 모자라 근무시간에 술을 처마시고 있는 걸 보고 있으려니 부아가 치밀었으리라. 현수가 뭔가 사달이 일어나기 전에 편집장을 만류하려고 급히 다가섰다. 하지만 편집장이 먼저 손을 들어 현수를 제지하고는 씩씩거리며 영호를 노려보았다.

"야, 이 영호. 너 미쳤어? 지금 제정신이야. 너, 아주 간이 배 밖으로 튀어나왔구나. 야, 이 새끼야. 회사가 무슨 네 놀이터야. 출퇴근도 네 멋대로 하더니 이젠 그것도 모자라서 근무시간에 술을 처먹어? 마감 하나 끝내면 그냥 다 쫑이냐? 이러고 잘도 월급은 받아 처먹지. 이 양심도 없는 새끼야."

편집장이 삿대질까지 하며 언성을 높였다.

"아, 씨발. 더러워서 진짜. 그렇게 못 마땅하며 날 짜르면 되잖아. 너나 나나 같이 늙어가는 처지인데 툭하면 반말이고, 이젠 아주 욕을 대놓고 한다?"

영호가 갑자기 술기운이 올라왔는지 비틀거리며 일어나더니 주사를 부렸다.

"뭐? 지금 너라고 했냐?"

편집장이 눈을 부라렸다.

"이 새끼가 진짜."

"새끼, 새끼, 하지 마, 새끼야. 너나 나나 좆나 일만 해대는 개미 새끼인데 뭘 그리 잘났다고 유세냐, 유세는. 씨발, 그래. 난 이제 개미 새끼 안 하련다. 너나 벽에 똥칠할 때까지 개미처럼 살아라. 난 꿀벌이 될란다."

"뭐, 새끼? 허참, 이 자식이 정말 취했나. 이제 아주 헛소리까지. 야, 이 새끼야. 너, 정말 말 다했어!"

편집장이 고함을 지르며 영호의 멱살을 잡았다. 그러더니 짝 소리가 나도록 영호의 뺨을 갈겼다. 영호의 얼굴이 굳어버렸다. 순간 편집장도 아차 싶었는지 멱살을 놓았다. 아무리 그래도 손찌검까지 할 상황은 아니었다. 뒤늦게 실수를 깨달은 편집장은 뭔가 변명을 하려는 듯 입술을 달싹였다. 하지만 마땅한 말이 떠오르지 않는지 금붕어마냥 뻐끔거리기만 했다.

"저기, 이 기자. 그게 그러니까……."

영호는 눈을 부릅뜨고 편집장을 노려보며 화를 삭이려는

듯 주먹을 불끈 쥐고 입술을 파르르 떨었다. 그러다가 테이블에 놓인 술병을 낚아채듯 집더니 병째 벌컥벌컥 마시고 다시 거칠게 테이블 위에 내려놓았다. 그리고 입가에 묻은 술을 손등으로 훔치며 편집장을 사납게 노려보았다. 그 서슬에 놀란 편집장은 자기도 모르게 뒤로 한 걸음 물러섰다. 그걸 보고 영호가 갑자기 피식 웃었다.

"그래, 관두자. 관둬."

그러고는 성큼성큼 술집을 나가버렸다.

시소게임

전화벨이 울린다.

여기서도, 저기서도, 쉴 새 없이 전화가 걸려온다.

서른 평 남짓한 공간을 파티션으로 나눈 사무실 풍경은 마치 벌집을 보는 것 같았다. 상담원들은 칸막이로 가려져 옆 사람의 얼굴을 제대로 볼 새도 없이 전화기를 붙들고 고객을 응대하고 있었다. 점심시간인데도 자리를 비운 직원이 보이지 않을 정도로 몹시 분주했다. 바빠도 너무 바빴다. 한 사람이 자리를 비우면 다른 사람이 두 배로 바빠지니 눈치가 보여서 맘 편히 밥 먹으러 나가는 것도 쉽지 않았다.

구인광고를 보고 찾아온 경력직 영업자와 면접을 마치고 나온 영호는 한바탕 전쟁을 치르고 있는 직원들을 잠시 물끄러미 바라보았다.

주간지 기자를 때려치우고 후배 현수와 함께 쌈짓돈을 털어 생활정보지 회사를 세운 지도 벌써 서너 해가 지났다. 첫

해는 그야말로 맨땅에 헤딩을 하는 기분으로 고전을 면치 못했지만 이듬해부터는 단골도 늘어나면서 서서히 적자를 줄여나가더니 이제는 제법 자리를 잡았다.

"사장님, 저는 내일부터 출근하면 되는 겁니까?"

조금 전에 면접을 마친 사내가 영호의 눈치를 살피며 물었다. 영호는 그때서야 그에게 눈길을 주고는 그러라며 고개를 끄덕였다.

"네, 그래주면 우리로선 고맙죠."

"알겠습니다. 그럼 내일 뵙겠습니다."

사내는 꾸벅 허리를 숙이고는 돌아서서 사무실을 나갔다. 때마침 그와 교대라도 하듯 현수가 들어왔다. 현수는 눈짓으로 사장실에서 이야기하자는 신호를 보냈다. 영호는 알았다며 사장실로 들어섰다.

그때 아내에게서 전화가 걸려왔다. 영호는 현수에게 양해를 구하고 전화를 받았다.

"어떻게 됐어?"

영호는 아내에게 다짜고짜 물었다. 새로 이사 갈 집에 대한 이야기였다. 지금 사는 아파트는 집 주인이 세를 올리자고 해서 재계약을 포기했다.

"여기저기 다니면서 단독주택을 알아봤는데 거의 없어. 그래서 강남 쪽으로 가봤더니 괜찮은 아파트가 있네? 재개발된다는 소문도 있고."

"또 아파트? 아파트는 싫다고 했잖아. 그게 어디 사람 사는 데야? 닭들이나 사는 데지."

영호는 인상을 찡그렸다.

"아니야, 일단 와서 봐. 마음에 들 거야. 그리고 전세로 들어가느니 차라리 사는 게 나을 것 같아. 28평짜리는 5천만 원 정도 밖에 차이가 안 나. 어쩌지?"

"당신, 지금 집이야? 아니라고? 그럼 어딘데? 무슨 부동산이라고? 알았어. 기다려, 내가 바로 갈게. 만나서 이야기해."

"여보, 그게……."

영호는 아내의 대답도 듣지 않고 일방적으로 전화를 끊었다. 그러고는 한숨을 내쉬며 현수를 쳐다보았다. 현수의 표정도 그리 밝아보이진 않았다.

"넌 또 얼굴이 왜 그래? 나간 일이 잘 안 된 거야?"

영호가 물었다. 현수는 연극배우처럼 어깨를 으쓱하더니 소파에 털썩 주저앉았다.

"미치겠다, 미치겠어. 돈 날린 것도 날린 거지만, 어제부터 시달린 거 생각하면 이가 다 갈린다. 어휴. 어제 아침에 동부 지역 쪽에 배포된 정보지 있잖아?"

"왜? 누가 허위광고라도 실었어? 또 구인광고 쪽이구나. 이번에는 뭐야? 관리직 직원 모집한다고 가봤더니 목욕탕 때밀이래?"

영호가 장난스럽게 농을 하자, 현수는 정색하며 고개를 가로저었다.

"아니, 그런 건 우리 잘못이 아니니 당사자들끼리 이야기 하라면 그만이지. 뭐야, 형! 지금 정말 모르고 하는 소리야? 번호가 밀렸잖아. 그게 잘못 돼 가지고 다시 교정 봐서 찍느라 밤을 꼴딱 새고, 어제 배포된 거 수거하고, 이제야 다시 배포하라고 애들 보냈어. 두 페이지만 밀려서 다행이지. 으, 전체가 다 그랬어봐. 어제 오후는 항의 전화 받느라 아예 일을 못했잖아! 무슨 몇 백 만 원짜리 TV광고도 아니고 겨우 몇 만 원짜리 손톱만 한 광고 하나 내면서 상전도 그런 상전 처음 봤네. 전화를 딱 받으면 다짜고짜 '야! 이 새끼야!' 욕부터 해. 그러다가 조금 지나면 고발을 한대나 어쩐대나. 니미, 소송비가 광고비보다 백배는 더 넘게 나오겠다."

"그래서 우린 돈을 벌잖아. 남의 돈 먹는 게 그렇게 쉽냐?"

"암튼 돈도 돈이지만 몇 년째 이러고 살아보니 아니다 싶어. 이게 형이 말하던 꿀벌은 아닌 거 같아. 오히려 지금이 더 개미 같지 않아? 요즘 같아선 다시 예전으로 돌아가고플

때가 많아. 그땐 그래도 기자랍시고 대접은 받고 살았잖아?"

"야, 그 주간지 폐간된 거 몰라? 갑자기 왜 옛날 타령이야. 자식이, 정말. 됐고⋯⋯."

영호가 책상 밑에서 쇼핑백을 꺼내 현수에게 내밀었다.

"이게 꿀벌처럼 살고자 몸부림치는 너에게 도움이 되려나?"

현수는 언제 그랬냐는 듯 벌떡 일어나 냉큼 쇼핑백을 받았다. 그러고는 쇼핑백을 열어보더니 묵직한 서류더미만 잔뜩 들어있는 걸 확인하고 실망했다는 얼굴로 영호를 쳐다보았다. 돈다발이라도 기대했던 모양이다.

"이거 뭐야?"

"너, 일 년 전에 정수 선배 소개로 만난 정 이사란 사람 기억해? 왜, 우리 동식이 돌잔치 때도 선배랑 같이 왔었잖아."

"누구? 정 이사? 아아, 키 크고 안경 쓰고 곱슬머리?"

"그래! 그 사람이 이거 제안하더라? 보니깐 괜찮아. 진지하게 잘 봐. 잘 모르는 거 있으면 빨간 펜으로 줄 그어서 물어보고. 며칠 시간 줄까?"

"난 그 사람 인상 별로던데. 웃을 때 눈을 보면 알거든."

"그런 넌 뭐 인상 좋냐? 시끄럽고. 나쁘지 않은 아이템 같으니까 진지하게 살펴봐. 나는 잠깐 나가봐야 할 것 같으니까 이따가 저녁에 보자. 그리고……."

무슨 말을 하려는데 다시 전화벨이 울렸다. 빨리 오라는 수진의 독촉 전화였다.

"알았어. 바로 출발할 거야. 지금 시간엔 택시 타면 30분이면 돼."

"형, 언제 오는데?"

현수가 급하게 사장실을 나서는 영호에게 물었다.

"저녁에 올게. 이사 문제로 와이프랑 이야기를 좀 해야겠다. 아파트는 싫다는데도 자꾸 말을 안 듣는다."

"알았어. 이야기 잘하고 오셔."

현수의 배웅을 받으며 사무실을 나온 영호는 택시를 잡아타고 아내를 만나기로 한 강남 변두리의 아파트 단지로 넘어갔다. 평일 오후라 차가 막히지 않아 예상보다 일찍 도착할 수 있었다.

택시에서 내린 영호는 단지를 둘러보았다. 조금 외곽이고 건물 외관도 세련된 느낌은 전혀 없었지만 아내의 말처럼 실제로 보니 꽤 괜찮아 보였다. 주변 경관도 나쁘지 않았다. 산도 가까이 보였고 강남이란 느낌이 전혀 들지 않았다. 생각이 달라졌다.

영호는 아내에게 전화를 걸었다.

"부동산이 어디라고?"

아내는 다시 한 번 부동산 위치를 설명해주었다. 하지만 아내의 장황한 설명만으로는 찾아가기가 쉽지 않았다. 영호는 전화를 끊고 가까이에 있는 세탁소에서 길을 물었다. 스팀다리미로 옷을 다리던 나이 지긋한 세탁소 주인이 사람 좋은 미소를 지으며 부동산 위치를 가르쳐주었다. 아내의 설명보다 훨씬 이해하기 쉬웠다. 영호는 고맙다는 인사를 하고는 부동산으로 찾아갔다.

"아빠!"

부동산으로 들어서자마자 동식이 달려와 영호에게 안겼다.

"여, 우리 싸나이!"

영호는 아들을 번쩍 안아들고 볼에 입을 맞추었다. 그러자 동식이 장난스럽게 아빠의 머리카락을 헝클어뜨리고 잡아당겼다.

"으으윽, 항복! 항복!"

아빠가 바닥에 내려주자 동식은 자지러지게 웃으며 좋아했다.

"여보, 사람들 앞에서……."

수진이 남편의 옆구리를 찌르며 주의를 주었다. 영호는 그때서야 주위를 의식하고는 멋쩍게 웃으며 고개를 숙였다. 그

러자 옆에서 가만히 지켜보던 노인이 인자한 미소를 지으며
명함을 내밀었다.

"제가 이 부동산을 맡고 있는 최 영뱁니다."

"아, 예. 이 영호입니다."

영호도 습관적으로 명함을 꺼내 노인에게 건넸다. 노인은
명함을 빤히 쳐다보더니 다시 영호를 쳐다보았다.

"오오, 신문사 사장님이시구먼. 나도 나중에 광고 좀 싸게
해주시려나."

"하하, 그럼요."

"그나저나 사모님을 보고는 바깥분이 나이가 좀 드신 분일
줄 알았는데, 우리 사장님도 젊으시네. 동갑내기신가 봐요?
여기엔 세 들어 사는 사람들도 대부분 사, 오십 댄데, 젊은
나이에 이런 동네에 집을 사고. 부모님께서 신경을 많이 써
주시나 봅니다."

요약하면 아직 젊은 사람이 이런 곳에 집을 사서 이사를
오는 게 놀랍다는 것 같았다.

"아, 예."

영호는 쓰게 웃으며 고개를 끄덕였다.

"이거 급매물로 나온 거라 아주 싸게 나왔어요. 내가 장담
하건데 여기는 10년 안에 재개발 들어가니깐 지금 사놓으면

나중에 애기 장가 갈 때 한밑천 보태줄 수 있을 거예요. 자자, 말로 떠들어봐야 직접 보는 것만 못하니까 집 구경부터 하셔야지. 요 바로 앞 동이니깐 일단 가서 물건을 보시고……."

영호는 아내를 쳐다보았다.

"당신은 봤어?"

"나는 벌써 봤지. 그리고 어디에 뭘 놀 건지까지 정했지. 그래서 말인데……."

"이 사람이 아직 결정도 안 했는데, 놓긴 뭘 어디에 놔."

"그만큼 마음에 든다는 얘기지. 정말 딱 맘에 들어. 그러니까 우리 이 집 사자, 응?"

수진은 남편의 팔을 끌어안으며 콧소리를 냈다.

"동식이는 좋아해?"

영호는 노인을 의식하고 슬쩍 팔을 빼며 물었다.

"아직 네 살밖에 안 된 어린애가 좋고 나쁘고를 어떻게 판단해?"

이럴 때도 아들만 챙기는 게 못마땅한 듯 수진은 샐쭉한 표정으로 되물었다.

"이 사람아, 동식이가 좋아해야지. 태어나서 처음으로 자기 집에 들어가 사는 건데."

그러면서 도움을 구하려는 듯 슬쩍 노인을 쳐다보았다. 복덕방 주인은 말없이 사람 좋은 미소만 지어보였다.

"태어나서 처음으로? 쳇! 환갑 다 지난 노인네 같은 얘기하고 계시네. 마누라 말은 반 푼어치도 쳐주질 않고 말이야. 웃겨, 아주!"

수진은 서운하다는 듯 남편을 흘겨보며 말을 이었다.

"그런데 동네가 틀리긴 틀리더라. 역시 강남은 강남인가 봐. 몇 군데 돌아봤는데, 근처에 있는 어린이 집들도 정말 좋아. 시설도 그렇고 선생님들도 하나같이 무슨 동화책에 나오는 요정처럼 꾸며 입었어."

그때였다. 문이 열리더니 어느 틈에 나갔었는지 동식이 양손에 아이스크림과 과자를 들고 들어왔다. 어떤 중년 사내도 뒤따라 들어왔다. 사내는 난처한 얼굴로 영호와 복덕방 주인을 번갈아보았다.

"저기, 이 집 아이인가요? 물건 값을 안 내고……."

"얼마죠?"

영호가 지갑을 꺼내며 물었다.

"3천 원입니다."

"여기……."

중년 사내는 돈을 받아들고는 복덕방 주인에게 고개를 숙이고 밖으로 나갔다.

"아빠, 여기 슈퍼에 까까가 되게 많아!"

동식이 입가에 아이스크림을 잔뜩 묻히고도 뭐가 그렇게 좋은지 히죽 웃으면서 말했다. 영호는 몸을 숙여 아들의 입가에 묻은 아이스크림을 닦아주었다.

"아들, 아들은 여기가 좋아?"

영호가 물었다. 동식은 그렇다며 고개를 끄덕였다. 이때다 싶었는지 옆에서 아내가 물었다.

"어떡할 거야?"

영호는 잠시 망설이다가 복덕방 주인을 쳐다보았다. 노인은 여전히 사람 좋은 미소를 지으며 고개를 끄덕였다.

"언제, 얼마가 필요한데?"

영호가 아내에게 물었다.

"빠르면 빠를수록 좋죠. 이런 매물은 쉽게 나오는 게 아니라서 금방 나가요. 어물쩍거리면 다른 사람이 채간다니까요."

대답은 복덕방 주인이 대신했다. 노인은 벌써 아내와 이야기를 마쳤는지 계약서를 가져와 영호에게 보여주었다.

"일단 오늘 10만 원 정도만 거세요. 그러면 제가 바로 주인한테 통보를 할 테니. 그리고 일주일 안에 중도금으로 2억 원, 그리고 주인이 이사 나가는 날, 그러니깐 한 달 후네요.

그때 나머지 잔금을 주시면 됩니다. 혹시 모자라시면 제가 요 앞 은행에 이야기해서 대출받을 수 있게 주선 해볼게요. 요즘은 다들 어려워서 은행 융자 끼고 많이들 해요."

무시당한 기분이 들었는지 영호는 언짢은 표정으로 복덕방 주인을 쳐다보았다.

"은행은 됐어요. 돈은 제가 날짜 맞춰서 현찰로 드리죠."

영호는 일부러 호기를 부렸다.

"동식 엄마, 인테리어 하는 데는 알아봤어?"

"그거 알아볼 시간이 어디 있었겠어? 낼부터 알아보려고."

복덕방 주인이 다시 끼어들었다.

"저기, 이 상가 2층에 인테리어 하는 사무실이 하나 있어요. 여기 인테리어는 그 양반이 죄다 해서 잘할 겁니다. 단가도 다른 데보다는 나을 거고요."

"이 상가에요?"

영호가 미심쩍은 얼굴로 쳐다보자 복덕방 주인은 마치 자기를 믿어보라는 듯 웃는 얼굴로 말했다.

"허허, 저하고는 심심할 때 그냥 바둑 두는 사입니다."

"그러면, 부탁드리죠. 자세한 건 나중에 우리 집사람이 연락을 드릴 겁니다."

영호가 고개를 끄덕이고는 동식을 안아들었다.

"아이고, 예. 알겠습니다."

복덕방 주인은 처음과는 다르게 필요 이상으로 굽실거렸다. 그런 모습도 싫지 않은지 영호는 입가에 미소를 띠며 복덕방을 나섰다. 복덕방 주인은 밖으로 따라 나와서 영호 내외를 정중히 배웅했다.

"이제 만족해?"

영호가 물었다.

수진은 환히 웃으면서 고개를 끄덕였다. 정말로 기분이 좋아보였다. 영호도 덩달아 기분이 좋아졌다. 다소 무리해서 내린 결정이지만 나중에 후회를 할 것 같진 않았다. 그리고 지금은 그만한 능력도 있고.

"애 그만 이리 줘. 사무실까지 태워줄까?"

아내가 차를 가리키며 물었다.

"아냐, 그냥 택시 타고 갈게. 갈 길도 먼데, 시내 들어갔다가 다시 빠져나오려면."

영호가 시계를 보며 말했다. 조금 있으면 퇴근 시간과 맞물려서 차가 막힐 수도 있었다.

"그럼 저녁에는 몇 시에 들어와? 어디 갈 데가 있는데."

"어디?"

"큰 집으로 이사 가는데, 있는 것만 가져가면 허전하잖아.

필요한 것이 있으면 사고, 바꿀 거 있으면 바꾸게. 그러려면 돈도 꽤 필요한데…….”

수진은 남편의 눈치를 살피며 말끝을 흐렸다.

“바꾸긴 뭘 바꿔! 우리 사무실 가면 팔겠다는 물건이 널려 있는데…….”

거기까지 말한 영호는 아내를 의식하고 얼른 꼬리를 내렸다. 방금 전까지 기분이 좋았는데 괜히 입방정을 떨어서 분위기를 망칠 필요는 없었기 때문이다. 영호는 선심 쓰듯 웃는 얼굴로 말했다.

“아, 알았어. 그건 당신이 알아서 하고, 돈은 필요한 만큼 이야기해. 그리고 나 오늘 늦어. 현수랑 중요하게 이야기 좀 해야 해.”

“또? 술 마시려고 핑계 만든 건 아니고?”

“아니야. 아주 중요한 거야. 술은 그냥 덤이지, 헤헤헤.”

“어련하시겠어요.”

수진은 못 말리겠다는 듯 고개를 흔들었다.

“조금만 마실게.”

“조금만 마시든 많이 마시든 그건 알아서 하시고. 난 열두 시 땡! 하면 문 걸어 잠그고 자버릴 거니까 알아서 하셔.”

“아, 열두 시는 좀 그렇다. 새벽 한 시까지 어떻게 안 될까?”

영호의 말이 끝나기가 무섭게 수진이 차문을 열다말고 고개를 홱 돌리더니 남편을 잡아먹을 듯이 노려보았다.

"매를 번다, 아주? 맘대로 해. 그럼 열한 시 땡! 하면 문을 잠가버릴 테니까. 그리고 귀마개하고 잘 거야."

"열두 시! 좋다, 열두 시! 좋네, 좋아."

*　　*　　*

눈이 쏟아졌다.

영호는 상가 입구에 서서 담배를 피우며 하염없이 쏟아지는 눈을 바라봤다.

이곳에서 맞는 두 번째 겨울이었다. 그리고 그 겨울이 채 끝나기도 전에 이곳을 떠나야 했다. 겨우 두 해 남짓한 시간 동안, 너무 많은 일들이 일어났고 또 변화를 겪었다. 그리고 많은 것을 잃었다.

영호는 쪼그리고 앉아 담배를 바닥에 눌러 껐다. 그리고 천천히 일어서는데 부동산 문이 열리며 사람들이 하나둘 씩 나오기 시작했다. 채권자들이었다. 달려가서 멱살이라도 잡고 욕이라도 퍼붓고 싶었지만, 아파트 한 채 겨우 팔아서 빌려준 돈의 반도 회수를 못했으니, 엄밀하게 말하자면 그들은 영호에게 피해자나 마찬가지였다. 영호는 죄지은 사람처럼 그들을 피하려 급히 일어나 걸음을 옮겼다.

'그래, 집이야 다시 사면 그만이지만 지금 여기서 멈춘다면 포기하게 되는 거야. 그러면 지는 거지. 나를 향해 비아냥거리고 비웃던 놈들 앞에 무릎을 꿇는 거나 마찬가지야. 내가 지지리도 복도 없는 놈이라고 스스로 시인하는 거지. 그럴 순 없지. 그래! 절대 그럴 순 없지.'

영호는 스스로를 추스르며 계속 걸음을 옮겼다.

저만치 순댓국집이 보였다. 이따금 들러서 소주를 마시던 곳인데 주인 할머니가 워낙 퉁명스러워서 자주 찾진 않는 편이었다. 그래서 그냥 지나치려는데 갑자기 시장기가 느껴졌다. 영호는 잠시 고민하다가 가게 안으로 들어갔다.

"아따, 뭔 놈의 눈이 이렇게 온다냐? 워매 징한 거. 그라도 추운 거 보다는 낫제. 어쩔거나, 우리 삼촌 존대로 이사 간다는디 잡을 수는 없고. 보고 잡으면 언제든 오소. 내 뜨끈뜨끈한 순대국 말아 줄 탱게. 워메, 면도라도 하고 살제, 얼굴이 이게 뭐시여?"

웬일로 주인 할머니가 살갑게 대해주었다. 아마도 '소식'을 들은 모양이었다. 영호는 쓰게 웃으며 구석에 자리를 잡고 앉았다.

"쪼까 기다리쇼잉. 퍼뜩 내올 테니께."

주인 할머니가 주방으로 들어가고 얼마 지나지 않아서 복덕방 최 사장과 슈퍼 주인 김 사장이 나란히 가게로 들어왔다.

"어, 이 사장? 안 그래도 찾고 있었는데, 여기 있었네. 어디 간다고 말은 하고 갔어야지."

최 사장이 영호를 발견하고 반색하며 다가왔다. 두 사람은 마치 약속이라도 한 듯 영호 옆에 앉았다.

최 사장이 소주를 시키면서 자연스레 술자리가 이어졌다. 영호는 말없이 따라주는 술을 연거푸 마셨다. 최 사장이나 김 사장이 농을 걸어도 전혀 웃지 않았다. 순댓국엔 입도 대지 않고 그냥 묵묵히 잔만 비웠다. 덕분에 분위기가 서먹해졌다.

"이 사장, 오늘은 내가 한마디 함세."

최 사장이 잔을 비우더니 넌지시 운을 뗐다. 영호는 그러거나 말거나 조용히 술을 마셨다. 최 사장은 영호의 침묵을 암묵적인 동의로 받아들이고 다시 말을 이었다.

"혹시 기분이 상하거든 그냥 자네보다 먼저 갈 사람이 주책없이 늘어놓는 말이라고 생각하게. 난 말이야, 칠십 평생 살아오면서 자네가 오늘 당한 거, 그러니깐 자네가 지금 경험하는 것보다 더 험한 꼴도 당해 봤어. 그래서 말인데, 이 세상에 이 영호라는 사람은 단 한 사람! 바로 자네밖에 없네.

그러니 당연히 이 고통을 이겨낼 사람도 자네고, 이 고비를 넘기고 다시 성공을 할 사람도 다른 사람이 아닌 바로 자네밖에 없어. 그래서 이럴 때일수록 자넨 자네를 아끼고 소중하게 생각해야 하네. 절대 그러지는 않겠지만, 행여 자신을 원망하는 걸로 위안을 삼으려 한다면 영영 그 늪에서 빠져나오지 못해! 스스로를 용서하게. 그래야 이 힘든 시간을 쉽게 이겨낼 수 있어."

다시 어색한 침묵이 흘렀다. 슈퍼 주인이야 원래 말이 없는 사람이니 그렇다고 쳐도 영호까지 한마디도 하지 않자 최 사장은 머쓱해졌는지 낮게 헛기침을 했다. 그러고는 영호의 잔에 술을 따라주며 하려던 이야기를 마저 했다.

"내가 몇 년간 지켜 본 바로는 자넨 내가 본 사람들 중에 제일 똑똑한 사람이야. 암, 젤로 똑똑한 사람이지! 그런데 너무 착해. 그래서 악다구니 치며 달려드는 독한 놈들을 이기지 못하는 거야. 그놈들을 이겨내려면 자넨 지금과 반대로 살아야 해. 세상에는 착하고 순하기만 하지 현명하고 어질지는 못한 사람들이 많아. 그런 사람들이 늘 상처받고 살아가는 게 이 세상이야. 그래서 조금 약게 살아야 해. 남 돈 떼먹고 떵떵거리며 사는 놈들도 허다하잖아. 아니, 그렇다고 사기꾼이 되라는 말은 아니고……."

최 사장의 말이 끝나지도 않았는데, 불현듯 주인 할머니가 돼지 간을 하나 가득 접시에 담아 내주며 대화에 끼어들었다.

"아따, 댁들은 무신 오늘 같은 날 공자 맹자 타령이여? 글고 넘 집일에 감 나라 콩 나라 씨부려대며 염장지르 거 아녀."

최 사장이 못 마땅한 듯이 받아쳤다.

"아니, 사장님은 무슨 말을 그렇게 해? 남 일이라니, 남 일이라니!"

"지 핏줄이라먼, 아파트 몇 채씩 갖고 있는 양반들이 이렇게 떠나게 혀! 입이 있으면 말들 해보라고. 사람 인심이란 게 이런 게 아녀. 말이사 바른 말이지, 동식 아빠가 우리 단지 사람들 대소사는 다 책임지고 자기 일처럼 다 봐 줬잖여. 206동에 혼자 사는 노인네 저승길 갔을 때도 자식새끼들은 코빼기도 안 비춰서 동식 아빠가 일 다 치러 줬고. 글고 얼마 전엔 사고 쳐서 경찰서 유치장에 있는 202동 윤 씨 아들놈도 꺼내 왔잖여. 그런 사람이 떠난 다는데 코빼기도 안 비쳐? 썩을 넘들, 원메 징헌 거. 사람 인심이란 게 이러면 안 돼제."

주인 할머니의 말이 끝나자 영호는 부담스럽다는 듯 손사래를 쳤다.

"왜들 이러세요. 괜히 저 때문에 싸움 나시겠네. 이모님, 저 이사 가는 거 동네 사람들 거의 몰라요. 이모님도 오늘 최 사장님께서 말씀하셔서서 이사 가는 거 아셨죠? 그리 길지는 않을 겁니다. 금방 여기로 돌아오려고 아무한테도 말하지 않았어요."

영호가 말했다.

"그래! 당연히 그래야지. 꼭 다시 돌아와. 내가 당장 낼부터 좋은 물건이 나오면 제일 먼저 이 사장한테 전화 할게. 자자, 그런 뜻에서 미리 축하 건배를 해두자고."

이제 좀 분위기가 나아졌다고 여겼는지 최 사장이 웃는 얼굴로 잔을 권했다.

"저기, 이거……."

그때까지 잠자코 있던 김 사장이 점퍼에서 봉투를 꺼내 영호에게 내밀었다.

"뭐에요?"

영호가 물었다.

"이, 이 이걸로 동 동식이 과, 과 과자 사줘."

슈퍼 주인은 평소에도 말을 더듬는 편이었지만 오늘따라 유난히 심했다.

"김 사장님."

영호가 봉투를 받아야할지 망설이는데 옆에서 최 사장도 두툼한 봉투를 꺼냈다. 봉투 겉면에 영호의 회사 로고가 인쇄되어 있었다. 낮에 최 사장에게 주었던 복비를 담은 봉투였다. 영호는 이걸 왜 돌려 주냐는 얼굴로 최 사장을 쳐다보았다.

"나도 이게 밥벌이지만 이 사장한테는 차마 복비를 받을 수 없겠더라고. 사양하지 말고 가져가서 동식이 엄마 전해줘. 그 대신, 담에 이사 올 땐 복비 두 배야! 알았어? 하하하!"

영호가 계속 망설이자, 최 사장은 자리에서 일어나 김 사장의 것과 같이 영호의 점퍼주머니에 찔러 넣었다. 그러고는 단단히 여며 맨 장지갑 하나를 건네면서 누가 들으면 안 된다는 듯 나직이 귓속말을 했다.

"그리고 이거는 내가 매입자한테 사정을 이야기해서 서류를 이중으로 만들었어. 워낙 조심스런 사람이라 크게는 안 해주더군. 원, 사람이 그렇게 융통성이 없어가지고. 빚쟁이들한테 잠깐 내보이는 종이쪼가린데, 편의 좀 봐달라니깐. 삼천만 원이야. 이 돈은 잘 보관하고 있다가 정말 급할 때 꺼내 써. 자넨 똑똑하니깐, 아마 이 지갑을 열 때는 좋은 일이 생겼을 때일 거야."

영호는 최 사장에게 붙들려 캄캄해지고 나서야 겨우 풀려났지만 술 냄새를 풍기며 대중교통을 이용하는 게 마음에 걸려서 하릴없이 택시를 잡아탔다.

택시 안은 라디오 소리로 시끄러웠다. 진행자와 패널로 나온 코미디언은 뭐가 그리 즐거운지 서로 깔깔거리며 시답잖은 농담을 주고받았다.

"어디로 모실까요, 손님?"

머리가 희끗희끗한 택시기사가 낮고 상냥한 목소리로 물었다.

"영동대교 넘어가 주세요."

"예, 알겠습니다. 눈도 오고 하니 살살 모실게요."

택시기사는 뭐가 그리 좋은지 껄껄 웃으며 차를 출발시켰다. 영호는 피곤한 듯 시트에 몸을 묻고 눈을 감았다.

"이 노래 참 구수하고 좋죠?

택시기사가 말을 걸었다. 라디오에서 트로트가 흘러나오고 있었다.

"아, 네."

영호는 건성으로 대답하며 창밖으로 시선을 돌렸다.

"저는 요즘 이 노래가 이상하게 좋더라고요."

택시기사는 묻지도 않은 이야기를 잘도 늘어놓았다.

"저, 기사님. 라디오 좀 꺼 주시면 안 될까요?"

영호가 말했다.

"다른 데를 틀어드릴까요?"

"아뇨, 그냥 꺼 주셨으면 좋겠는데……. 아, 아닙니다. 그냥, 저기 앞에 그냥 세워주세요."

"여기서요?"

택시기사는 룸미러로 영호의 눈치를 흘끗 살피더니 조용히 차를 세웠다.

택시에서 내린 영호는 옷깃을 여미고 천천히 보도를 걸었다. 하필이면 퇴근 시간과 맞물려 오가는 행인이 너무 많았다. 따지고 보면 자신과는 아무 상관없는 사람들인데도 영호는 사람들의 시선이 불편하게 느껴졌다. 마치 그 사람들이 모두 자신의 실패를 조롱하는 듯했다. 영호는 걸음을 재촉했다.

순간 천둥 같은 소리가 났다. 영호는 깜짝 놀라 소리가 나는 쪽으로 고개를 돌렸다. 다중추돌 사고였다. 중간에 낀 소형승용차는 완전히 찌부러져 형태를 제대로 알아볼 수 없는 지경이었다.

누군가가 신고를 했는지 순찰차와 119구급대가 발 빠르게 도착했다. 제복을 입은 구급대원들이 일사분란하게 움직이며 부상자들을 들것에 옮겼다. 가운데 낀 승용차의 탑승자는 오십대 중반으로 보이는 남자였는데 멀리서 봐도 상태가 가장 심각해보였다. 영호는 들것에 실려 가는 그 사내를 보다가 불현듯 아버지의 기억을 떠올렸다. 오래 전, 탄광에서 불의의 사고로 당해 안타깝게 세상을 떠난 아버지를. 한동안 잊고 살았는데 지금에 와서 새삼 아버지가 생각나는 것인지 본인도 이유를 알 수 없었다. 그냥 조건반사처럼 들것에 실린 사내를 보자 아버지의 기억이 떠올라버렸다. 갑자기 영호는 길을 잃은 사람처럼 주변을 두리번거렸다. 그리고 자기가 왜 여기서 서성이는지 혼란스러웠다. 마치 미아가 된 기분이었다.

영호는 늦은 저녁이 돼서야 새로 이사를 간 집에 도착했다. 하지만 선뜻 들어가기가 꺼려졌다. 강남의 중형 아파트에서 살다 이런 반지하방이라니. 몇 번을 곱씹어도 속이 뒤집어지는 것 같았다. 영호는 대문 앞에 서서 계속 담배만 피워댔다.

얼마나 지났을까. 안에서 인기척이 들리더니 아내가 쓰레기봉투를 들고 나왔다. 수진은 담배를 피우고 있는 남편을 보고는 길게 한숨을 내쉬었다.

"술 마셨어?"

"어, 미안. 복덕방 최 사장이 붙들어서……."

"됐고. 가서, 동식이나 데려와. 당신은 그렇게 끔찍이 여기는 외아들을 하루 종일 남의 집에 맡겨놨는데 걱정되지도 않아?"

"아, 맞다. 우리 아들, 동식이."

영호는 그때서야 아들을 기석의 집에 맡겨놨다는 사실을

떠올리곤 황급히 뛰어갔다. 수진은 엉거주춤하며 빙판길을 뛰어가는 남편을 바라보다가 신경질적으로 문을 닫고 집으로 들어가 버렸다.

"이제 와요? 동식이가 하루 종일 아빠만 기다렸는데."

영호는 겸연쩍은 듯 머리를 긁으며 물었다.

"저, 저기, 동식이는……."

"조금 전에 잠들었어요. 잠시만요, 제가 깨워서 데리고 나올게요."

"아, 아니야. 내가, 내가 들어가서 업고 나올게."

기석의 아내는 영호의 고향 후배였다. 영호의 결혼식 날 고향 후배들과 고등학교 친구들이 피로연장에서 같은 테이블에 앉게 되었는데, 기석의 간청으로 영호가 다리를 놔줘 부부의 인연을 맺게 되었다. 영호가 이곳으로 이사를 오게 된 것도 기석 내외가 이곳에 살고 있었기 때문이었다.

"오늘 고마웠어. 다음에 내가 저녁 살게."

"아니에요. 애가 워낙 얌전해서 내가 별로 한 것도 없는데요."

"그래도 고마운 건 고마운 거지. 그럼 가볼게. 기석이한테는 내가 따로 전화 할게. 추운데 들어가."

영호는 아들을 업고 천천히 걸음을 옮겼다.

"아빠?"

그새 잠에서 깼는지 동식이 졸린 목소리로 아빠를 불렀다.

"어, 우리 싸나이가 깼구나. 오늘 아빠 엄마 없이 잘 놀았어?"

"아빠, 오늘 형아 두 명이랑 계속 게임하고 놀았어. 큰 형아는 게임 대장이야."

"그래? 우리 싸나이는 뭐 했어?"

영호가 물었다.

"난? 그냥 구경만 했는데, 형아가 나중에 가르쳐준대. 나중에 형아 집에 다시 데려다 줄 거지?"

"그럼."

"그런데 아빠, 지금 우리 어디가?"

이제 완전히 잠에서 깬 목소리로 동식이 물었다.

영호는 잠시 멈칫거렸다. 아들에게 뭐라고 대답해줘야 할지 선뜻 떠오르지 않았기 때문이다. 이젠 예전의 집으로 갈 수 없다는 걸 어떻게 설명해주면 좋을지 몰랐다. 넓은 집에서 살다가 그런 좁은 집에서 지내려면 아무리 어린애라도 무척 불편할 게 뻔했다.

"동식아, 우리 이제 다른 집에서 살 거야. 왜냐하면……."

영호는 입술을 깨물었다.

"다른 집? 아빠, 그럼 그 집 앞에도 슈퍼가 있어?"

동식이 물었다.

"그럼! 김 씨 할아버지 슈퍼 같은 슈퍼가 있어. 아빠가 동식이 좋아하라고 슈퍼를 만들어 놨거든."

"우와! 아빠, 멋쟁이! 역시 최고야."

"그래? 아빠가 최고야?"

"응, 최고야."

"추우니깐, 아빠 등에 딱 붙어 있어. 조금만 더 가면 우리 집이 나와."

"응. 아빠도 집에 가면 제일 먼저 슈퍼에 들러야 해!"

"알았어."

동식이 아무것도 모르고 천진난만하게 좋아하자 영호는 가슴 한구석이 아련하게 아파왔다. 그리고 미안했다.

'동식아, 우린 여기에 잠시 쉬러 온 거야. 그것도 아주 잠시. 그리고 다시 돌아갈 거야, 우리 집으로. 그때까지만 꾹 참아줘. 그리 길진 않을 거야. 당장 다음 달이라도 그럴 수 있어. 우리 집으로 돌아가게 되면 다시는 그곳을 떠나지 않게 해 줄게. 어색하고 불편하더라도 조금만 참고 기다려줘. 아빠가 미안해.'

개미지옥

"오늘 설명해 드린 각 부분의 세부 내용들은 첨부 자료로
드렸으니 참조하시길 바랍니다. 혹시 설명이 부족하거나 궁
금하신 거 있으십니까?"

본사 임원들을 상대로 브리핑을 마친 현수가 돌아서서 나
직이 물었다.

"내용은 충분히 들었습니다. 이 사장님께 따로 드릴 말씀
이 있는데……."

꼬장꼬장한 인상의 사내가 손을 들고 말했다.

그를 보고 영호는 입술을 깨물었다. 영호는 손짓으로 직원
들을 회의실에서 내보냈다. 사람들이 나가자 손을 들었던 임
원이 다시 말했다.

"아시다시피 저희들은 투자전문회사입니다. 태생이 그렇
다보니 본능적으로 수익이 나는 곳만을 찾아다니는 습성을
가지지요. IMF 여파가 아직 남아 있는지라, 리스크가 크거

나 긴 시간 동안 자금이 잠기는 신규 사업보다는 저 평가된 주식이나 단기적인 자금 사정을 겪고 있는 우량회사들을 인수하는 쪽으로 포토폴리오를 구성하는 것이 요즘 대세인지라……."

"무슨 말인지 알겠습니다. 앞으로 일 이야기는 그만합니다. 아니 더 이상 할 필요가 없겠네요. 한 가지만 짚고 넘어가죠. 남들은 벤처니 뭐니 하면서 투자자금을 끌어다가 멀쩡한 차 외제차로 바꾸고 사무실 인테리어 근사하게 하고, 저녁이면 고급식당에 룸살롱을 들락거립니다. 그러나 저는 그쪽과 파트너 협약을 체결하고 월급 한 푼 가져간 적 없습니다. 자동차는커녕 회사 돈으로 신발 한 켤레, 양말 한 짝도 사 신지 않았습니다. 그리고 그쪽에서 질질 끄는 동안 개인 돈으로 여기까지 버텨왔습니다."

"예, 그런 점에서 저희들도 이 사장님을 높이 평가하고 있습니다. 그러나……."

영호는 손을 들어 본사 임원의 말을 잘랐다.

"알겠습니다. 두 회사의 관계 정리에 대한 부분은 조만간 경영지원팀을 통해서 전달해 드리겠습니다. 도의상 지분은 포기하셔야죠? 깔끔하게 정리합시다."

"예, 그건 저희 사장님께서도 언급이 계셨습니다만."

"그럼. 더 이상 말하는 것은 의미가 없습니다. 이만!"

회의실에서 나온 영호는 배웅도 생략한 채 자기 방으로 돌아왔다. 정 이사와 현수가 그들을 배웅하고 영호 방으로 들어왔다.

현수가 작심을 한 듯 말을 시작했다.

"사장님, 처음부터, 그러니깐, 처음부터 다시 이야기를 해봐야 될 것 같습니다."

정 이사가 현수와 영호를 번갈아보더니 조심스럽게 말을 꺼냈다.

"저, 사장님. 일단 저하고 먼저 정리를 해보죠. 상황은 제가 가장 잘 알고 있고, 며칠 전에도 본사 사장이랑 저녁식사하면서 주고받은 이야기도 있으니 제가 추가로 설명을 하고 이후 방향을 논의하는 게 나을 듯싶은데요."

현수가 정 이사의 말이 끝나기가 무섭게 다시 맞받아쳤다.

"아니, 정 이사님. 더 들을 게 뭐 있다고 그러세요? 자기들 말만 믿고 일 벌려 놓으니깐 이제 와서 발 빼겠다는 거 아닙니까? 쥐꼬리만큼 출자해서 발 하나 담가 놓고, 이놈 저놈한테 떠벌리고 다니면서 생색은 자기들이 다 내다가 자기들이 생각한 대로 투자자금이 안 모이니깐, 막말로 피박 쓸 거 같으니깐, 이 핑계 저 핑계 대면서 나가리 판 만들겠다는 거 아

개미지옥
〈71〉

닙니까?"

"박 팀장은 사람이 왜 그렇게 삐딱해? 우리가 계획했던 사업을 원 궤도에 올려놓으려면 앞으로 몇 년간 수백억 원을 끌어들여야 해. 그렇게 큰돈을 투자할 사안을 그 누가 쉽게 결정하겠어? 박 팀장이라면 그러겠냐고? 입장을 바꿔서 생각을 해보라고. 비즈니스라는 것의 기본은 말이야……."

"정 이사님, 잠시만."

이번에는 영호가 정 이사의 말을 끊었다.

"저기, 박 팀장! 정 이사님하고 일단 먼저 이야기를 나눌 테니깐 잠깐 내려가 있어."

현수는 정 이사를 흘끗 보더니 불편한 기색을 내비치며 걸음을 뗐다. 막 문을 열고 나가려는데 전화가 걸려왔다.

"여보세요."

"형, 저 윤철인데요."

현수는 순간 멈칫하더니 서둘러 사무실을 나갔다.

영호는 현수가 복도로 나가는 것을 확인한 후에 다시 말을 꺼냈다.

"이제 그쪽은 미련을 버립시다. 그쪽과 정리할 내용을 정 이사님한테 이메일로 보내 드릴 테니 그것에 준해서 마무리 하세요. 그리고 새로운 파트너는 물색해봤습니까?"

"예, 저번에 말씀드린 분과 오늘 미팅을 잡았습니다. 자료는 미리 보냈습니다. 삼성동에 있는 유명한 한정식 집에 사장님 이름으로 예약해 놨습니다. 워낙 큰 회사니 잘 엮으면 돈 걱정 없이 일할 수 있을 겁니다. 저는 오늘 저녁 본사 쪽에 임원과 만나 뒷마무리 관련 의견을 들어보겠습니다. 우리가 먼저 패를 보이면 그쪽에서 독박을 안 쓰려고 쇼당을 부르는 수가 있으니까요."

정 이사가 자신에 찬 목소리로 대답했다.

"그래요? 역시 정 이사님이시네요. 마치 톱니바퀴 돌아가듯 이렇게 맞물리게 하다니."

"저는 오히려 사장님이 더 존경스럽습니다. 정말 어려운 상황인데, 포기하지 않고 밀어붙이시는 게 그건 정말 아무나 할 수 있는 일은 아닙니다."

"허허, 정 이사님 인생 좌우명이 '의리'시잖아요? 저도 이번에 그걸 배워보렵니다. 지금까지 고생하면서 함께 밀고 왔는데, 같이 승리해야죠?"

"하하하! 좋습니다."

정 이사가 사무실을 나가고 홀로된 영호의 얼굴에 다시 미소가 피어올랐다. 아직 확실하진 않지만 정 이사의 말만 듣고도 장밋빛 미래가 보이는 것 같았다. 이제 조금만 버티면 다시 예전보다 더 기운차게 일어설 수 있으리라. 몇 개월의 고난이 곧 끝이 날 생각을 하니 마음이 한결 가벼워졌다.

그때 책상에 놓아둔 휴대전화가 진동했다. 영호는 화들짝 놀라며 액정을 확인하고는 안도의 한숨을 내쉬었다. 전화를 건 사람은 동식이었다. 생활정보지를 정리하고 새롭게 사업을 시작하면서 여기저기 끌어다 쓴 돈이 많다보니 최근 들어 빚 독촉 전화가 부쩍 늘었다. 그래서 가급적 모르는 번호는 받지 않고 있었다.

"여보세요?"

"아빠."

"응! 우리 싸나이, 오늘 재미있었어?"

"어. 근데, 아빠 어제 밤에 술 먹고 들어왔지?"

"아니 그걸 어떻게 알았어? 역시 우리 아들은 천재야."

"난 다 알아. 어제 엄마랑 싸웠잖아. 자면서 다 들었어."

영호는 아들의 말에 뜨끔했다. 역시 아이들은 정직하다.

"에헤, 그게 아니야. 아빠가 엄마랑 연극 연습을 한 거야. 저번에 아빠 엄마랑 연극 보러 갔을 때 봤지? 그 아저씨 아줌마들처럼 아빠 엄마도 나중에 우리 동식이한테 멋진 연극 보여주려고 연습을 한 거야."

"아빠, 그런데 연극 연습을 왜 밤에 해. 나는 어린이집에서 낮에 하는데."

　이젠 동식도 마냥 어린애가 아니어서 어지간한 말로는 속이기 힘들었다. 영호는 쓰게 웃으면서 둘러댔다.

　"알았어. 이제는 엄마 아빠도 낮에 연습할게. 근데 우리 아들, 오늘 간식은 뭐 먹었어?"

　"못 먹었어. 아침에 토했어. 그래서 물만 먹었어."

　"뭐? 토했다고? 지금은 어때?"

　영호는 아들이 토했다는 말에 깜짝 놀라 자기도 모르게 목소리를 높였다.

　"괜찮아. 엄마랑 병원도 다녀왔어."

　정작 동식은 대수롭지 않다는 듯이 대꾸했다.

　"그래? 싸나이, 엄마 좀 바꿔봐."

　부스럭거리는 소리가 들리더니 아내의 퉁명스러운 목소리가 들렸다.

　"왜!"

　"동식이 토했다며?"

　영호는 따지듯이 물었다.

　"요즘 감기는 그렇대."

　"죽이라도 쒀서 먹여. 아니! 내가 근처 죽 체인점으로 연락해서 배달 시켜줄게. 우리 동식이 나으면 이번 토요일에 롯데월드 놀러가자."

"롯데월드? 팔자 좋은 소리 하지 마! 나, 그날 과외만 세 개야. 사람이 왜 그래? 집에서는 애 놀이방비도 겨우 내며 사는데, 몇 백만 원어치씩 술이 넘어가? 카드사에서 하도 닦달을 하는 통에 일을 제대로 못할 지경이야. 그쪽 일이 잘되고 못 되고는 당신네 사정이고, 돈을 가져다주지는 못할망정, 왜 우리마저 이렇게 힘들게 만들어?"

아내의 날선 목소리에 영호는 무의식중에 목을 움츠렸다.

"아, 그건 내가 쓴 게 아니고 우리 일이 원래 그렇잖아. 빨리 막아줄게. 그리고 처음 연체한 사람들한테는 걔들이 원래 악다구니처럼 그래. 토요일에 안 되면 어쩔 수 없지, 뭐. 그리고 오늘 저녁에 좀 늦을 것 같은데."

영호가 애써 변명을 둘러댔지만 정작 아내는 듣지도 않는 듯했다.

"됐고. 나도 애 병원 데리고 가느라 오전에 빠져서 저녁 늦게 끝나. 기석 씨네 집에 동식이 맡겨 놓을게. 그리고 나 담달부터 정식 출근하기로 했어. 옛날에 다녔던 광고회사."

"그래? 응, 알았어."

"그럼 나 전화 끊어."

아내는 마지막까지 퉁명스럽게 내뱉고는 전화를 끊었다.

영호는 입맛을 다시며 휴대전화를 물끄러미 바라봤다. 마치 더는 못 참아주겠다는 아내의 최후통보를 들은 것 같아 못내 속이 불편했다. 이전부터 아내가 다시 출근하는 문제를 두고 몇 번 이야기를 나누긴 했지만 이렇게 빨리 결정할 거라곤 미처 예상하지 못했다. 물론 그런 의도는 아니겠지만 아내의 결정이 마치 자기에게 무능하다는 말을 에둘러 표현하는 것 같아서 기분이 영 편치 않았다.

답답한 마음에 한숨을 폭 내쉬고 있는데 잔뜩 긴장한 얼굴로 현수가 들어왔다. 손에 뭔가 중요한 서류인 듯 몇 겹으로 포장한 봉투를 들고 있었다.

"뭐야, 급한 거 아님 내일 이야기하자. 나 지금 약속이 있어서 나가야 돼."

"형 지금 안 돼? 그 약속보다 훨씬 더 중요한 거야. 정말이야."

현수가 자못 심각한 얼굴로 말했다.

"무슨 일이야? 이거보다 더 급한 게 어디 있어."

영호는 정 이사의 주선으로 S그룹의 전략기획본부 책임자를 만나러 갈 참이었다. 앞으로 벌일 사업에 있어서 이번 만남이 얼마나 중요한지는 현수도 잘 알고 있었다. 그런데도 현수는 애들처럼 고집을 부렸다.

"더 급한 거야. 진짜야!"

"그럼, 오늘은 인사만 하는 자리니깐 길어지지는 않을 거야. 끝나면 바로 전화 줄게. 우리 집 근처에서 보자. 참! 네가 기석이네 집으로 가서 동식이 데려다 저녁 좀 챙겨줘. 오늘 형수가 늦는대."

"알았어. 옆길로 빠지지 말고 바로 전화해."

*　　*　　*

"이 사장님께서 하시고자 하는 프로젝트와 이 사장님 회사 관련 자료는 저희 계열사 임원을 통해서 일주일 전에 이미 전달받았습니다. 꼭 한 번 만나보라고 하시더군요. 그런데 사실 저희들이 관심을 가지는 것은 이 사장님의 회사가 아니라 이 사장님의 계획입니다. 솔직히 이런 프로젝트는 저희 같은 큰 회사에서 밀고 간다고 하더라도 많은 리스크를 감내해야 하고, 또 일의 효율성을 높이기 위해서 그룹 내 회사 간 인수 합병까지 포함된 과감한 구조 개편을 해야 할 일입니다. 그렇게 된다면 이해 당사자 간의 충돌이 야기 돼서 오히려 제안을 안 하니만 못한 그런 결과를 만들어 낼 수 있어 쉽게 꺼낼 수 있는 성격의 것이 아니죠."

명함을 교환하자마자 S그룹의 서 팀장이 먼저 이야기를 시작했다. 대기업에 근무하는 사람답게 목소리가 차분하면서도 자신감이 넘쳤다. 그래서인가 상대적으로 영호도 섣불리 말을 꺼내기가 힘들었다.

　"예……."

　곧 음식이 나왔다. 신경을 써서 고른 한정식집이라 요리들이 대체로 정갈하고 맛도 깔끔했다. 식사가 이어지면서 자연스레 잠시 침묵이 흘렀다. 이런 음식보다는 순댓국 같은 서민음식에 입맛이 길들여진 영호는 젓가락을 놀리다가 문득 서 팀장과 동석한 홍 은정 과장에게 눈길이 갔다. 캐리어우면답지 않게 수수한 청바지 차림이나 뒤로 묶은 헤어스타일이 어쩐지 묘하게 영호의 관심을 끌었다. 접시들이 조금씩 비워지자 차분히 듣고만 있던 영호가 입을 열었다.

　"음악부분의 예를 들자면, 요즘 음반사들이 불법으로 MP3 다운받는다고, 이러다가 다 죽는다고 소비자들에게 음반 사 달라고 하소연도 하고, 한쪽으로는 고소 고발한다고 으름장이나 놓고 있죠? 그렇게 할 힘 있으면, 아예 MP3용 스몰음반을 내고 각 곡마다 뮤직비디오를 만들어 걸어야 해요. 기술의 발달로 얼마 지나지 않아 휴대폰으로 뮤직비디오도 감상하고 콘서트도 보고, 영화도 감상하게 될 겁니다. 그런 기술의 발달과 그에 따라 달라질 시장 상황에 맞게 마케팅 콘셉트를 변화시켜야 합니다. 그래서 음악부분의 공급 패러다임을 '듣는 음악'에서 '보고 듣는 음악'으로 바꿔야 합니다."

"맞아요! 바로 그거에요. 축구에도 공격이 최고의 수비라고 하잖아요. 그렇게 가야 해요."

처음에는 상사의 눈치를 보느라 조용히 있던 홍 과장은 영호가 일 이야기를 시작하자 귀를 쫑긋 세우고 듣다가 영호의 말이 끝나기 무섭게 맞장구라도 치듯 거침없이 말을 쏟아냈다. "우리 홍 과장은 이 사장님 만나서 아주 신이 났는걸. 하기야 맨날 계열사 임원들 눈치만 보면서 내려오는 일만 하다 보니, 이런 계획을 세우고 실행한다는 것 자체가 꿈같은 일이지."

서 팀장이 끼어들었다.

"계획은 누구나 세울 순 있죠. 팀장님께서 늘 강조하시는 우리 팀의 슬로우건, '미래를 예측하고 변화를 주도한다.' 말은 참 쉬워요. 그런데 그것을 누가 어떻게 밀고 가느냐가 문제죠. 우리는 맨날 책상머리에 앉아서 계획만 세우고 있는데 그것을 누군가가 나서서 저지르고 있다는 것에, 그 용기에 한 표를 주고 싶어요."

홍 팀장의 말에 고무 받은 영호는 다시 말을 이었다.

"문제는 콘텐츠, 즉 생산과 서플라이 체인(Supply chain 공급사슬)의 틀을 기술의 발달로 야기될 변화에 맞게 전략적으로 재편하는 겁니다. 소비자들은 가스레인지를 사놓고 기다리는데, 오토바이 타고 석유배달 다닐 순 없잖아요? 발상의 전환이 필요할 때입니다. 이건 절대 뜬금없는 이야기가 아니라 살아남기 위한 현실적이고 절박한 과제입니다."

서 팀장이 자못 심각한 표정으로 고개만 끄덕이고 있는 반면에 홍 과장은 진지하고 열정적인 태도로 영호와의 대화에 집중했다.

식사를 마치고 난 후 서 팀장은 할 말이 더 남은 듯 아쉬워하는 홍 과장을 먼저 보내고 영호를 데리고 근처 커피숍으로 자리를 옮겼다.

"저는 이 사장님이 부럽습니다. 저와는 동년배신데, 저는 전형적인 월급쟁이 인생을 살고 있고 이 사장님은 어엿하게 성공을 거두고 또 새로운 도전을 하고 계시니."

서 팀장이 넌지시 말했다.

"과찬의 말씀입니다."

영호는 손사래를 치며 고개를 가로저었다.

"이 사장님. 제가 아까 저희들의 한계에 대해서 말씀을 드렸죠. 그렇기 때문에 만약 저희들이 이 사장님의 제안을 받아들이려면 최소한 4, 5년은 지나야 될 것 같습니다. 막말로 코 앞에 닥쳐야 난리들 치며 대들겠지요. 물론 그때면 뒷북 치는 격이 될는지 모르겠지만, 아시다시피 요즘 상황이 뭔가를 내지르기보다는 있는 것도 정리하는 분위기인지라. 아마 다른 회사나 투자사들도 저희들과 별반 다름없을 겁니다. 그리고 음, 이건 제가 주제넘은 소린지 모르지만, 제출된 서류 중 회계자료를 봤는데 초기 자본금은 이미 잠식되고 이 사장님 가수금으로 버티고 있더군요. 그것도 준비하는 단계치고는 매년 꽤 많은 유지관리비가 지출되고 있고요."

영호는 찻잔을 내려놓고 주머니에서 담배를 꺼내 물었다. 서 팀장은 괜한 말을 꺼냈다는 듯 겸연쩍은 표정을 지으며 라이터를 꺼내 담뱃불을 붙여 주었다.

영호는 담배 한 모금을 삼켰다 내뱉으며 아무 말 없이 찻잔을 들었다. 서 팀장은 그런 영호의 행동을 조심스럽게 살폈다. 잠시 어색한 침묵이 흘렀다. 영호가 담배를 다 피우고 재떨이에 눌러 끄자, 그때서야 서 팀장은 다시 이야기를 시작했다.

"제가 듣기로는 이 사장님은 얼마 전 큰 성공을 하셔서 재력이 대단하다고 들었습니다. 그러나 이런 식으로 한두 해 버티다보면……."

영호는 서 팀장의 말에 자기도 모르게 쓰게 웃었다. 큰 성공을 거둬서 재력이 대단하다니. 당장 마누라가 자신을 못 미더워 해서 예전 직장에 다시 나가는 판국인데. 아마도 정이사가 부풀려 이야기를 한 모양이었다.

"저, 외람된 말씀이지만 이 사장님께서 발상의 전환을 통해 남들이 생각하지 못했던 것들을 추진하려 하시듯 현실적인 문제에 대해서도 발상의 전환이 필요한 것 같습니다. 중국 북송의 사마광은 어린 시절 큰 독에 빠진 친구를 구하기 위해 돌로 독을 깨트렸다고 합니다. 일종의 결단이었지요. 독을 그대로 두고 친구를 구하려 했다면 독은 무사했을지 몰라도 친구는 죽었을 겁니다."

서 팀장의 이야기가 끝나자 영호는 다시 담배를 꺼내 물었다. 이번에도 서 팀장은 영호의 담배에 조심스럽게 불을 붙여주었다.

그 뒤로는 서로 말을 하지 않았다. 담배를 다 피우고 나서 영호가 먼저 자리에서 일어났다. 서 팀장도 따라나서며 카페 입구로 걸어갔다.

"우리 언젠가는 다시 만나겠지요?"

서 팀장이 물었다. 영호는 대답 대신 목례로 답했다.

서 팀장과 헤어지고 영호는 집으로 향하지 않았다. 그냥 머릿속으로 생각을 정리하며 주변을 서성였다. 그렇게 30분쯤 지났을 때, 현수에게 전화가 걸려왔다. 영호는 택시를 타고 현수를 만나러 갔다. 현수는 영호가 사는 동네의 호프집에서 기다리고 있었다.

"어지간한 거면 낼 사무실에서 만나 이야기하지. 경희도 데려오고. 대체 뭐야, 중요한 이야기가."

"형. 윤철이 알지? 걔가 흥신소 하잖아? 그래서 얼마 전에 정 이사 뒤를 캐보라고 했어. 이거 잘 봐!"

"뭐? 네가 뭔데 정 이사 뒤를 캐고 그래?"

영호는 불편한 기색을 감추지 않았다.

"아니, 짜증부터 내지 말고 이거 먼저 보라니깐. 정 이사랑 관련된 서류인데, 정 이사가 말한 게 다 거짓말이야. 본사가 우리하고 양해각서를 체결하고 지분투자 한 것은 정 이사 밥벌이 자리 하나 만들어 주려고 그런 거야. 본사 임원 중에 분명히 그놈한테 코 뀐 놈이 있어서 우리를 잡는 척했을 거야. 투자? 펀드 결성? 개뿔이! 짜고 치는 고스톱이었다고! 정 이사는 전형적인 브로커이자, 사기꾼이야. 드러난 사기 전과만 세 번이나 있는 놈이라니깐. 걔가 데리고 온 애들? 방송국 출신들 아니야. 주중이면 에로비디오 촬영장, 주말이면 결혼식장 다니던 마이너리그들이야. 우리는 함량도 안 되는 그놈들 먹여 살리려고, 정 이사 유흥비나 대주려고 빚내 가며 **삥**이 친 거야. 이거 봐봐! 윤철이가 조사해 온 거야."

현수가 건넨 자료를 훑어보던 영호의 얼굴이 벌겋게 달아오르기 시작했다. 대부분 몰랐던 사실이고, 그래서 더 참담했다. 하지만 이제 와서 엎질러진 물을 다시 주워 담기도 어려웠다. 이러지도 저러지도 못하니 속만 타들어갔다.

"그래, 너 말대로 정 이사가 사기꾼이고 우리가 그 사람 농간에 놀아났다고 치자. 지금까지 봐서는 정 이사는 최대한 우리를 도우려고 애를 썼어. 오늘 같은 경우도 봐. 남들은 죽니 사니하며 한숨이나 쉬고 있을 시간에 정 이사는 바로 국내 최대의 엔터테인먼트 회사랑 연결고리를 만들어 냈잖아. 그런데 넌 뭐했어? 힘을 모아도 모자랄 판에 고생하는 사람 뒤나 캐고 있어? 넌 지금 나한테 잘했다고 말하는 건지 모르겠지만 난 네 모습이 한심해 보여."

영호는 어떻게든 정 이사를 믿고 싶어서 그를 변호했다.

"다 작전이야! 하필이면 오늘 왜 그 약속을 잡았겠어? 그 자식은 사기꾼이라니깐!"

현수가 답답하다는 듯 언성을 높였다.

"사기꾼이든 뭐든 이만큼 해온 것만 해도 정 이사의 역할이 컸어."

"형, 생각해봐. 우리가 지난 2년 동안 한 게 뭐 있어? 4층 짜리 건물 통째로 빌려서, 방송 스튜디오 만든다고 장비며 시설이며 세팅하면서 돈 때려 박고, 그래서 나온 결과가 뭐 있냐고! 처음 시작하려 했던 온라인 방송국? 개국했어? 아님 오프라인 주간지 한 권이라도 발행했어? 계획만 세웠지, 하나도 만들어 낸 게 없잖아? 뺑이 치고 번 돈, 집까지 날려가면서, 그것도 모자라 사채업자한테 땡겨 쓴 돈! 그 돈 가지고 흥청망청 까먹고만 있었던 거 아냐? 결과가 없잖아! 지금까지 우리가 해온 건 돈만 주면 기저귀 찬 애도 할 수 있는 일들이었어."

"이 자식이, 이제 보자보자 하니깐! 몇 년간 흘린 땀들을 똥물로 만드네? 너, 우리하고 한 팀 돼서 일한 거 맞아? 남 탓 하지 마! 너 같은 놈이 있었으니까 지금 이렇게 된 거야!"

"그래! 나 때문에 이렇게 됐다 쳐. 우린 지금 네 탓 내 탓 할 때가 아니야. 몰랐던 사실을 알았고, 잘못 된 길을 들어섰다는 걸 알았으면 당장 접어야 돼. 막말로 다 버리고 작은 오피스텔 하나 얻어서 다시 시작해야 한다고. 그리고 학교 선후배들끼리 도는 말이 뭔지 알아? 형한테 전화 와서 만나자고 하면 백 프로 돈 꿔달라고 하는 거니깐 피하라는 말이래."

영호는 현수의 말이 더 이상 듣기 싫다는 듯 탁자를 손바닥으로 내리쳤다.

"미친 새끼들! 대가리에는 똥만 들어서 꿈도 목표도 없이 머저리 같이 사는 주제에! 잘 들어! 난 세상에 두 부류 사람들이 존재한다고 봐. 내가 성공할 것이라고 믿는 사람과 그렇지 않은 사람. 넌 어떤 부류냐?"

현수는 주변을 두리번거리다 한숨을 한 번 내쉬고는 낮은 목소리로 말했다.

"형! 형은 지금 형 주위 사람들과 세상에 대한 불필요한 열등의식을 가지고 있어. 그래서 어떻게든 한 건 터트려서 보상 받으려고 해. 형은 뭔가를 이루려고 노력하는 게 아니라, 뭔가 보여주려고 몸부림을 치고 있는 거라고. 형에게 이젠 꿈이니, 목표니, 성공이니 하는 것들은 없어. 천박한 오기만 남아있을 뿐이야. 난 여기서 멈출래. 더 이상 바보가 되고 싶지 않아!"

현수가 자리를 박차고 일어났다.

영호는 현수를 잡지 않았다. 아니, 잡는다고 한들 이런 기분으로는 무슨 말을 해도 서로 감정만 상할 것 같았다. 불과 하루 사이에 천국과 지옥을 몇 번이나 오가는 기분이었다.

"씨발, 이놈이나 저놈이나 왜들 남을 못 가르쳐서 안달이야."

*　　*　　*

다음날 평소보다 늦게 출근한 영호는 사무실에 감도는 묘한 공기를 감지했다. 분위기가 이상했다. 자기를 바라보는 시선도 어딘가 낯설었다. 현수와 마찬가지로 대학 후배인 경희가 조심스럽게 다가왔다.

"저기, 아침 일찍 현수 선배가 짐을 정리해서 나갔어요. 제가 말려봤지만……."

영호는 입술을 깨물었다. 영호의 눈치를 살피던 경희가 다시 말을 이었다.

"그리고 한국전력에서 다녀갔는데, 전기세 밀린 거 안 내면 전기 공급을 끊겠다고. 그리고 또……."

"또 있어?"

"조금 전에는 장 사장님이 어떤 사람을 데리고 와서 1층부터 4층까지 사무실을 쭉 둘러보고 갔어요. 인테리어가 잘 돼서 그냥 구경시켜주는 거라고만 하던데요?"

영호는 건성으로 고개를 끄덕이고는 사장실로 들어갔다. 그리고 지끈거리는 이마를 누르며 소파에 앉았는데 곧바로 휴대전화가 울렸다.

"이 영홉니다."

"나, 신 상무입니다. 왜 이렇게 전화를 안 받아? 몇 번을 걸었구먼."

영호는 입술을 깨물었다. 신 상무는 영호의 수많은 채권자 중 한 사람이었다. 더불어 사채업자이기도 했다. 급전이 필요하지 않았더라면 결코 마주하고 싶지 않은 부류기도 했다.

"아, 예. 죄송합니다. 충전을 하고 있어서."

영호는 어설픈 변명으로 둘러댔다.

"점심 땐 뭐 하나? 만나서 비즈니스 이야기나 하자고. 그 분야에 무지하게 관심이 많은 분을 모시고 사무실 근처 횟집에 와 있거든."

"저, 점심 약속이 있어서 내일 뵈면 안 될까요?"

"상관없어요. 식사 편하게 하고 오세요. 손님들하고 기다리고 있을 테니깐."

"저, 점심 약속이 길어질 수도 있어서……."

영호의 말이 끝나기도 전에 신 상무는 일방적으로 전화를 끊었다. 영호는 어이가 없는 표정으로 끊어진 휴대전화를 노려보았다. 그때 노크 소리가 들리고 얼굴에 기름기가 번질번질한 배불뚝이가 능글맞게 웃으며 사무실로 들어왔다. 근처에서 부동산 사무소를 하는 장 사장이었다.

"아이고, 이 사장님. 왜 그렇게 얼굴 보기가 힘들어. 지나가는 길에 차 한 잔 하려고 들렀어요."

하루에 두 번이나 지나가고 참 공사가 다망하시군. 영호는 그렇게 쏘아붙이려다가 입을 다물었다. 어차피 그가 찾아온 이유를 잘 알고 있었다. 장 사장은 건물주의 대리인 자격으로 찾아온 것이다. 밀린 임대료에 대한 이야기를 하려고.

"아, 예. 앉으세요."

장 사장은 영호에게 뭔가 이야기를 하려고 몇 번 뜸을 들이더니 서류 하나를 내밀었다. 영호가 서류를 보는 사이, 장 사장은 평소답지 않게 친절한 얼굴로 고개를 조아리며 조심스레 말을 꺼냈다. 영호는 서류를 검토하며 아무런 대꾸도 없이 장 사장의 말을 끝까지 듣기만 하였다. 그리고 장 사장의 말이 끝나자 시계를 몇 번 보는 시늉을 하더니 장 사장을 내몰 듯 사무실 밖으로 데리고 나갔다. 도무지 숨 돌릴 새가 없었다.

영호는 사장실에서 시계만 바라보다가 결국 신 상무를 만나러 가기로 했다. 괜히 오기를 부려봐야 이득이 될 게 없었기 때문이다.

약속한 횟집이 저만치에 보일 때쯤 영호는 낯익은 얼굴을 보았다. 횟집에서 정 이사가 신 상무의 배웅을 받으며 나오고 있었다. 영호는 지난밤 현수가 해준 이야기가 떠올라 자기도 모르게 몸을 숨기며 정 이사를 지켜보았다. 신 상무와 헤어진 정 이사는 사무실과는 반대 방향으로 걸어갔다. 마음 같아선 뒤를 밟고 싶었지만 그럴 여력이 없었다. 새삼 현수의 빈자리가 크게 느껴졌다. 영호는 체념하고 횟집으로 들어갔다.

종업원에게 예약자 이름을 대자 별실로 안내를 받았다. 좌식 의자가 놓인 별실에는 신 상무와 낯선 사내 둘이 더 있었다.

"늦었습니다."

"아니, 뭔 소리를. 괜찮습니다. 식사는 하셨습니까? 뭐, 주문을 할까요?

"아뇨, 괜찮습니다. 수저만 한 벌 놔 주시면 됩니다."

전화 통화할 때만 해도 뻣뻣하던 신 상무의 말투가 이상할 정도로 공손했다. 이게 또 무슨 꿍꿍인가 싶어 영호는 바짝 긴장했다.

늘 그렇듯 명함이 오갔다. 덕분에 신 상무와 동석한 사내들의 면모를 알 수 있었다. 한 사람은 신용금고 재무이사고, 다른 한 사람은 변호사 사무실의 사무장이었다.

"이번에 여기 박 이사님 회사에서 벤처기업 하나를 인수했

개미지옥
〈91〉

습니다. 그런데 듣자니까 이 사장네와 비슷한 비즈니스를 하는 회사인가 봐요. 그런데 이런 일이 다 그렇죠? 초기에 워낙 돈이 많이 들어가서 말이야. 일단 초기 시설투자와 시스템 부분을 최소한의 비용으로 확보하려 해요. 그런데 아시다시피 현재 이 사장님네는……. 가만, 이걸 어떻게 이야기해야 하나? 나, 참. 이거 난감하네."

신 상무는 슬쩍 박 이사를 쳐다보았다. 바통을 넘겨받은 박 이사가 낮게 헛기침을 하고는 조용히 말을 꺼냈다.

"제가 말씀드리죠. 이런 말은 길게 해서 좋은 거 없죠. 임대료가 많이 밀렸다고 하는데, 건물 주인께서 명도소송을 걸지는 않으셨나요?"

"명도소송이라니요?"

"저희 회사에서는 이 사장님네 건물과 시스템을 사려고 합니다. 물론 시설투자비에 대한 권리금은 두둑이 쳐드리고, 장비들에 대해서도 회계 상 감가상각을 적용해서 지불해 드릴 용의가 있습니다. 솔직히 이 사장님 같은 경우, 건물 주인이 명도소송을 걸고 들어오면 숟가락 하나도 못 건지고 그냥 길바닥에 나 앉아야 할 신세 아닙니까?

순간 영호는 뒷목이 뻣뻣해졌다. 이거였나 싶었다. 장 사장이 갑자기 찾아온 이유가. 마치 짜고 치는 사기도박단과

카드를 하는 기분이었다.

"박 이사님, 초면에 결례가 될지 모르겠지만, 차라리 그렇게 하실 자금이 있다면 저희들에게 투자를 하시죠? 그쪽에서 인수한 회사가 어떤 회사인지는 모르겠지만, 남이 어렵게 만든 것을 날로 드시겠다는 분들과 어울리는 것 같아 안타깝습니다."

너무나 직설적인 화법에 당황한 박 이사는 흘끗 주변의 눈치를 살폈다.

"나, 참! 우리 이 사장도 똑똑한 사람인 줄 알았는데, 머리가 엄청 안 돌아가시네. 그런 말 듣자고 이 자리에 불러 낸 것은 아니야! 이 사장 자꾸 개 풀 뜯어 먹는 소리하지 말고 우리 냉철하게 현실을 보자고. 월세가 반 년 정도 밀렸다며? 일억이 넘지, 아마?"

신 상무가 끼어들었다.

영호가 불쾌하다는 듯 술잔을 딱 소리 나게 놓자, 화들짝 놀란 신 상무가 다시 부드러운 어투로 말했다.

"자자, 선수들끼리 긴말 할 것 없잖아요? 그러니깐 이래저래 쪽박 찰 거면 챙길 거 챙기고 지금 정리하는 게 상책이라는 거죠. 아니, 이 사장 같이 장래가 촉망되는 분이 한 방에 쓰러져서 일어나지도 못하면, 그건 국가적인 손실이에요.

손실!"

진정성이라곤 눈곱만큼도 느낄 수 없는 사탕발림이었다. 영호는 쓴 웃음을 지으며 말없이 소주만 들이켰다.

"신 상무님께서 빌려주신 돈을 3개월 안에 갚으면 되는 거죠? 예, 그렇게 하겠습니다. 오늘 자리는 신 상무님께서 청한 자리니 전 그냥 나가겠습니다. 이만."

신 상무가 일어서려는 영호의 어깨를 급히 잡았다.

"이거 왜 이러세요. 이 사장님 일 복잡하게 만들지 말고. 건물 주인도 오늘 내일 기다렸다가 뜻대로 안 되면 움직일 거야. 이럴 때 잘 판단해야지. 우리도 당장 낼 사무기기랑 장비들 압류 들어갈 수 있어. 우리 이 사장, 이제 보니 아주 순진한 사람일세."

영호는 신 상무를 한번 노려보고는 그의 손을 뿌리치고 횟집에서 나왔다. 그리고 한바탕 전쟁이라도 치른 사람처럼 겨우 겨우 걸음을 옮겨 사무실로 돌아왔다. 영호는 복잡한 머릿속을 정리하며 담배를 피워 물었다. 조금 있으니 정 이사가 들어왔다. 마치 아무 일도 없었다는 얼굴로 천연덕스럽게 다가와 영호에게 지난 밤 미팅에 대해서 물었다.

"서 팀장은 만나보셨죠? 반응이 어땠어요?"

영호는 쓰게 웃으며 고개를 가로저었다.

"뭐, 그냥 그렇죠. 당장 어떤 액션을 취하지는 않을 것 같아요."

정 이사는 그럴 줄 알았다는 듯 고개를 주억거렸다.

"하긴, 그쪽은 기대를 안 하시는 게 좋을 겁니다. 대기업들은 원래 모험을 안 하려 하죠."

영호는 고개를 돌려 정 이사를 쳐다보았다. 언제는 잘만 엮으면 당분간 돈 걱정 없을 거라더니 하룻밤 사이에 말을 바꿨다. 역시 현수의 이야기가 옳았던 것이다. 영호의 시선을 의식한 정 이사는 딴청을 피우며 지나가는 투로 말했다.

"참, 아까 보니까 박 팀장이 사무실을 정리했더라고요? 참 똑똑하고 능력 있는 친구였는데 이렇게 갑자기 떠날 줄이야. 어려울 때일수록 함께 뭉치면서 문제를 타개할 줄 알아야 하는 데 말입니다."

영호는 아무 대꾸도 하지 않고 노트북을 열었다. 정 이사는 슬금슬금 영호의 눈치를 살피면서 넌지시 입을 열었다.

"저기, 사장님. 제가 잘 아는 동생 놈이 현찰이 좀 있는 놈인데, 본사로부터 돌려받을 지분을 주는 조건으로 자금을 조금 당겨보려고 합니다. 본사가 철수했다는 소문이 나면서 저희들이 원하는 펀딩은 힘들고, 일단 급한 불은 꺼놔야 될 것 같아서. 말씀드린 것을 추진하려면 아무래도 진행비가 소요

되는데……."

영호는 입술을 깨물고는 무덤덤한 얼굴로 정 이사를 쳐다보았다.

"아, 그래요? 빨리 준비해 드릴게요. 진행하세요."

영호의 허락이 떨어지자 정 이사는 회심의 미소를 지었다.

"알겠습니다. 바로 시작하겠습니다."

정 이사가 문을 닫고 사무실을 나갔다.

영호는 한참 동안 문을 노려보다가 재떨이를 힘껏 내던졌다. 재떨이가 문에 부딪히며 산산조각이 나버렸다. 영호는 거칠게 숨을 몰아쉬며 분을 삭였다.

"새끼가 이젠 대놓고 사기를 치려고 드네. 쌍놈의 새끼……."

불행은 한 번에 찾아온다더니 공교롭게도 현수가 떠나자마자 모든 일이 도미노처럼 연달아 일어났다. 씁쓸했다. 꿀벌이 되어보겠다고 지금껏 달려왔는데 이제 보니 아직도 개미를 벗어나지 못하고 있단 생각이 들었다. 그리고 자기도 모르는 사이에 개미지옥에 발을 담근 채 점점 깊은 나락으로 빠져드는 것만 같았다.

어스름이 깔리기 시작할 무렵, 간신히 퇴근길에 오른 영호는 버스에서 내려 힘없이 걸음을 옮겼다. 어떻게 흘러갔는지 정신없이 보낸 하루였다.

멍하니 하늘을 보며 걸음을 옮기는데 갑자기 어디선가 동식의 웃음소리가 들렸다. 정신을 차리고 보니 어느덧 집 앞이었다. 참 신기했다. 조금 전까지만 해도 당장 쓰러질 것처럼 기운이 없었는데 아들의 웃음소리를 들으니 절로 힘이 솟았다. 영호는 현관문을 열고 집으로 들어갔다.

"아빠! 이거 봐."

노란색 모자와 원복을 입은 아들이 환하게 웃으며 영호를 맞아주었다.

"어? 누구시죠. 우리 싸나이는 어디로 갔나."

영호는 두리번거리며 장난을 쳤다. 동식은 자기를 보라는 듯 두 팔을 휘저으며 아빠의 시야를 가렸다.

"싸나이 여기 있다니깐!"

"오오, 진정 우리 집 싸나이? 너무 멋쟁이로 변해서 아빠 몰랐잖아!"

"아빠, 나 낼부터 유치원 간다."

"그래, 끝내주는데. 역시 우리 싸나이가 최고야."

영호가 엄지를 치켜세우자, 동식은 우쭐해져서 팔짱을 끼고 폼을 잡았다.

"나 멋있지?"

"그래, 멋있어."

영호는 아들의 머리를 쓰다듬어주고는 구두를 벗고 주방에서 저녁을 준비하는 아내에게 다가갔다. 수진은 남편이 왔는데도 쳐다보지도 않고 묵묵히 찌개를 끓이고 있었다. 최근 들어서 아내는 웃음을 잃어버렸다. 어쩌다가 미소를 지어도 예전의 그 모습이 아니었다. 지금도 마찬가지였다.

"동식이 유치원 안 보내려다가 이제 나도 사무실 출근해야 하고……. 몇 달이라도 보내다가 학교를 보내야 될 것 같아서."

아내가 여전히 등을 보인 채 그렇게 말을 했다. 영호는 무슨 말을 할까 고민하다가 지나가는 투로 대꾸했다.

"잘했어. 원복까지, 돈이 많이 들었을 텐데."

그건 질문이 아니었다. 미안한 마음에 던진 일종의 고마움의 표시였다. 그러나 그런 말들은 늘 영호가 대답하기 힘든 수진의 질문으로 돌아왔다.

"일은 어때? 조만간에 뭔가 결정이 난다며. 계속 이렇게 살 수는 없잖아. 말해봐, 어떻게 될 것 같아. 뭘 알아야 나도 준비를 할 거 아냐."

아내가 비로소 돌아서며 원망스러운 눈초리로 영호를 쳐다보았다.

"조금만 기다려 한 방이면 해결돼."

"맨날 그 한 방, 한 방. 지겹지도 않니?"

"그만해. 애가 듣잖아. 조만간에 잘 풀릴 거야."

영호가 동식을 의식하고 아내를 어르듯이 말했다. 하지만 아내는 작정이라도 한 듯 계속 언성을 높였다.

"정말 답답하다. 답답해! 다른 건 몰라도 연체된 내 카드나 살려놔. 오늘 채권추심업체 사람이 나 일하는 데 찾아와 무슨 여자가 룸살롱 같은 곳에서 술을 마시냐며 떠드는 통에 얼굴도 못 들고 다니게 됐어. 몇 십만 원 정도면 내가 어떻게 해보겠는데, 그것도 아니고……."

수진은 말을 하다가 자기도 모르게 울컥하곤 두 손으로 이마를 짚으며 눈을 질끈 감았다.

"일 때문에 쓴 거야. 이번 주 안으로 해결해 줄게."

영호는 미안한 마음을 담아 아내에게 말했다.

"정말이야, 이번 주까지 해결해야 돼! 창피한 것은 둘째 치더라도, 카드라도 살아 있어야 버틸 수 있어. 지금 상황에서 누구 하나 덜컥 아프기라도 하면 그냥 죽는 수밖에 없어. 이젠 더 이상 손 벌릴 데도 없고."

수진은 영호의 손이 닿는 것도 싫다는 듯이 한 걸음 물러섰다. 영호는 짧게 한숨을 내쉬고 옷을 갈아입으러 들어갔다.

"낼 일찍 들어와. 장마 오기 전에 썩은 벽지 걷어내고 다시

도배라도 해야지. 이게 뭐 사람 사는 데야!"

아내가 영호의 뒤통수에 대고 그렇게 쏘아붙였다.

"됐어! 다음 주라도 당장 이사 갈 수도 있으니깐 대충 포인트 벽지 사다가 붙여."

영호도 옷장을 열다말고 아내를 쳐다보고는 내뱉듯이 말했다.

"그놈의 다음 주! 다음 주! 다음 주만 오면 돼? 제발 정신 좀 차려. 지금 우리 식구에겐 다음 주라는 게 없어. 당장 내일이라도 길바닥에 나 앉을 수 있다고!"

수진이 빽 소리를 질렀다. 영호는 뭐라고 대꾸를 하려다가 입을 다물곤 옷도 갈아입지 않은 채 그대로 집에서 나와 버렸다.

"또 어디 가!"

아내가 소리를 질렀지만 영호는 그냥 무시하고 대문 앞까지 나왔다. 그리고는 답답함을 달래려고 담배를 피워 물었다. 막상 큰소리를 쳤지만 카드 값을 어떻게 해결하면 좋을지 막막했다.

옆집 창문에서 저녁상 차리는 소리와 함께 구수한 청국장 냄새가 흘러 나왔다. 옆집에는 아이들 없이 부부만 살고 있다. 슈퍼 할머니 말을 빌리면 몇 년 전 사업에 실패한 후 아이들은 할머니 집에 맡겨 둔 채, 두 내외만 이곳에서 살고 있다고 했다. 남편은 막노동판에 나가고, 아내는 식당에서 일을 한다고 한다. 영호는 옆집 창문을 보면서 생각했다.

'저 사람들도 우리처럼 어디선가 쫓겨나듯 내쳐져 이곳으로 숨어들었겠지.'

영호는 골목길을 빠져나와 큰 길로 나섰다. 늘 그래왔지만, 숯가루라도 들이마신 것처럼 가슴이 답답할 때는 아무 생각 없이 걷는 게 위안이 되었다.

초여름 저녁 날씨치고는 제법 쌀쌀했다. 영호는 주머니에 손을 깊숙이 찔러 넣고 몸을 움츠린 채 걷기 시작했다. 그리고 외상이 되는 동네 술집에 들어가 안주도 없이 혼자 술잔을 기울이며 중간 중간에 휴대폰 시계를 꺼내 봤다. 수진이 잠든 후에 들어가려는 심산이었다. 그러다 갑자기 무슨 생각이 났는지, 술집을 나와 집으로 뛰어갔다. 영호는 조용히 작은방으로 들어가 서랍장을 열었다. 겨울점퍼를 찾아 주머니에서 장지갑 하나를 꺼냈다. 예전에 이사를 오던 날, 최 사장이 요긴하게 쓰라며 건네주었던 돈이 거기에 있었다.

'이 돈은 잘 보관하고 있다가 정말 급할 때 꺼내 써. 자넨 똑똑하니깐, 아마 이 지갑을 열 때는 좋은 일이 생겼을 때일 거야.'

최 사장의 바람과는 다르게 봉투를 열어야 할 때라는 게 못내 아쉽긴 했지만 일단 급한 불부터 꺼야 했다. 영호는 수표를 한 장 꺼내서 안방으로 건너갔다.

"천만 원? 이 돈 어디서 난 거야?"

아내가 금액을 확인하더니 눈을 휘둥그레 떴다.

"비상금으로 가지고 있던 거야."

영호는 대충 둘러댔다.

"그럼, 진작 주지. 사람 면 다 팔리게 해놓고, 어떻게 사람이 그래? 대충 막을 거 막고 나면 동식이 학교 들어가기 전까지 유치원비는 남겠네. 동식이 유치원 입학 기념으로 이번 주말에 롯데월드라도 다녀올까?"

아내는 남의 속도 모르고 언제 그랬냐는 듯이 생글거리며 말했다. 영호는 조용히 부엌으로 나왔다.

"여보, 나 이걸로 카드대금 내고 남으면 필요한 거 몇 개 좀 사도 돼?"

방에서 아내가 물었다.

"어, 그렇게 해. 밥 없어?"

영호는 건성으로 대답하며, 밥통을 열려다 가만히 생각에 잠겼다.

'그래, 개미지옥에 빠진 건 나 한 사람으로 족해. 아내랑 동식이가 무슨 죄야. 나만 잘하자. 어떻게든 이 난관을 타개하면, 조금만 버티면 다 잘 될 거야. 그래, 그렇게 하자. 넌 할 수 있어, 이 영호.'

영호는 스스로에게 다짐을 하며 밥을 꼭꼭 눌러 폈다.

방에선 주말에 롯데월드를 간다는 엄마의 말을 듣고 동식이 해맑게 웃으며 좋아했다. 영호는 두 모자의 웃는 얼굴을 보며 조금은 보상받는 기분이 들었다.

'잘 될 거야, 전부. 잘……'

페허에서 일어서기

그리고 몇 개월 후. 여름이 채 시작도 하기 전에 정 이사가 사표를 던지더니 직원들도 하나둘씩 회사를 떠났다. 어차피 월급도 밀리고 영호에겐 그들을 붙잡을 명분이 없었다. 사람만 잃은 게 아니었다. 빚쟁이들이 아귀처럼 달라붙어 돈이 될 만한 것들은 모조리 가져갔다. 4층 건물은 한순간에 텅 비어버렸다. 영호는 자신이 굳건한 성을 쌓고 있다고 생각했는데 이제 보니 그건 언제든 쉽게 무너질 수 있는 모래성이었다.

회사에서의 마지막 날. 장 사장이 법원 집행관들과 함께 찾아와 최종적인 절차를 밟고 영호의 손에서 4층짜리 건물마저 회수해갔다. 마지막까지 영호의 곁을 지킨 건, 대학 후배이기도 한 경희 한 사람뿐이었다.

짐을 정리하고 정든 건물을 나왔을 때, 경희가 뭔가를 꺼내 영호에게 내밀었다.

"이거, 선배 책상 서랍 안에 있었어요."

이제 회사가 사라지니 호칭도 다시 예전처럼 사장에서 선배로 돌아왔다. 영호는 경희가 건넨 물건을 조용히 받아들었다. 하모니카였다.

"식사라도 하셔야죠? 하루 종일 아무것도 못 드셨잖아요."

"됐어. 생각 없어."

"그러지 말고요. 저랑 같이 밥 먹어요. 요 앞에 식당 외상값 계산하고 은행에 가서 남은 일만 처리하고 올 테니까 잠시 기다리세요. 아셨죠?"

영호는 급히 은행으로 뛰어가는 경희의 뒷모습을 물끄러미 바라보았다.

잠시 후, 트럭과 함께 승합차 몇 대가 나타났다. 우락부락한 인상의 인부들이 영호를 지나쳐 성큼성큼 건물 안으로 들어갔다. 내부시설을 철거하러 온 용역들이었다. 그들을 보고 있으니 절로 쓴웃음이 나왔다. 영호는 멍하니 인부들의 작업을 쳐다보았다. 그러다가 기다리라는 경희의 말도 잊고 돌아서서 걷기 시작했다. 딱히 행선지는 정하지 않았다. 그냥 발길이 닿는 대로 걸음을 옮겼다. 정신을 차렸을 때는 인근의 한강공원에 와 있었다.

저만치에 매점이 보였다. 영호는 매점으로 가서 소주를 몇 병 사가지고 빈 벤치를 찾아 앉았다. 어차피 안주는 필요 없었다. 뚜껑을 따고 병째 술을 들이켰다. 유독 소주가 쓰게 느껴졌다. 독배를 마시는 기분이었다. 영호는 단숨에 한 병을 비우고는 처연하게 하늘을 올려다보았다. 지랄 맞도록 푸른 하늘이었다. 영호는 질끈 눈을 감았다.

누군가 영호를 불렀다. 고개를 들어 돌리니 얼굴이 까맣게 그을린 아버지가 인자하게 웃고 있었다. 아버지는 어린 영호를 단숨에 들어 올려 무동을 태워주었다. 영호는 웃음을 터뜨렸다. 아버지도 호탕하게 웃으며 그대로 집을 향해 달려갔다. 아버지는 여전히 기운이 셌다. 거침없이 들판을 달렸다. 가파른 언덕도 가볍게 올라갔다. 영호는 신이 나서 소리를 질렀다. 아버지도 소리를 질렀다. 이윽고 집에 도착하자 아버지가 영호를 내려주었다.

부엌에서 구수한 냄새가 났다. 영호는 부엌으로 달려갔다. 그러다가 아버지를 떠올리고 뒤를 돌아보았다.

사라졌다.

아버지가 보이지 않았다.

당황한 영호는 마당으로 나와 아버지를 찾았다. 어디에도 아버지의 모습은 보이지 않았다. 갑자기 알 수 없는 불안감이 영호를 엄습했다. 그때 천둥소리가 들리더니 시커멓게 먹구름이 몰려왔다. 금방이라도 비가 쏟아질 것 같았다. 무서워진 영호는 아버지를 부르며 사방팔방을 뛰어다녔다. 아버지와 함께 달려왔던 언덕에도 올라가보았다. 높은 곳에서 보면 아버지를 찾을 수 있을 것 같았다.

고개를 꼿꼿이 세우고 주변을 둘러보았다. 저 아래 수풀에서 뭔가 움직이는 게 보였다. 영호는 아버지라고 생각했다. 일부러 숨바꼭질을 하는 거라고 생각했다. 영호는 아버지를 부르며 수풀로 뛰어 내려갔다. 그러다가 발이 엇갈려 넘어지는 바람에 언덕을 데굴데굴 굴렀다. 무릎이 깨지고 얼굴에 생채기가 생겼다. 영호는 이를 악물고 씩씩하게 일어나 주변을 둘러보았다. 그새 날이 어두워져 비가 쏟아지기 시작했다. 영호는 빗속에서 아버지를 부르며 숲을 헤맸다. 하지만 여전히 아버지는 나타나지 않았다. 겁이 덜컥 났다. 거뭇한 어떤 것이 낮게 으르렁거리며 영호에게 다가왔다. 영호는 겁에 질려 뒷걸음질을 쳤다. 그것은 점점 빠르게, 영호를 향해 달려왔다. 영호도 등을 돌려 뛰기 시작했다. 당장이라도 붙잡힐 것 같았다.

"아빠! 아빠! 어디 있어! 아빠! 아빠…….."

영호는 비명을 지르며 아버지를 불렀다. 그때 누군가가 영호의 어깨를 붙잡았다. 영호는 소스라치게 놀라며 번쩍 눈을 떴다.

꿈이었다.

고개를 들어보니 어떻게 찾았는지 경희가 걱정스러운 얼굴로 바라보고 있었다.

"선배, 선배. 일어나 봐요. 제가 얼마나 찾아다닌 줄 아세요? 사무실 근처 공원에도 가보고, 한강 유원지는 두 군데나 돌아다녔어요. 이제 좀 괜찮으세요? 나쁜 꿈을 꿨나 봐요. 계속 우시던데……."

영호는 눈 주위를 닦으며 주위를 두리번거렸다. 전부 꿈이었다.

경희가 메모지를 통장과 함께 건넸다.

"장 사장이 합의금 조로 그저께 이천만 원 보낸 거 아시죠? 그리고 남은 집기 판 게 백만 원에 밀린 밥값 하고 공과금을 내고 나니깐, 이천만 원에서 조금 모자라네요. 그리고 이거는 김 사장님이 식사 대접도 못하고 보냈다고, 식사나 하시라고 주신 거예요."

경희는 그러면서 흰 봉투 하나를 영호 주머니에 밀어 넣었다.

영호는 경희에게 통장을 다시 건네주었다.

"반은 집에 보내고 반은 네……. 다 끝났는데, 너도 밀린 월급 챙겨 가야지…….”

영호는 실성이라도 한 사람처럼 말을 흘렸다. 그리고 힘겹
게 자리에서 일어나 비틀거리며 어디론가 자꾸만 가려 했다.
경희는 불안한 눈빛으로 영호의 팔목을 잡았다.

“선배 어디 가시게요? 저하고 식사라도 하고 가세요.”

영호는 경희의 손을 뿌리치고 영동대교 방향으로 걸어갔
다. 경희는 영호의 뒤를 몇 발자국 따라가다가 멈췄다. 지금
은 그냥 혼자 두는 게 나을 것 같다는 생각에서였다.

“휴대폰은 꼭 켜놓고 계세요.”

얼마나 걸었을까? 걸음을 멈추니 집 앞이었다. 영호는 집
으로 들어가지 못하고 서성거렸다. 반쯤 열린 반지하방 현
관문 사이로 동식이가 상을 펴 놓고 앉아 숙제를 하고 있는
모습이 보였다. 주변을 둘러보며 다시 현관 앞을 서성이다
몸을 돌려 나가려는 순간, 뒤에서 동식이 부르는 소리가 들
렸다.

“아빠! 거기서 뭐해?”

영호는 다시 몸을 돌려 쓰러지듯 다가가 무릎을 꿇고 동식
을 안았다.

“동식아, 오늘 아빠는 할아버지한테 가고 싶은데 혼자 가
면 무서워서……. 같이 갈래?”

"할아버지?"

*   *   *

차는 불안하게 달렸다. 서울을 벗어나기 전까지는 속도를 낼 수 없어 그나마 덜했는데, 고속도로에 올라서면서부터는 가늠할 수 없을 만큼 내달리고 있었다.

차는 갈팡질팡하며 이 차선 저 차선을 예고 없이 넘나들었다. 동식도 직감적으로 불안감을 느꼈는지 이불을 반쯤 덮은 채 검은 눈을 말똥거리며 뒷좌석에 조용히 앉아있었다. 오늘만큼은 예전처럼 동요를 틀어놓고 같이 노래를 부르거나, 자기를 조수석에 앉혀놓고 눈앞에 보이는 풍경들을 설명해주던 아빠를 기대하기는 힘들다고 판단한 모양이었다.

늦은 시간임에도 민섭은 영호의 시골집 앞에 마중을 나와 있었다. 초등학교 동기인 민섭은 농고를 나와 일치감치 고향에서 터를 잡고 살고 있었다.

영호네 시골집은 마당 한 귀퉁이를 텃밭으로 쓸 만큼 넓었고, 마당 한쪽에는 오래된 큰 나무 한 그루가 서 있었다.

"아재 보러왔니? 그러고 보니 곧 아재 기일이구나. 애 엄마가 반찬 몇 가지랑 찌개 갖다 놨어. 가스 들어오니까 데워서 먹고, 푹 쉬어."

민섭은 영호에게 아무것도 묻지 않았다. 마치 저승문턱이라도 다녀온 듯 지쳐 보이는 영호의 모습이 모든 것을 말해 주고 있어서였을 테다. 민섭은 안타까운 얼굴로 몇 번이나 영호를 뒤돌아보며 돌아갔다.

영호는 차에서 잠든 동식을 이불로 감싸 안고 방으로 들어와 뉘었다. 그리고 밥 먹는 것도 잊은 채 동식이 옆에 누워 잠을 청했다. 하지만 한참을 그렇게 누워 있어도 쉽사리 잠이 오지 않았다. 영호는 그냥 밖으로 나와 버렸다.

시골이라 그런지 머리끝에서 발끝까지 한기가 느껴졌다. 담배를 하나 피워 물고 하늘을 바라봤다. 하늘을 뒤덮은 별들이 영호의 얼굴 위로 쏟아질 듯 보였다. 영호는 쏟아지는 별들에 밀리 듯 툇마루에 주저앉았다. 그때였다. 마당 한쪽에 있는 큰 나무 앞에 아버지가 팔을 벌리고 밝은 얼굴로 서 계셨다.

"영호야! 우리 영호야."

영호는 깜짝 놀라 한달음에 달려가 아버지의 품에 안겼다.

"아버지! 아버지! 어디 계셨어요? 얼마나 찾았는데요!"

영호는 아버지의 품에 안겨서도 '아버지'를 계속 불렀다. 영호는 그동안 살아오면서 참아왔던 울음을 한 번에 터트리

듯 소리 내어 울기 시작했다. 아버지 품에서는 그렇게 울어도 흉이 되지 않을 것 같았다. 눈물과 콧물로 얼굴이 범벅이 되고 목에서 쇳소리가 나기 시작했지만 영호는 여전히 아버지의 품에 매달려 떨어지질 않았다.

＊　　　＊　　　＊

영호는 정오가 다 돼서야 일어나 마당으로 나왔다. 그리고 나무 아래로 걸어가 등을 기대고 앉았다. 꿈인지 생시인지, 어제 밤의 일들이 어렴풋 떠올랐다. 영호는 주머니에서 하모니카를 꺼내 조심스럽게 만지작거리며 눈을 감았다.

"아빠!"

이제 일어났는지, 동식이 영호에게 달려 왔다. 영호는 동식을 단숨에 안아 어깨 위로 올려 무동을 태웠다. 그리고 예전에 아버지가 그랬듯 나무 주위를 돌며 덩실덩실 춤을 췄다. 동식도 덩달아 신이나 위아래로 몸을 흔들어댔다.

시골에서 돌아온 뒤 영호는 제일 먼저 집 이곳저곳을 고치기 시작했다. 동식이 세수라도 편안하게 할 수 있게 부엌에 선반을 달아 공간도 확보하고 흐릿한 백열등도 밝은 형광등으로 교체했다. 수진이 예전부터 바꿔 달랬지만 마냥 미루기만 했었던 곰팡이 낀 낡은 벽지도 걷어내고 새 벽지를 발랐다. 그런 영호의 모습이 마냥 신기했던지 옆에서 동식이 고사리 같은 손을 보태주었다. 처음엔 팔짱을 낀 채 지켜보기만 하던 수진도 얼떨결에 거들기 시작했다.

바로 어제까지만 해도 영호에게 이 반지하 월세방은 하루라도 빨리 벗어나고 싶은 일종의 굴레와 같은 곳이었다. 그래서 일이 풀리면 당장이라도 숟가락이고 뭐고 다 버려두고 나가고 싶은, 정이라고는 눈곱만큼도 붙이고 싶지 않은 곳이었다. 그러나 영호는 여기서 뭔가를 준비하고 다시 시작해야 하고 여기가 세 가족의 따뜻한 보금자리라는 것을 깨달은 것 같았다. 이제 마지막으로 대문으로 들어오는 길에 빨래 줄을 걸고 집으로 들어서는데 동식이 한껏 들뜬 얼굴로 달려와 영호에게 안겼다.

"아빠! 우리 집이 새 집이 됐어! 우리 싸나이들이 새 집을 만들었어!"

*   *   *

다음 날 새벽녘. 오랜만에 단잠을 잔 영호가 물 한 잔 들이켜려 부엌으로 나왔는데, 옆집 남자가 아내의 배웅을 받으며 집을 나서는 소리가 들렸다.

영호는 황급히 일어나 잠바 하나 걸친 채 밖으로 뛰어나갔다. 옆집 남자가 저만치 걸어가고 있는 게 보였다. 영호는 걸음을 재촉해서 옆집 남자를 따라잡았다. 인기척을 느꼈는지 옆집 남자가 돌아보았다.

"……?"

"저기, 불쑥 이런 얘기를 꺼내서 실례인 줄은 압니다만 혹시 딱히 기술도 없는 제가 할 수 있는 일거리가 있을까요?"

옆집 남자는 두 눈을 동그랗게 뜨고 영호를 위아래로 훑어보았다. 그러고는 무뚝뚝하게 내뱉었다.

"일단 따라 오슈. 쇠뿔도 단김에 빼랬다고. 오늘부터 가서 보면 알겠지. 댁이 할 수 있는 일거리가 있는지."

"고맙습니다!"

영호는 자존심도 잊은 채 넙죽 허리를 숙였다.

"고맙기는. 내가 뭘 해준 것도 아니구만……."

옆집 남자는 중얼거리며 다시 걸음을 옮겼다. 영호는 잰걸음으로 부지런히 남자를 따라갔다.

태어나서 처음으로 인력소개소라는 곳을 찾은 영호는 모든 게 생소했다. 그리고 일거리를 찾는 사람들이 아주 많다는 사실에 무척 놀랐다. 자신과 비슷한 처지에 놓인 사람들을 보니 묘한 동질감마저 느껴졌다.

처음부터 일이 잘 풀릴 거란 기대는 하지 않았지만 일거리를 얻는다는 게 생각보다 더 어려웠다. 당연하게도 어느 분야나 노련한 사람을 선호하기 마련이니까 말이다.

"이 영호 씨! 이 영호 씨!"

인력소개소 안에서 영호를 호명하는 소장의 목소리가 들렸다. 옆집 남자를 따라나선지 보름 만이었다. 영호는 그날 이후로 매일같이 옆집 남자와 함께 인력소개소로 나와서 대기했다. 옆집 남자는 거의 예외 없이 호명을 받았지만 영호는 마지막까지 기다리다 인력소개소가 문을 닫을 즈음 빈손으로 돌아가야 했다. 하지만 포기하지 않고 매일 인력소개소로 출근했다. 자존심이고 뭐고 다 버리고 밑바닥부터 다시 시작하고 싶었다. 그래서 빈손으로 돌아가는 날에도, 다음날 아침이면 어디론가 다시 나갈 곳이 있다는 생각에 맘이 든든했다.

"이 영호 씨?"

"네! 접니다."

영호는 씩씩하게 대답했다.

"요기 밑에 나가면 봉고차 한 대 기다리고 있어. 거기로 가서 김 진우를 찾아."

"예, 고맙습니다."

영호는 소장한테 몇 번이고 인사를 하고는 한달음에 달려 내려갔다.

"저, 여기 김 진우 씨가 누구세요?"

"이 양반, 처음 보는 사람이네? 새로 왔나?"

봉고차 옆에 서 있던 나이든 사내가 흘끗 보며 되물었다.

"빨리 타세요. 늦었으니깐. 안전화하고 발목 밴드는 가져 왔죠?"

다른 사내가 영호의 등을 떠밀며 차에 태웠다. 엉겁결에 차에 올라탄 영호가 무슨 소리인지 몰라 두리번거리자, 뒷좌석에서 누군가 어깨를 툭 치더니 발목밴드를 내밀었다. 영호는 직감으로 그가 김 진우라는 걸 알았다.

"처음이쇼? 김 씨가 상을 당해서 며칠 못 나오니까 잘해봅 시다."

"감사합니다."

일은 예상했던 것보다 훨씬 고되었다. 육체노동의 강도는 지금껏 영호가 했던 일들과는 차원이 달랐다. 영호가 불려간 곳은 남양주 쪽 주상복합 공사장이었다. 공사 중인 건물은 영호의 눈에는 다 비슷해 보였고 계단에는 층수조차 표시되어 있질 않아, 미아처럼 길을 잃기 일쑤였다. 한번은 공구를 가져오라는 심부름을 갔다가 돌아오는 길을 찾지 못해 한 시간을 헤매다 돌아오기도 했다.

정말 정신없는 하루를 보냈다. 뼈마디가 욱신거리고 근육이 비명을 질렀지만 기분은 이상하게 상쾌했다.

영호는 일을 마치고 저녁 7시쯤 인력사무소로 돌아왔다. 그리고 일당을 수령하고 문밖으로 나오는데 아침에 발목밴드를 건네준 사람이 담배를 피우고 서 있었다.

"하루 종일 같이 있어도 누가 누군지 통 몰라서……. 암튼 인사가 늦었습니다. 저는 이 영홉니다. 그리고 이거 고마웠습니다. 제가 이 일이 처음이라 뭘 준비해야 하는 줄도 몰랐네요."

영호가 아침에 받은 발목밴드를 건넸다. 진우는 발목밴드를 받아 주머니에 넣으려다가 다시 영호에게 돌려주었다.

"난 여분이 있으니까 그냥 가지쇼. 큰 공사장에는 이거 없으면 바로 삐끗 먹어요. 그건 그렇고, 이 영호 씨라고 했죠?"

"예."

"이 형, 이것도 인연인데, 내가 한잔 살 테니 저녁 삼아 소주 한잔 할라우?"

"예, 좋죠."

영호는 웃으면서 고개를 끄덕였다.

"보기랑 다르시네. 좋아, 갑시다. 근처에 잘 가는 가게가 하나 있으니까."

그렇게 말하며 진우가 데려간 곳은 인력소개소 근처에 있는 어묵과 튀김을 파는 노점상이었다. 저녁이면 그곳엔 인력소개소에서 일당을 받고 나온 잡부들로 북적거렸다. 근처 슈퍼에서 소주를 사가면 어묵과 튀김 값에, 자리 값으로 한 사람당 오백 원만 더 받았기에 하루 일당 오만 원 남짓을 버는 사람들이 하루의 회포를 푸는데 그만한 장소는 없었다. 사람들은 약속이라도 한 듯 각자 소주 한 명씩만을 마시고는 한 시간도 채 되지 않아 썰물처럼 빠져나갔다. 종일 고된 일들을 하고 돌아와서인지, 아님 오며가며 쳐다보는 사람들의 시선을 의식해서인지, 그곳에서 길게 머물지는 않았다. 하지만 영호와 진우는 소주를 네 병이나 사와서 다른 사람들보다 자리가 길어졌다.

"이걸 언제까지 할 거요?"

진우가 물었다.

단순하지만 많은 걸 묻는 질문이었다. 영호는 뭐라고 대답해야 할지 몰라 잠시 망설였다. 하기야 진우의 눈에는 영호가 다른 세상을 살던 사람처럼 보였을 것이고 그러니 이런 질문을 하는 것도 당연했다. 아무리 뜯어봐도 영호는 공사판

인부 스타일은 아니었다.

"그러니까 오늘 첨이고……. 그래서 아직 생각을 안 해봐서……."

영호는 주절주절 궁색하게 말을 늘어놓았지만 자신이 무슨 이야길 하는지 스스로도 잘 몰랐다.

"남들은 여기 와서 뭐 대단한 거 배우고 나간다는데, 여기는 늪과 같은 곳이라 한 번 발을 디디면 빠져나가기가 쉽지 않아요. 그냥 극기 훈련 왔다고 생각하고 두어 달 지내다가 다시 돌아가는 게 좋을 겁니다."

진우가 영호의 잔에 술을 따라주며 말했다.

"아, 예."

영호가 고개를 끄덕이며 잔을 비웠다.

"여기 있는 사람들, 전부 범죄자들입니다."

진우가 다시 잔을 채워주며 불쑥 말을 꺼냈다. 영호는 그 말이 무슨 의미인지 모르겠다는 듯 고개를 갸웃거렸다. 하지만 진우는 뜻 모를 미소만 지었다.

"이렇게 해서라도 죗값을 치르는 거죠. 남들 등쳐먹고 사는 것보다는 낫잖아요."

영호의 시선을 의식했는지 진우가 그렇게 말하며 다시 잔을 채웠다. 마침 일기예보에도 없던 비가 내리기 시작했다.

"이거, 작게 내릴 비는 아닌 것 같은데⋯⋯."

진우가 달갑지 않다는 듯 중얼거렸다.

나중에 안 사실이지만, 비 오는 날엔 인력소개소에 나오는 잡부들 절반가량은 일을 받지 못하고 집으로 다시 돌아간다. 그래서 하루 벌어 하루 먹고사는 사람들에게 비라는 것은 꽤 거북스러운 존재였다. 특히 고시원 같은 곳에서 혼자 생활하는 사람들의 경우는, 하루 일당을 날리는 것에 대한 아쉬움도 있지만, 자기 돈으로 아침부터 저녁까지 사먹어야 한다는 부담에 비라는 것이 썩 반갑잖은 손님임은 분명했다.

다음 날부터 진우는 반장에게 부탁해 영호를 계속 달고 다녔다. 술을 같이 마신 덕분일 수도 있고, 영호를 보면서 자신이 이곳에 처음 왔을 때를 떠올렸을 수도 있다. 이유야 어쨌든 영호에겐 여러 모로 다행스러운 일이었다. 덕분에 계속 일감을 얻을 수 있었기 때문이다.

처음 한 주 동안은 폼이나 사포도 같은 것들을 뜯어서 위층으로 올리는 일을 했던지라 허리며 다리며 아프지 않은 곳이 없었고 장갑을 끼고 작업했는데도 손바닥에서 물집이 사라질 날이 없었다. 게다가 진우가 토시를 챙겨줬는데도 어디로 파고들었는지 팔뚝에는 시멘트 독에 올라 밤이면 가려워 잠을 이룰 수 없었다. 하지만 마음만큼은 예전과 다르게 편안했다.

 매일같이 들볶던 채권자들은 막노동을 한다는 영호의 말
이 미심쩍었는지, 직접 현장까지 찾아 확인한 후 더 이상 뜯
어먹을 것이 없다고 판단하고 독촉장만 보내고는 집으로 찾
아오는 일은 없어졌다. 영호 스스로도 이젠 밑바닥까지 왔다
는 생각에 오히려 홀가분한 마음으로 하루하루를 보낼 수 있
었다. 그런 편안한 마음 때문인지 일은 금방 손에 익숙해져
갔고 더 이상 현장에서 길을 잃어버리는 일도 없어졌다.

 마음이 편안해지기는 아내도 마찬가지였다. 처음엔 수진
은 몸도 마음도 성치 않은 사람이 새벽 5시면 배낭을 짊어지
고 나가는 것을 안쓰러워했다. 하지만 그렇게 해서라도 실패
의 충격을 딛고 툴툴 털고 일어나기만 한다면 좋겠다고 생각
했다.

 누구보다 기뻐한 사람은 다름 아닌 동식이었다. 불규칙하
게 아빠를 만나던 예전과는 달리 요즘은 아무리 늦어도 저녁
8시면 집으로 들어와 같이 놀아주다가 밤이면 책을 읽어주
며 잠을 재워줬고, 일요일이면 항상 어디론가 함께 놀러 다
닐 수 있어서 좋아했다.

 영호는 진작 자존심 같은 건 내던지고 이렇게 했으면 좋았
을 거라고 생각했다. 하지만 지금도 늦은 건 아니라고 생각

했다. 이제는 정말 좋은 일만 남았다고, 그렇게 스스로에게 용기를 주고 응원했다.

어느덧 해가 바뀌었다.

겨울이 지나고 봄이 찾아왔다.

그동안 영호는 진우의 디모도 격으로 짝을 이뤄 여러 현장으로 일을 나가게 되었다. 덕분에 아는 사람도 늘었고, 일을 마치면 종종 술자리를 갖다보니, 함께 같은 현장으로 나갔던 인부들이나 진우와 같은 고시원에 살고 있는 이들과도 친해졌다. 그중에는 동수라는 친구도 있었다. 여기까지 흘러온 사연도 비슷하고 동년배여서 그런지 다른 사람보다 더 가깝게 지냈다.

한눈에도 서글서글하게 생긴 동수는 은행에 근무하다가 IMF 때 희망퇴직을 신청하고 나와 바로 사업을 시작했는데, 일 년도 못 돼 사기를 당해 빚은 빚대로 지고 살던 집마저 날렸다고 한다. 지금은 부인과 아이를 처가에 보내고 고시원에서 생활하는 전형적인 생계형 기러기 아빠였다. 더구나 하나 있는 딸은 원인 모를 불치병을 가지고 있어, 동수는 매월 꽤나 많은 돈을 아내에게 보내줘야 했다. 그래서 낮이면 막노동판에서 일을 하고도 모자라 저녁에는 또 새벽까지 대리운전을 했다.

햇살이 포근한 어느 날, 진우와 영호는 일찌감치 점심을 먹고 나와 현장 담벼락에 기대 앉아 잠시 오수를 즐겼다.

"형, 아까 함바집에서 밥 먹다가 동수가 제수씨하고 통화하는 걸 얼핏 들었는데, 동수 오늘 생일인 것 같던데."

영호가 말했다. 가까워진 이후로 영호는 진우를 형이라고 불렀다. 진우가 자리에서 벌떡 일어났다.

"야! 그럼 그냥 넘어가면 안 되지. 잠깐, 반장 좀 만나고 올게."

진우가 현장사무실로 간 사이 동수와 막내 지학이 양손에 자판기 커피 한잔씩을 들고 영호 쪽으로 걸어왔다.

"야! 생일 축하한다."

영호가 동수의 어깨를 툭 치며 말했다. 동수는 조금 놀란 눈을 하다가 쑥스러운 듯 입을 한쪽으로 돌리고는 배시시 웃었다.

"형님, 오늘 생일입니까? 왕 축하드립니다. 그런데 그럼 오늘 뭐 없습니까? 한잔 빨아야 하지 않습니까?"

지학이 붙임성 있는 미소를 지으며 너스레를 떨었다.

"이 새끼는 군대에서 술 구경도 못하고 살았나, 술이라면 침을 질질 흘리고."

영호가 한 대 쥐어박는 시늉을 하자, 지학은 엄살을 피우며 뒤로 물러섰다. 영호는 피식 웃더니 동수를 쳐다보았다.

"동수야, 진우 형이 반장 만나러 갔어. 야리끼리 받으러.
술값은 우리가 낼 테니깐 오늘 대리 운전 하루 쉬어라."

동수는 영호의 마음씀씀이가 고마운지 조용히 웃기만 했다.

작업반장의 배려로 4시가 되기도 전에 하루 할당량을 마친
영호 일행은 일당을 받는 것도 다음날로 미루고 곧바로 아지
트로 삼은 치킨 집으로 모였다.

"아, 케이크가 빠지면 안 되잖아."

영호는 케이크를 사오겠다며 먼저 마시고 있으라고 하곤
가게를 나왔다. 그리고 가까운 제과점을 찾아 들어가려는데
휴대폰으로 메시지가 도착했다.

'애가 아프다고 해서 병원 들렀다가 집에 데려다났어. 사
무실에 급한 일이 있어 다시 나가. 마치는 대로 빨리 가.'

아내의 문자였다. 메시지를 확인하자마자 영호는 무작정
집으로 달려갔다. 약을 먹어서인지, 아들은 곤히 잠들어 있
었다. 이마에 손을 대자 아직 열기가 느껴졌다. 영호가 빨갛
게 상기된 볼을 쓰다듬자 동식이 스르르 실눈을 떴다.

"싸나이, 괜찮아?"

동식이 말없이 고개만 끄덕였다.

"아빠 회사에서 같이 근무하는 사람이 생일이야. 가서 빨

리 밥만 먹고 올게. 올 때 케이크 가지고 올 테니깐, 그때까지 푹 자고 있어, 알겠지?"

동식이 다시 고개를 끄덕이더니 조용히 눈을 감았다. 영호는 서둘러 집을 나와 제과점부터 들러 케이크를 샀다. 그러고는 헐레벌떡 술집으로 들어갔다.

"형님, 케이크를 어디서 만들어 오셨습니까? 혹시 오시다가 혼자 다 드신 거 아닙니까. 어? 이거 너무 가벼운데 말입니다."

지학의 농담에 모두들 한바탕 웃음을 터뜨렸다. 덕분에 영호는 핑계를 댈 필요가 없게 되었다. 평소엔 대리운전을 하느라 술자리에 끼지 못했던 동수는 모처럼 여유를 즐기며 동료들과 즐겁게 술을 마셨다. 분위기가 한껏 들뜨자 영호는 자꾸만 집에 두고 온 아들이 걸려서 좀처럼 술맛을 느낄 수가 없었다. 기회를 봐서 일어나야겠다고 맘먹는데 누군가 거칠게 문을 열고 주점으로 들어왔다. 용접공으로 일하는 재혁이었다. 몇 번인가 같이 술을 마셔서 영호도 안면을 익힌 사이였다. 진우가 금세 알아보고 농을 던지며 반겼다.

"형님, 주말에 형수님 뵈러 가신다더니. 밀린 회포 풀려고 어디 여행이라도 다녀오셨어요?"

재혁은 말없이 다가왔다.

가까이서 보니 재혁의 몰골이 말이 아니었다. 옷차림도 그렇고 완전히 부랑자 같았다. 게다가 이미 전작이 있는지 벌써 거나하게 취한 영호 일행인데도 재혁의 술 냄새를 맡을 수 있었다.

"마누라? 집에 갔더니 이사를 가고 없더라. 씨발, 전화도 안 되고. 며칠을 찾아다녀 봤는데 감쪽같이 사라졌어. 제대로 잠수 탔다고."

재혁의 말에 갑자기 분위기가 숙연해졌다. 재혁은 진우가 따라준 술을 마시고는 다시 말을 이었다.

"아주 기분 더럽다. 얼마 전에 애들한테 빚을 남겨줘서는 안 된다고 하길래, 형식적으로 이혼서류에 도장만 찍으면 된다고 해서 찍어줬는데⋯⋯. 씨발, 우리 아들은 내 전화번호를 분명히 알고 있는데 말이야."

그러더니 잠시 말을 끊은 재혁은 기분 좋게 마시는데 방해해서 미안하다며 주머니에서 꼬깃꼬깃한 지폐 한 장을 꺼내 테이블에 내려놓고 벌떡 일어났다. 재혁은 영호 일행에게 다시 한 번 미안하다며 고개를 숙이고는 힘없이 밖으로 나갔다. 진우가 황급히 뒤따라 나갔다가 무거운 얼굴로 돌아왔다. 덕분에 분위기는 가라앉을 대로 가라앉았다. 덩달아 영호도 일어날 기회를 놓치고 말았다.

"형님들 기분도 그런데, 우리 노래방 가는 게 어떻습니까? 노래방은 제가 쏘겠습니다."

지학이 불쑥 말을 꺼냈다.

"그래, 하루 이틀 보는 일도 아니고. 우리 노래방 가서 신나게 놀자, 어때?"

진우가 동조했다. 동수까지 좋다고 하자, 영호는 더욱더 빠질 수가 없었다. 결국 노래방으로 자리를 옮겼다. 네 남자는 가라앉은 분위기를 바꿔보려고 일부러 더 소리를 지르며 질펀하게 놀았다. 그사이에 영호의 휴대폰은 계속 울어댔지만 음악소리에 묻히는 바람에, 영호는 까맣게 모르고 있었다.

한 시간을 더 놀다가 간신히 노래방을 빠져나온 영호는 그때서야 부재중 전화를 확인하고는 깜짝 놀랐다. 무려 스무 통이 넘었다. 그중 절반은 아내였고, 나머지 절반은 기석이었다. 영호는 덜컥 겁이 났다.

"당신 지금 어디야? 전화는 왜 안 받은 거야. 나 지금 건대병원 응급실이야! 애가 이 지경이 되도록 혼자 두고 어딜 간 거야? 오든 말든 당신이 알아서 해!"

아내는 빽 소리를 지르며 전화를 끊어버렸다.

영호는 곧바로 택시를 잡아타고 병원으로 달려갔다. 병원에 도착해보니 동식은 응급실에서 일반 병실로 옮겨져 있었다.

동식을 병원에 데려간 사람은 기석이었다. 영호가 전화를 받지 않자 걱정이 된 수진이 기석에게 전화를 걸어 동식을 들여다봐 달라고 부탁한 모양이었다. 그리고 기석이 열이 펄펄 끓는 동식을 발견하고는 앰뷸런스를 불러 응급실로 온 상황이었다. 전후사정을 들은 영호는 기석에게 고맙다며 고개를 숙였다.

"고맙다. 덕분에 우리 아들이 살았어."

"아냐, 우리끼리 그런 걸 가지고 뭘. 그나저나 첨에 왔을 때 의사가 뇌수막염이 의심된다고 해서 아주 식겁했다. 다행히 그건 아니라니까 한시름 놓았다."

기석이 눈짓으로 수진을 가리키며 나직이 말했다.

"무조건 잘못했다 해. 그게 상책이야. 이건 무조건 남자가 양보해야 해. 애 아픈데 어른끼리 쌈이나 하고 있어봐, 애가 얼마나 불안하겠냐. 그리고 긴 병에 효자 없어. 제수씨도 고생하고 있고 니가 더 이해해. 그게 남자잖아. 그리고 일 나가는 거 말이야. 내가 참견할 일은 아니지만 그거 오래할 게 못된다 싶다. 슬슬 정리하고 다시 뭔가 새로 시작해야지. 동식이도 곧 학교 들어가는데, 잠시 제수씨랑 역할 바꿨다고 생각하고 뭐라도 준비해봐. 이래저래 눈치가 보이면, 제수씨 퇴근해서 집에 들어오는 시간 맞춰서 청소도 하는 척하고,

설거지도 하는 척하고, 그렇게 호들갑 떨면 돼. 나도 공무원 시험 준비한다고 백수로 집에서 몇 년 보낸 적 있어서 잘 알아. 참, 이거 얼마 안 되는데 병원비에 보태."

기석이 봉투를 하나 내밀었다. 그러고는 거절할 틈도 주지 않고 곧바로 엘리베이터에 올라탔다.

입원실로 돌아와 보니 아내가 동식의 옆에 엎드려서 자고 있었다. 살금살금 발소리를 죽인다는 게 침대 다리를 건드려서 그만 아내가 깨고 말았다. 아내는 시계를 확인하더니 급히 자리에서 일어났다.

"내 정신 봐. 나 사무실 나가봐야 돼."

"지금?"

영호가 물었다.

"어, 급하게 나와서 일을 마무리하지 못했어. 오늘까지 꼭 끝내야 할 일이 있어. 나오지 마. 이따가 다시 올게."

아내는 가방을 챙겨서 서둘러 병실을 나갔다. 영호는 아내의 뒷모습을 멀뚱히 바라보다가 동식의 이마에 손등을 댔다. 아직 미미하지만 열이 느껴졌다. 영호는 차가운 물에 수건을 적셔서 꾹 짠 다음 동식의 이마에 올려주었다. 그러고는 조심스럽게 간이침대를 꺼내 몸을 뉘었다. 긴장했던 게 풀렸는지 술기운에 잠시 잠들었다가 동식이 뒤척이는 소리에 다시 눈을 떴다.

　동식은 잠꼬대를 하듯 '아빠, 아파.'라는 말을 반복해서 중얼거렸다. 영호는 미안한 마음에 동식을 꼭 껴안고 얼굴을 부비면서 속삭이듯 말했다.

　"아빠가 미안해. 우리 싸나이가 그렇게 아팠는데. 아빠가 미안해. 정말 미안해."

＊　　　＊　　　＊

　영호는 동식의 퇴원을 기념하는 의미에서 주말을 맞아 동식을 데리고 여행을 떠났다. 아내는 워크숍 때문에 경주로 내려가서 모처럼 부자간에 오붓한 시간을 가졌다. 그리고 다음 주면 동식도 어엿한 초등학생이 될 것이다. 그러면 정말로 더는 어리다고만 생각할 수 없게 된다. 학교에 들어가면 눈에 띄게 부쩍 자랄 것이다. 영호도 그랬다. 학교란 그런 것이다. 그래서 아들이 더 자라기 전에 뭔가 추억을 만들고 싶었다. 다행히 동식도 아빠랑 둘이 떠나는 기차여행을 만족스러워 했다.

　남춘천역에 내린 둘은 버스를 갈아타고 소양강 댐으로 향했다. 소양강 댐에 도착하자 저 멀리 선착장에 대어져 있는 배에 사람들이 줄지어 타고 있는 것이 보였다. 둘은 부랴부랴 뛰어 배에 올라탔다. 태어나서 처음으로 타보는 배였던지라 동식에겐 모든 게 신기했다. 며칠 전까지 병원신세를 진 아들이 걱정돼 객실로 들어가자고 했지만 동식은 막무가내로 난간을 잡고 강바람을 만끽했다. 영호도 하릴없이 옆에서 아들을 지켜봐야 했다.

겨울 가뭄이 길어서인지 배는 청평사 나루를 한참 못 미쳐 닿았다.

오봉산을 오르는 길은 생각보다는 가팔랐고, 군데군데 미끄러운 바위 길도 있었다. 영호는 몇 번 미끄러져 넘어지는 동식을 외면하다 손바닥이 까져서 피가 나는 것을 보곤 결국 등에 들쳐 업고 오르기 시작했다.

"너 담에 올 때는 꼭 혼자 올라가야 한다."

"아직은 초등학생도 아니잖아. 초등학생 되면 꼭 그렇게 할게!"

그러고는 아빠 등에 업혀 고개를 두리번거리며 편하게 경치를 즐겼다.

정상에 다다를 즈음, 영호도 슬슬 힘에 부치기 시작했다. 가파른 길을 오를 때는 다리가 후들거리고 등에는 식은땀이 주르륵 흘렀다. 그런 줄도 모르고 동식은 다리를 굴려가면서 콧노래를 부르고 있었다.

"너! 아빠는 힘들어 죽겠는데 혼자서 뭐가 그리 신났어? 노래 한 번만 더 부르면 걸어가라고 그런다."

그러자 동식은 풀 죽은 듯 가만히 영호의 등에 달라붙어 있는가 싶더니, 잠시 후 노래를 더 크게 부르며 몸을 흔들어 댔다. 영호는 더 실랑이 벌일 힘도 없는지, 헉헉 숨소리를 내며 마지막 힘을 다해 걸음을 내딛었다. 겨우 겨우 정상에 오른 영호는 동식을 내리자마자 땅에 퍼질러 앉아 가쁜 숨을 내쉬었지만 동식은 아빠 등에서 내리자마자 소양강 경치가 한눈에 보이는 곳으로 달려갔다.

"아빠! 빨리 와봐. 우리가 타고 온 배가 손톱만 해!"

정말 배가 손톱만 해 보였고, 소양강 물은 바가지로 한 번에 퍼서 마실 수 있겠다는 생각도 들었다. 정말 오랜만에 느껴보는 호연지기였다. 영호는 팔짱을 낀 채 눈앞에 보이는 경치를 가만히 쳐다보며 생각에 잠겼다.

'다시 준비해서 뭔가를 해야 하는데. 어디서부터 어떻게 시작해야 할까?'

어느 때부터인가, 이런 생각을 할 때면 기대보다는 두려움이 앞서 찾아왔다.

그래서 막노동 생활이 영호에게는 좋은 도피처가 되어 주었다. 주변 사람들은 그런 영호를 바라보면서 실패의 책임을 묻기보다는 힘든 상황에서도 열심히 살려한다는 식으로 좋게 바라봐줬다. 심지어 빚쟁이들조차도 막노동이나 하는 놈한테 뭐 뜯어 먹을 게 있겠냐 식으로 아예 발길조차 주지 않았으니, 이만한 도피처도 없었다. 그래서 간혹 이런 생활에 안주하다가 인생 그냥 끝나버리는 게 아닌가, 하는 질문을 스스로에게 던지면 갑자기 머리는 복잡해지고 가슴이 답답해졌었다. 그런데 이유는 알 수 없었지만 오늘은 달랐다. 막연한 느낌이지만 뭔가 길이 보이는 듯했다. 그렇게 혼자서 생각을 정리하며 정상 부근을 서성였다.

"아빠 배 안고파? 빨리 내려가자."

이제 흥미를 잃었는지 동식이 보채기 시작했다. 그러자 영호도 시장기를 느꼈다.

산에서 내려온 영호는 동식을 데리고 소양강 댐 진입로에 있는 막국수 집으로 향했다. 둘은 막국수에 큼직한 파전까지 먹고 배를 두드리며 식당을 나왔다. 그러고는 건너편 정류장에서 버스를 기다렸다. 배차 간격이 긴 편인지 버스는 좀처럼 올 생각을 하지 않았다. 기다리다 지친 동식이 다시 보채기 시작했다.

"싸나이, 우리 히치하이킹 한 번 해 볼까?"

영호의 제안에 동식은 눈을 동그랗게 떴다.

"히치하이킹? 그게 뭐야?"

"차를 얻어 타는 건데, 이렇게 주먹을 쥐고 엄지손가락으로는 가고자 하는 방향을 가리키고 있다 보면 차가 와서 그냥 태워줘."

"공짜로? 좋아! 함 해보자. 아니, 내가 해볼게."

꼬맹이가 손을 들고 있어서인지, 얼마 지나지 않아서 승용차 한 대가 앞에 멈춰 섰다. 머리가 희끗희끗한 노신사가 행선지도 묻지 않고 타라고 손짓을 했다. 영호는 감사하다며 동식을 데리고 뒷좌석에 탔다.

"손주신가 봐요?"

영호가 조수석에 잠든 동식 또래의 아이를 보면서 물어봤다.

"예? 아, 늦둥이 아들입니다. 하하! 이런, 참 쑥스럽네요."

노신사는 멋쩍게 웃었다.

영호는 미안하다며 사과했다. 노신사는 괜찮다며 손사래를 치더니 묻지도 않았는데 늦둥이를 얻은 사연을 들려주었다. 본래 그에겐 장성한 아들이 있었는데 군대에서 불의의 사고를 당해 세상을 떠났다고 한다. 그러다가 뜻하지 않게 늦둥이를 얻었다는 것이다. 젊은 시절에는 주로 외국의 건설현장에서 세월을 보냈다는 노신사는 아들이 살아있을 적에 제대로 대화를 나누지 못한 게 아쉬워 항상 마음에 걸렸다고 했다.

"난 이놈이 태어나자, 먼저 간 그놈이 환생을 했다고 생각했어요. 아빠 사랑을 제대로 한 번 받아보려고 다시 나한테 온 거라고. 그 후론 주말이면 일이고 뭐고 다 집어치우고 이렇게 이 친구랑 여행을 다닌다우."

"그러시군요."

영호가 고개를 주억거렸다.

"얘야. 넌 이름이 뭐니?"

노신사는 룸미러로 동식을 쳐다보며 물었다.

"동식이요. 이 동식."

"야, 우리 동식인 씩씩하구나. 집이 어디야?"

"서울요. 서울 광진구 자양동."

"그래, 잘 됐구나. 아저씨 집이 잠실이니깐 앞에 있는 친구하고 동무해서 춘천 구경이나 실컷 하고 가자! 어때?"

"정말요? 좋아요!"

영호가 난감한 표정으로 쳐다보자 노신사는 괜찮다는 듯 웃으면서 고개를 끄덕였다. 오히려 늦둥이 아들에게 새로운 친구가 생겨서 잘됐다는 투로 말했다

"초면에 너무 폐를 끼칩니다."

"아이고, 별말씀을. 괜찮아요. 저도 애만 상대하다보니 심심했던 참인데 말벗도 생기고 좋죠, 뭐. 우리 애도 나보단 또래가 더 편할 테고."

영호 부자와 노신사 부자는 애니메이션 박물관을 거쳐 가까운 수목원을 찾았다. 그곳에서 잠시 피로도 풀 겸 아이들끼리 뛰어놀라고 하고, 노신사와 영호는 찻집에 앉아서 나무들을 바라보며 담소를 나눴다.

"나무는 우리에게 정말 많은 것을 주네요. 말 그대로 아낌없이 주는 나무네요. 저도 우리 아이에게 그런 나무가 되어주고 싶어요. 비가 오면 비를 피할 수 있게 해 주고, 햇볕 뜨거운 여름날에는 시원한 그늘을 만들어 주고, 가을이면 달고 맛있는 열매를 열어 한 아름 안겨주고. 때론 잘못을 저질렀을 때는 내 몸통을 꺾어서 회초리를 만들어 호되게 혼을 내주고, 겨울에 추워서 떨고 있으면 내 몸을 태워 온기를 주고요."

말을 하면서도 노신사의 시선은 아이한테서 떠나지 않았다.

"너무 잘하고 계신데요."

영호가 말했다.

그러자 노신사가 손사래를 치며 고개를 가로저었다.

"아무 것도 못 줘도, 오랫동안 그냥 곁에 있어주기만 해도 좋겠어요. 내년에 내 나이 환갑이니, 저놈이 스무 살이 되기도 전에 전 이미 칠순이 훨씬 넘은 할아버지가 되죠. 허허, 살아서 천년 죽어서 천년을 산다는 주목나무처럼, 아니 천년은 아니더라도 딱 100살까지 만이라도 저놈 곁에 건강하게 있었으면 좋겠는데. 그래서 요즘 운동도 길게 하는 걸 시작했답니다. 하하! 가능할지 모르겠지만 조만간 마라톤 풀코스에 도전해보려고요. 주자불로(走者不老)라고, 요즘은 많이들 하더라고요."

"마라톤이요?"

"네. 거 있잖습니까. 올림픽의 꽃이라고 하는 마라톤. 실상은 주구장창 뜀박질하는 거지만."

"힘들진 않습니까?"

영호가 조심스레 물었다.

"아, 이게 단거리랑 쓰는 근육이 달라요. 100미터나 200미터 같은 단거리는 순발력이 중요해서 나처럼 나이든 사람이면 엄두도 못 내요. 하지만 마라톤 같은 장거리는 지구력이 중요해요. 트레이너 말이 지구력을 발휘하는 근육은 관리만 잘하면 나이가 들어도 현상유지가 된다고 하더군요."

마라톤이라. 노신사의 설명을 듣던 영호는 속으로 곱씹었다. 묘하게 마라톤이란 단어에 어떤 울림이 느껴졌다.

"그렇군요."

"참! 아까 뭘 열심히 메모하던데."

영호는 상의주머니에 있는 메모지를 꺼내보였다.

"피톤치드요. 나무가 살아남기 위해 주변 환경과 치열하게 싸우는 과정에서 발생하는 피톤치드라는 것이 해로운 것들에게는 독이 되지만 사람들에겐 약이 된다네요. 저도 여기 와서 처음 알았습니다."

노신사는 뭔가 한참 동안 생각을 하다가 무릎을 탁 쳤다.

"아, 피톤치드! 그렇게 따지자면, 나무는 그냥 곁에 있기만 해도 힘이 되는 존재네요."

영호는 돌아오는 차 안에서 깜빡 잠이 들었다. 동식을 업고 산 정상까지 오르내린 탓이었다. 그러다가 서울에 거의 다 왔을 때쯤 잠이 깼다. 톨게이트에서부터 밀리기 시작한 차들을 바라보며 비로소 서울에 돌아왔다는 것을 실감했다. 이제 내일부터는 저 거대한 도시에서 다시 버둥거리며 살아가야 한다.

영호는 낮에 노신사와 나눈 대화들을 다시금 떠올렸다. 그리고 왠지 모를 어떤 계시를 받은 느낌에 사로잡혔다. 세상엔 우연을 가장한 필연이 있다는 이야기를 들은 적이 있다. 어쩌면 오늘 만남도 그런 종류의 것인지도 모르겠단 생각이 들었다. 아직 명료하진 않지만 어떤 깨달음을 얻은 기분이었다.

영호는 옆에서 자고 있는 동식을 끌어당겨 무릎을 베게 했다. 그러고는 고개를 숙여 아들의 냄새를 맡았다. 세상에서 가장 좋아하는 냄새였다. 그 바람에 잠이 깬 동식이 샐쭉한 표정을 지으며 물었다.

"아빠, 아빤 왜 내 냄새를 자꾸 맡는 거야?"

"응? 음. 꼬마자동차 붕붕은 어떤 냄새를 맡으면 힘이 솟지?"

"음, 꽃향기?"

"빙고! 바로 그거야. 동식이 냄새도 아빠한테 붕붕이 힘을 얻는 꽃향기 같은 거야."

"아하! 그런 거야?"

"그럼."

"그럼 아빠 이제 막 힘이 솟고 그러겠네?"

"당연하지? 한번 볼래? 아빠, 팔뚝 만져봐. 근육이 만져지지? 이게 다 동식이 냄새를 맡아서 그런 거야."

"우와, 정말이네!"

노신사가 두 부자의 대화를 들으며 빙그레 웃었다.

*　　*　　*

영호는 더 이상 인력소개소를 나가지 않았다.

기석의 충고도 있었고, 노신사와의 만남 이후로 뭔가 깨달은 바가 있었다. 일 년 정도 길게 계획을 잡고 새로운 일을 준비하면서 그동안 하고 싶었던 공부도 하려고 다부지게 마음먹었다. 물론 가장 큰일은 동석을 돌보고 집안일을 하는 것이었다.

아이가 갓 초등학교를 들어가면 으레 보름 정도는 하교 때 교문 앞에서 기다렸다가 집으로 데리고 와야 한다. 아내는 요즘은 그런 극성을 떠는 부모가 없다면서 며칠만 하고 그만두라고 했다. 말로는 학교도 가깝고 딱히 큰길도 없는데 무슨 걱정이냐고 했지만, 낮에 일도 안 나가고 아이를 마중 나가는 남편을 보고 사람들이 입방아를 찧을까봐 신경이 쓰인 탓이었다. 하지만 정작 영호는 다른 사람의 시선 따위 별로 의식하지 않았다. 아들을 마중 나가는 일은 그의 하루 일과 중 가장 즐겁고 그래서 중요한 일이었다.

"싸나이!"

"아빠!"

영호는 아이들과 함께 나오는 동식을 발견하고 손을 흔들었다. 동식도 아빠에게 경례를 하고는 씩씩하게 걸어왔다. 마치 주변의 시선을 의식한 듯 꼬마병정처럼 팔을 흔들며 아빠보다 앞서서 걸었다.

"싸나이, 오늘은 뭐하고 놀았어?"

영호가 뒤따르며 물었다.

"아빠, 또! 학교가 노는 덴 줄 알아? 학교는 열심히 공부하는 곳이야. 알았어? 정말 비보 같애."

동식이 그것도 모르냐며 핀잔을 주었다. 영호가 피식 웃었다.

"아빠한테 바보라고 하면 어떻게 해."

"바보라고 안 했다. 비보라고 그랬지! 친구를 바보라고 놀리면 선생님한테 혼나! 그래서 우리끼리 정했어. 바보한테는 비보라고 말하기로."

동식은 선생님도 모르는 대단한 비밀을 아이들과 공유한다는 것처럼 말하곤 뭐가 즐거운지 깔깔거리며 웃었다. 그러다가 갑자기 뭔가 생각났다는 얼굴로 영호를 돌아보았다.

"아빠, 낼부터는 나오지 마! 친구들끼리 약속했어. 낼부턴 스스로 집에 가기로."

"이번 주까지만 나오면 안 돼?"

갑작스러운 통보에 영호는 서운함을 느끼며 넌지시 물었다.

"안 된다니깐! 낼 아빠가 나오면 나 비보된다니깐!"

"알았어, 알았어."

영호는 마지못해 고개를 끄덕였다.

다음날, 동식은 선생님을 따라 나오며 연방 교문 주변을 살폈다.

아빠가 없었다.

약속한 친구들 중에는 부모가 나와 있는 아이도 있었다. 차가 다니는 큰 길을 건너야 집으로 갈 수 있는 상근의 경우엔 할머니가 마중을 나와 버렸다. 상근이는 할머니를 보더니 떼를 쓰기 시작했고, 학부모가 마중을 나오지 않은 동식이와 다른 친구들은 상근을 향해 입모양으로 '비보!'라고 놀려대기 시작했다. 그렇게 친구들과 즐겁게 인사를 나눈 동식은 씩씩하게 시장을 통과해 집으로 통하는 골목길을 들어섰다. 그런데 아빠가 거기에 팔짱을 끼고 기다리고 있었다.

"싸나이! 어떻게 스스로 집으로 왔어! 우리 싸나인 진짜 대단해!"

동식은 친구들이 혹시 보고 있나 주변을 살피더니 영호에게 달려가 와락 안겼다.

사실 영호는 학교에서부터 몰래 동식의 뒤를 밟았다. 그리고 시장을 가로질러 집으로 가는 골목길로 접어들 즈음 다른 골목길로 잽싸게 달려와 그 자리에서 있었던 것이다.

"아빠, 오늘 상근이 할머니가 교문 앞에 나와 있었어. 걔는 아직 애긴가 봐. 그래서 우리가 '비보'라고 놀렸더니 할머니한테 막 떼썼다."

"그래? 상근이는 정말 아기네? 걔는 유치원으로 다시 가야겠다. 그치."

영호가 웃으면서 맞장구를 쳐주었다.

"그럼! 학교는 씩씩한 싸나이들만 갈 수 있는 데야. 그리고 아빠, 난 이제 씩씩한 싸나이니깐 친구들 앞에서는 막 껴안고, 쿵쿵거리고, 엉덩이도 만지고 그러면 안 돼! 알겠지? 싸나이가 창피해지잖아."

"알았어."

영호는 흐뭇하게 웃으며 아들의 머리를 쓰다듬어주었다.

"아빠, 아빠. 나 이가 흔들려."

"뭐? 어디 봐봐."

두 부자는 집으로 들어와 흔들리는 이와 실랑이를 벌였다.

"아빠, 이거 빼면 아프지? 안 빼면 안 돼? 흔들리다가 저절로 빠지잖아!"

"안 돼. 그대로 두면 새 이가 나오다가 멈칫! 하고는 '아, 이놈이 있으니 난 다른 방향으로 나가야겠다.' 그렇게 생각해. 그럼 덧니가 돼."

"덧니? 덧니가 뭐야?"

동식이 잘 모르겠다는 듯 고개를 갸웃했다.

"상어 이빨처럼 옆으로 삐져나오는 이 말이야. 아주 보기 싫게."

"으으, 싫다."

아빠의 설명에 동식이 정색하며 몸서리를 쳤다.

"아, 이거 생각보다 쉽지 않네."

영호는 간신히 이빨에 실을 묶는 데 성공했다. 하지만 애가 아파할까봐 과감하게 실을 잡아당기지 못했다. 몇 번이고 망설이다가 작심하고 실을 잡아당겼는데 이빨은 빠지지 않고 실만 빠져나왔다. 그러면서 애꿎은 잇몸만 건드려 피가 나왔다.

"어! 피가 나! 안 되겠다. 병원에 가자. 그래! 119, 119가 몇 번이지?"

영호가 호들갑을 떨었다.

"119가 몇 번이긴 몇 번이야 119번이지. 그만해, 담에 뽑을래!"

오히려 동식이 아빠보다 대범하게 굴었다.

"피가 난다니깐! 잠깐만 기다려봐. 아빠가 나가서 약 사가지고 올게."

영호는 막 대문을 열고 나서다가 옆집 아저씨와 마주쳤

다. 아마도 가까운 곳에 일을 나가서 점심을 먹으러 들어온 듯했다.

"저 혹시 집에 약 있습니까?"

"네? 무슨 약이요? 누가 아픕니까."

"아, 그게 우리 애가 이가 흔들린다고 해서 뽑다가 그만 제가 잘못해 피가 나와서요."

옆집 남자는 영호의 말에 웃음이 나오려는 걸 꾹 참으며 말했다.

"집에 실은 있죠? 애 데리고 나오세요."

영호는 잠시 머뭇거리다가 동식을 데리고 나왔다. 옆집 남자는 영호와는 다르게 능숙한 손놀림으로 흔들리는 이에 실을 고정시켰다.

"자, 보자! 동식이라고 했지. 몇 살이야?"

"일곱 살이요."

동식이 씩씩하게 대답했다.

"동식이는 참 씩씩하구나. 동식인 인사도 잘하지? 아저씨한테 인사 한 번 해봐."

그러자 동식은 아무렇지도 않게 꾸벅 인사를 했다.

그 순간 옆집 남자가 쥐고 있는 실에 빠진 이가 대롱대롱 매달렸다. 동식이 인사를 하려고 고개를 숙였을 때 그 실을 꼭 쥐고 있어서 고개를 드는 순간 자연스럽게 이가 빠진 것이다.

"와, 싸나이!"

불안한 마음으로 쳐다보던 영호가 흥분해서 소리쳤다. 옆집 남자는 신기한 눈으로 보고 있는 동식에게 실을 건넸다.

"자, 이거 들고 저기 지붕 보이지? 저곳으로 힘차게 던지면서 '헌 이 줄게, 새 이 다오.'라고 외쳐봐. 그럼 곧 튼튼한 어른 이가 나올 거야."

동식이 이를 던지러 간 사이에 옆집 남자는 쑥스러워하는 영호를 보고 말했다.

"첫애 때는 원래 그래요. 집에 솜 있죠? 빠진 자리에 십분 정도 물려놔요. 그리고 빠진 자리 잇몸 상하면 안 되니깐 오늘은 딱딱한 과자 같은 것은 먹이지 말고요."

"아, 예. 감사합니다."

영호는 인사를 하고 동식을 쳐다보았다. 동식은 이빨을 지붕에 던지고 옆집 남자가 가르쳐준 노래를 흥얼거리고 있었다. 영호는 아들이 계속 자라고 있다는 사실을 실감했다. 그리고 잠시 한눈을 팔면 부쩍 자라서 어느 샌가 어른이 되어버릴 것 같았다. 그 느낌은 왠지 뿌듯하면서도 한편으로는 서운할 듯싶었다. 영호는 아들이 어른으로 자라기 전에 자신도 늦지 않고 다시 제자리를 찾아야겠다고 생각했다.

그 후로, 일 년이란 세월이 바람처럼 흘렀다.

돌이켜보면 지난 몇 해 사이 가장 평온했던 시간이었다. 유독 무더웠던 여름에는 동식이 태어나서 처음으로 세 식구가 함께 해수욕장을 다녀왔고 가을에는 서울 근교의 산들을 찾아 단풍놀이를 떠났다. 겨울에는 눈꽃축제 기간에 맞춰 태백산에 오르기도 했다. 사업에서 실패하고 매일을 지옥처럼 보냈던 영호에겐 더 없이 소중한 나날들이었다. 덕분에 다시 할 수 있다는 자신감을 얻었고 새로운 각오로 세상에 나설 에너지도 충전할 수 있었다.

길었던 겨울이 끝나는 듯했다. 새롭게 구상한 사업 아이템에 대한 사람들의 시각도 조금씩 우호적으로 바뀌어 갔다. 물론 처음에는 고전을 면치 못했지만 매일 밤을 새우며 다양한 사람들의 입맛에 맞추려고 노력하다보니 어느새 대중의 입맛을 알아보는 감각을 터득해가고 있었다. 영호는 과거의 전철을 밟지 않으려고 무던히 노력했다. 무리하게 자금을 끌어 모으거나 신원이 불분명한 동업자와 손을 잡는 일을 하지 않았다. 이번에야말로 오로지 혼자 힘으로 다시 일어설 생각이었다.

수진도 예전처럼 영호에게 싫은 소리를 하지 않았다. 적어도 막노동을 하던 때와는 다르게 남편의 눈빛에서 활기 넘치는 생기를 볼 수 있었기 때문이었다. 한때 부정적으로 바라보던 시각도 이제는 많이 바뀌어 지금은 든든한 영호의 조력자가 되어주려 했다.

그러던 어느 날이었다. 여느 때처럼 프레젠테이션을 준비하다가 밤을 지새운 영호는 아침나절에 겨우 잠이 들었다. 하지만 정오가 막 지나자마자 걸려온 전화에 단잠을 깨고 말았다. 잠결에 수화기를 들자, 기석의 다급한 목소리가 흘러나왔다.

"야, 조금 전에 집으로 채권추심 업체 사람이 찾아와서 딱지 붙이기 전에 돈 내놓으라고 지랄하고 갔다. 나중에 찾아오라고 하긴 했는데, 그놈들 경우 없이 뭐하는 짓인지 모르겠다. 아무래도 저번에 네 회사 자본금 증자할 때 누가 돈 필요하다고 해서 보증 서 준 것 때문에 그런 거 같은데, 좀 알아봐주라."

"어? 그래, 내가 오늘 중으로 알아보고, 저녁에 전화할게."

영호는 비몽사몽간에 통화를 마치고 다시 잠을 청하려다가 퍼뜩 정신을 차렸다. 그냥 대수롭지 않게 넘어갈 일이 아닌 듯했다.

영호는 잠을 깨려고 냉장고로 달려가 냉수를 벌컥벌컥 마셨다. 그것만으로는 모자라서 냉동실의 얼음을 꺼내 얼굴에 문질렀다. 차디찬 냉기가 졸음을 몰아내자 다시 방으로 돌아와 수화기를 들었다. 그러고는 기억을 더듬어 정 이사에게 전화를 걸었다. 오랜만의 통화에도 정 이사의 목소리는 무척 떨떠름했다. 이제 와서 자기에게 무슨 용건이 있냐는 듯한 태도였다. 영호는 감정을 추스르고 차분하게 말했다.

"괜찮으면 잠시 뵈었으면 하는데요."

정 이사는 잠시 고민하더니 사무실 위치를 알려주었다. 영호는 전화를 끊고 양치질을 한 후 옷을 갈아입고 집을 나섰다.

정 이사의 사무실은 낡은 벽돌건물에 있었다. 간판도 없고 사무실 내부만 봐서는 무슨 일을 하는 곳인지 감이 오질 않았다.

"오랜만입니다."

정 이사는 자못 사무적인 어투로 인사를 하고 영호에게 자리를 권했다.

영호는 잠시 숨을 고르고 보증을 서준 기석의 이야기를 꺼냈다. 잠자코 이야기를 듣던 정 이사의 표정이 점점 어두워졌다.

"일이 잘 풀렸으면 이런 일도 없을 텐데, 그렇지 못해서 아쉽네요. 일단 그 대출금은 자본금 증자할 때 정 이사님 지분 비율 맞추려고 제가 대신 보증인을 세워 드린 거잖습니까? 물론 일이 잘 안 풀려 주식 자체는 의미가 없어졌지만, 제 딴에는 회사를 정리하실 때 나름 의리를 지킨다고 서운하게 해 드린 게 없으니, 이사님도 약속을 지켜주세요."

"약속? 무슨? 채무자가 상환능력이 없다면 보증인이 책임지는 건 당연한 거 아닙니까?"

의외의 대답에 영호는 순간 당황했다.

"저는 사장님과의 일로 인해 캐리어만 망가지고 시간만 까먹은 꼴이 되어버렸어요. 오히려 사장님께서 의리가 있으신 분이라면, 제게 그런 짐을 떠안길 게 아니라 위로하는 차원으로다 털어주고 쿨하게 넘어가야죠."

"정 이사님. 의리는 오히려 제가 따져야 되는 거 아닙니까? 정 이사님께서 저하고 일하시는 동안 어머니 일로 급하다며 몇 번 꿔간 돈도 있는데, 전 아무리 어려웠어도 한 번도 돌려달라고 한 적이 없잖습니까? 다른 사람들처럼 법적으로 했다면 그게 의리를 저버린 거죠."

"법적으로? 그건 알아서 하세요. 그 돈은 보너스조로 준 걸로 알고 있는데요?"

정 이사가 코웃음을 치며 말했다.

더는 대화를 할 수가 없었다. 영호는 정 이사를 사납게 노려보고는 씩씩거리며 그의 사무실을 나왔다.

돌아오는 전철에서 영호는 차창 밖을 내다보며 정 이사의 거만한 언행을 곱씹었다. 설마 이 정도까지 밑바닥일 거라는 생각은 꿈에도 하지 못했다. 한때나마 그와 동업자로 일을 도모했다는 사실이 부끄러울 지경이었다.

'역시 현수 말대로 그놈이 말하는 의리는 의리(義理)가 아니라 남 등쳐서 자기 뱃속 불리는 그런 의리(疑利)야. 이 영호! 너는 그렇게 당해놓고 아직도 모자라 그런 양아치한테 또 당하고 사니. 참, 한심하다, 한심해.'

그날 저녁, 영호는 기석에게 전화를 걸어 집근처 호프집으로 불러냈다. 기석이 연락을 받고 퇴근하자마자 호프집으로 찾아왔다. 아무래도 낮에 찾아온 채권자들 때문에 무척 마음에 걸렸던 모양이다. 영호는 기석에게 낮에 정 이사를 만난 이야기를 해주었다. 가만히 이야기를 듣던 기석은 황당하다는 듯 고개를 내저었다.

"거참, 문제네. 네 형편도 빤하지만, 나 같은 월급쟁이가 그만한 돈이 어디 있냐. 집에서 모르고 있었으면 마누라 몰래 대출이라도 받아서 어떻게 해보겠는데, 퇴근하고 집에 갔더니 아주 난리가 났다. 하필이면 장모님까지 계실 때 그놈들이 들이 닥쳤더라. 참, 마누라는 울고불고, 장모님은 무슨 큰일이라도 난 것처럼 여기저기 전화 돌려대고. 어른들 맨날 하는 말 있지. 보증은 애비가 서 달래도 서주지 말라고. 그래도 뭐 나는 친구한테 좋은 일 하다가 피박 썼다고 치자. 그런데 넌 뭐냐. 그런 양아치 같은 놈한테 맨날 당하고만 살래? 네가 호구야? 그놈한테 따로 빌려준 돈도 있다며. 그걸 가지고 법적으로 걸어버려."

다른 사람 같았으면 이런 상황에서 원망부터 했을 텐데 기석은 오히려 영호를 두둔하며 정 이사에 대한 험담을 늘어놓았다.

영호는 기석에게 사과하고 어떻게든 빠른 시일에 해결하겠다고 다짐했다.

둘은 그 뒤로 술을 더 마셨고, 술기운이 슬슬 오르기 시작하자 영호는 휴대폰을 꺼내 정 이사에게 전화를 걸었다. 그런데 몇 번을 걸어도 정 이사가 전화를 받지 않았다. 매번 음성사서함으로 넘어갈 뿐이었다. 오기가 생긴 영호는 두어 번 더 걸어보더니 안 되겠다 싶었는지 여러 차례에 걸쳐 음성사서함에 거친 욕설을 남겼다. 그러고 나니 조금은 후련해졌는지 두 사람은 애들처럼 좋아했다.

그날 이후로 영호는 다시 밤잠을 설쳤다. 사업에 실패하고 주변 사람들이 모두 떠나간 후에도 계속해서 곁에 남아 유일하게 힘이 되어 준 친구가 기석이었다. 그 은혜를 갚아도 시원찮을 판에 이렇게 폐를 끼쳤으니, 도리어 안부를 묻는 기석의 전화에도 죄스러움에 몇 번을 망설이며 전화를 받아야 할 지경이었다. 더구나 어릴 적부터 아지매라고 부르며 따르던 기석의 장모가 보는 앞에서 일이 벌어졌으니 곧 고향 사람들에게도 회자가 될 것이다. 그렇게 되면 고향에 있는 친척들은 제대로 얼굴을 들고 다닐 수가 없게 될 것이니 민폐도 이런 민폐는 없을 것이다. 이래저래 복잡해진 머릿속에 묵직한 불안감이 파고들었다. 좋지 않은 일들은 항상 몰려서 온다는 묘한 법칙을 최근 몇 년간 경험을 했기 때문이었다. 이제 겨우 여유를 찾아 남들이 사는 것처럼 살기 시작했는데, 여기서 또 무너지면 그때는 정말 회복하기 힘들 것 같았다.

어느 날 아침. 전날처럼 동식을 학교에 보내고 컴퓨터를

켜서 건성으로 모니터만 쳐다보고 있는데 아내에게서 전화
가 걸려왔다.

"동식 아빠! 내 통장이 압류 됐다고 은행에서 전화 왔어.
어떡해! 동부지원에서 들어왔다는데, 빨리 가서 자세하게 알
아봐!"

영호는 입술을 깨물었다. 올 것이 왔다는 생각에 가슴이
철렁 내려앉았다.

통화를 마치자마자 영호는 씻는 것도 잊은 채, 동부지원으
로 달려갔다.

민원실은 사람들로 북적였다. 한참을 기다린 끝에 영호는
상담원에게 자초지종을 물었다. 신용보증기금이었다. 몇 년
전 회사 운영자금이 모자라 신용보증기금 보증으로 은행대
출을 받은 적이 있는데, 영호 명의로는 워낙 대출을 많이 받
은 상태라 보증인이 필요해 아내의 이름을 넣은 적이 있었
다. 그 후 아파트를 팔고 이사를 하면서 일부 상환을 했던지
라 최근에는 우편물만 보내고 독촉 전화조차도 없었다. 그렇
다고 일언반구 없이 다짜고짜 통장에 압류를 걸다니, 영호는
괘씸한 생각이 들었다.

영호는 답답한 마음에 건물을 빠져나와 심호흡을 몇 번 했
다. 그리고 신용보증기금 담당자에게 전화를 걸었다. 영호는

일방적인 처리 방식을 문제 삼아 거칠게 몰아붙였다. 그런데 영호의 말을 듣던 담당자는 도리어 화를 내기 시작했다.

"아니, 선생님. 그렇게 말씀하시면 제가 더 서운합니다. 저는 선생님 말씀만 믿고 징계까지 먹어가면서 계속 봐드린 건데. 이건 뭡니까? 사모님은 작년에 사천만 원 넘게 소득신고를 하셨어요. 그리고 통장에 현금을 삼천만 원 가까이 가지고 계셨어요. 정말 사람 말 믿을 게 못되네요. 선생님 같은 분들 때문에 저 같은 사람들은 한 방에 밥줄 날아갑니다."

"제가 언제 돈 안 갚는다고 했습니까? 수십억씩 때먹고도 떵떵거리는 놈들은 가만히 두고, 어떻게 살아보려고 몸부림치는 사람들을 괴롭히는 게 당신들 할 일입니까?"

"아니, 남의 돈 빌려 쓴 사람한테 돈 갚으라고 하는 게 뭔 잘못이죠? 그러니깐 사모님 거 까지 뒤적거려 벗겨보기 전에 먼저 성의를 보이셨어야죠!"

"뭐야? 야, 이 개새끼들아, 니들이 뭔데 남의 마누라를 뒤적거리고 벗겨!"

상담원은 빨리 돈을 갚으라며 전화를 끊어버렸다. 결국 아무런 소득도 얻지 못하고 기분만 상하고 말았다.

낮에 있었던 일 때문인지 아내는 평소보다 일찍 퇴근했다. 집에 돌아오자마자 옷도 갈아입지 않고 영호를 다그쳤다.

암초

〈157〉

"이거, 내가 속옷 한 벌, 화장품 하나 제대로 안 사가면서 모은 돈이야. 집구석이라고는 거지소굴 같아서 동식이는 친구들도 한 번 못 데리고 오잖아. 여름 되기 전에 월세라도 방 두 칸짜리 제대로 된 데 얻어 보려고 모아둔 건데. 어떻게 해? 어떻게 하냐고!"

영호는 묵묵히 듣기만 했다. 사실 입이 열 개라도 할 말이 없었다. 하지만 영호의 침묵은 도리어 수진을 자극하는 꼴이 되었다.

"동식 아빠, 우리 언제까지 이렇게 살아야 해? 언제까지 이 모양 이 꼴로 살아야 하냐고!"

영호는 아내를 진정시키며 차분히 말을 했다.

"우리, 그러지 말고 방법을 한 번 찾아보자."

"우리? 우리라고 말하지 마! 난, 그 돈 구경도 한 번 못해 봤어. 내 손으로 그 돈 한 푼이라도 써보기라도 해봤으면 이렇게 억울하지는 않아!"

"무슨 말을 그렇게 해. 그 돈을 나 혼자 잘 먹고 잘 살겠다고 쓴 건 아니잖아, 나도 잘해보려고……. 관두자. 그리고 내가 저번에 다른 사람 명의로 통장 거래하라고 했잖아."

"내가 왜 그래야 하는데? 멀쩡한 내 이름, 내 통장 두고, 왜 내가 다른 사람 이름으로 거래를 해야 하는데. 누구 때문에 그래야 하는데!"

"일 터지고 난 다음에 탓을 해서 무슨 소용 있어! 그러니깐 계속 앉아서 당하기만 하잖아. 이제 좀 현명하게 행동하자."

영호는 자기도 모르게 언성을 높이고 말았다. 그러자 아내도 눈을 치켜뜨며 빽 소리를 질렀다.

"현명하게? 그렇게 현명한 사람이 이 모양 이 꼴이 되게 만들었어? 됐어! 다른 말 집어치우고, 원래 상태로 해놔! 당신이라는 사람 때문에 동식이랑 나랑 길거리에 나앉을 수 없어!"

"알았어. 그래, 일주일 안에 원상태로 해 놀 테니깐, 그땐 오늘 네가 한 말 책임져! 그때 어떻게 나오는지 보자고!"

영호의 말이 끝내기가 무섭게 수진은 코웃음을 쳤다. 또 그 소리냐는 듯했다.

"일주일? 당신 알아? 그놈의 '일주일' 때문에 우리가 몇 년째 이렇게 살고 있어. 그래, 이번에는 그놈의 일주일이 얼마나 대단한지 두고 보자."

수진이 쏘아붙였다.

영호는 말문이 막혀버렸다. 지금은 무슨 말을 해도 아내의 귀에 들어갈 리가 없었다. 어차피 말로 해결한 문제도 아니었다. 중요한 건 돈이었다. 한시라도 빨리 돈을 구해서 빚을 갚지 않으면 이 굴레에서 벗어날 수 없다.

'그래, 돈을 구해야 한다. 그놈의 돈만 있으면 다 해결된다. 무슨 수를 써서라도 구해보자. 일주일, 일주일, 일주일……. 도둑질을 준비하기에도 짧다면 짧은 시간인데…….'

하지만 아무리 궁리해 봐도 뾰족한 수가 떠오르지 않았다. 지난 1년의 노력이 이대로 물거품이 되는 건 아닌지, 영호는 갑자기 두려워졌다.

영호는 준비하던 일을 모두 멈추고 아는 사람은 죄다 찾아다니며 돈을 빌려보았다. 하지만 다들 냉정하게 거절했다. 무리도 아니었다. 지인들 사이에서 이 영호란 이름값은 바닥에 떨어진 지 오래였다. 입장을 바꿔 자기라도 돈을 빌려주지 않을 것 같았다. 친구를 잘못 둔 덕에 보증을 섰다가 낭패를 겪은 기석 역시 영호와 거리를 두기 시작했다. 최근에 아내와 소원해진 탓이었다.

영호는 심신이 지쳐갔다. 거기다가 날까지 더워지자 만사가 귀찮아졌다. 연초만 해도 의욕이 넘쳤던 영호는 데뷔전을 앞두고 스파링에서 녹다운된 복서처럼 완전히 전의를 상실해버렸다. 날이 더워질수록 그런 경향이 심해졌다. 유일한 낙은 아들 동식뿐이었다.

본격적인 여름의 시작을 알리는 6월의 어느 오후, 저녁이

가까워오자 영호는 된장찌개를 끓여 놓고 동식이 오기를 기다리며 문 앞을 서성였다. 시계를 보며 주변을 두리번거리는데 전화가 걸려왔다. 처음 보는 번호였다. 국번을 보니 이 근방인 것 같았다. 동식이 친구 집에 놀러갔나 싶어서 지레짐작하고 전화를 받았다.

"싸나이! 또 누구네 집에서 놀다 오려고 그래?"

"저, 이 영호 씨 되시죠?"

동식이 아니었다. 걸쭉한 중년 사내의 목소리였다.

영호는 크게 당황해서 말을 잇지 못했다. 상대편도 당황했는지 잠시 머뭇거리다가 다시 차분하게 신분을 밝혔다.

"광진 경찰서 강력계 허정준 경사입니다."

경찰서라는 말에 영호는 몹시 당황해서 떨리는 목소리로 되물었다.

"예. 무슨 일 때문에 그러시죠?"

"정 인철 씨, 아시죠?"

정 이사의 본명이었다. 영호는 입술을 깨물었다. 그 이름을 듣는 순간 뭔가 짚이는 바가 있었기 때문이다.

"아, 예."

"정 인철 씨가 이 영호 씨를 협박혐의로 고소했습니다. 조사할 것이 있으니 낼 오후 2시쯤 경찰서로 오실 수 있겠습니까?"

영호는 알겠다고 하고 전화를 끊었다.

다음날 약속한 시간에 경찰서를 방문한 영호는 형사의 설명을 듣고 어이가 없어졌다. 정말 적반하장도 유분수라는 말이 제격이었다. 얼마 전에 정 이사를 만나고 돌아와 기석이와 술자리에서 벌어진 해프닝이 원인이었다. 그 자리에서 정이사에게 수차례 전화를 걸었고, 전화를 받지 않자 욕설이 섞인 음성녹음을 남겼다. 정 이사는 그것들을 녹취해 협박죄로 고소했던 것이다.

거기서 끝이 아니었다. 뭔가 찜찜해서 알아보니 정 이사와 함께 입사했다가 퇴사한 직원들이 임금 체불혐의로 영호를 노동부에 고발했다. 영호는 그들이 퇴사를 할 때 밀린 임금을 대신해 자기들이 사용하던 카메라며 방송장비들을 그냥 가져가게 했는데, 그에 대해서는 서로들 입을 맞춰서 자신들이 입사할 때 가져온 개인장비라고 주장하고 있었다.

경찰서를 다녀온 영호는 이대론 안 되겠다 싶었다. 가만히 당하고만 있을 수가 없어서 정 이사를 사기혐의로 고발했다. 그러나 유력한 증인이 되어 줬어야 할 당시 실무자들이 현수를 제외하고는 정 이사와 입을 맞추는 바람에 그 사건은 무혐의 결정이 나버려 오히려 면죄부만 주고 말았다. 그들의 배신은 어쩌면 가장 실리적인 판단이었겠지만 영호에게는 치명적인 상처가 되고 말았다.

일은 거기서 끝나지 않았다. 정 이사는 보복이라도 하려는 듯 그 건을 가지고 무고혐의로 영호를 고발했다. 그때부터 지루한 공방이 이어졌다. 맷집 싸움이라 할 수 있는 이 공방에서 먼저 나가떨어진 쪽은 영호였다. 서서히, 조금씩 무너지고 있었다. 계속되는 출두와 조사를 받는 동안 영호는 스트레스로 인해 잠을 이룰 수가 없었고, 술을 마시고 있거나 술에 취해서 잠자는 것으로 하루가 채워졌다. 그렇게 여름을 보내는 동안 영호의 몸은 눈에 띄게 수척해져갔고, 몸과 마음의 면역력은 거의 제로 상태가 되어갔다.

이제는 동식이를 학교에 보내고 나면 집 앞 슈퍼에 가서 소주 몇 병을 사가지고 와 혼자 마시고 잠에 드는 것이 일상이 되었다. 오후가 되면 학교에서 돌아온 동식이가 술에 취해 잠들어 있는 영호를 대신해 술병을 치웠고, 아빠 옆에 잠시 누워 있다가 태권도장으로 갔다.

그러던 어느 날, 동식은 개교기념일이라 학교에 가지 않고 눈을 뜨자마자 작은방으로 갔다. 이불을 들쳐보니 빈 소주병이 두 개가 보였다. 동식은 그것을 비닐에 싼 뒤 문을 열고 나가 옆집 쓰레기통에 버리고 돌아와 다시 영호가 누워있는 이불 속을 파고들면서 말했다.

"아빠, 어른들은 왜 술을 먹는 거야?"

"음……. 아! 어른들한테는 술이 지우개 같은 역할을 하는 거야. 지우고 싶은 생각들이 떠오르면 먹게 되지?"

"맨날 맨날 지울 게 그렇게 많어?"

"응. 잘 안 지워지네. 걱정 마. 조금만 있으면 다 지워질 거야."

"그래도 엄마가 싫어하니까. 아빠 내 냄새 맡아. 아빠는 싸나이 냄새를 맡으면 힘이 솟는다고 했잖아."

"그렇지! 오늘은 싸나이 냄새를 안 맡아서 이렇게 힘이 없네. 싸나이, 이리 와봐."

영호는 동식을 껴안고 킁킁거리기 시작했다. 잠시 잠깐이지만 영호의 얼굴에 미소가 스쳐지나갔다. 그리고 아직 자신에게 이런 행복한 시간이 남아 있다는 것에 감사의 기도라도 하듯 눈을 지그시 감았다.

"싸나이, 우리 아침 먹고, 간식 싸가지고 산에 놀러갈까?"

"어디?"

"여기 옆에 아차산!"

"오케이! 좋아. 아빠, 나 TV에 나오는 아저씨들처럼 썬글라스 끼고 갈래. 아빠 간식 맛있는 걸로 준비해 줘."

영호는 알겠다는 듯 엄지손가락을 치켜세우고 방을 나왔다. '꼬마자동차 붕붕' 멜로디를 흥얼거리며, 냉장고 문을 열어서 식빵과 계란을 꺼냈다. 가스레인지에 불을 켜려는데, 딱딱거리는 소리만 나고 점화가 잘되질 않았다. 창문 옆에 달려 있는 밸브가 잠겨 있는 것을 보고 그것을 열려다가, 반쯤 열려 있는 창문으로 남자들 몇 명이 문 앞에 서있는 것이 보였다. 순간 영호는 몸이 굳어졌다.

"이 영호 씨 계세요? 이 영호 씨! 동부지방 법원에서 나왔습니다."

놀란 표정으로 문 쪽으로 걸어가 문을 빼꼼이 열었다.

"이 영호 씨? 본인 되십니까?"

"아, 예!"

집행관은 이 영호 본인임을 확인하고는 판결문을 보여준 후 문을 열어 달라고 했다. 그 뒤에서는 예전에 신 상무와 횟집에서 만났던 변호사 사무장이 위임장을 들고 법원의 집행을 확인하려 대기하고 있었다. 영호가 낮은 목소리로 간절히 말했다.

"저, 선생님. 오늘은 그냥 돌아가시면 안 될까요? 제가 어떻게 해서든 돈을 구해서 채권자한테 드릴 테니 오늘만큼은 저 방에 애도 있고 나가서 차나 한잔 합시다. 요 앞에 있는 커피숍에 원두커피가 괜찮아요. 그러니깐 일이란 것이 억지로 밀어 붙인다고 될 것도 아니고. 보시다시피 사실 제가 돈이 있으면서 안 준 것도 아니고. 잠깐 나가서 이야기를 나누면 좋을 것 같은데. 방에 애가 있어서."

영호의 몸은 떨렸고 입술도 바싹 마르기 시작했다. 집행관은 그런 영호의 행동에도 개의치 않고 사무적으로 말을 이어갔다.

"선생님, 민사집행법 제 5조에 의거 집행관은 집행을 위해 잠근 문을 여는 등 적절한 조치를 취할 수 있고, 같은 법 6조에 의거하여 성년 두 사람이나 구, 동 직원 또는 경찰 공무원이 참여한 가운데 집행할 수도 있습니다."

영호는 문 앞에 들이닥친 불청객과 동식이 있는 방을 번갈아 쳐다보면서 짧게 한숨을 내쉬고는 다시 한 번 집행관에게 애원하듯 말했다.

"그러니까 제 말은 제가 무슨 수를 써서라도 제가 어떻게 해서든 돈을 만들어 볼 테니 오늘만큼은. 그러니까 시간이 되시면 낼 오시면 제가 점심도 대접해드리고, 낼 오신다면 제가 좋은 식당으로 예약해서 모실게요. 그러니깐 오늘은 애도 집에 있고."

집행관은 동의를 구하려는 듯 채권자 대리인을 바라봤고,

영호도 그 사람들을 간절한 눈빛으로 바라봤다. 그러나 채권자 대리인은 그런 영호의 모습을 보며 외면이라도 하듯 시선을 다른 곳으로 돌렸다. 영호는 고개를 떨궜다.

"저, 그럼 5분만 시간을 주십시오. 제가 아이랑 잠깐 나갔다고 올게요. 저, 부탁 하나 드릴게요. 우리 애가 나올 때 안 보이게 저 골목 뒤쪽에 계실래요? 제발 부탁입니다. 그리고 딱지는 안 보이는 곳이 붙어주시면 좋겠습니다. 마치면 전화주세요."

"예, 알겠습니다. 그렇게 해드리죠. 그럼 여기에 먼저 사인을 해주세요."

영호는 방으로 들어와 부랴부랴 동식에게 옷을 입히고는 집밖으로 나왔다. 그리고 애써 태연한 척 노래를 부르며 골목을 빠져나와 분식집에 들어갔다.

"아빠 어디가?"

"아! 일단 여기서 아침을 먹고 집으로 가서 산에 갈 준비를 하자. 아침에 엄마가 밥을 안 해 놓고 가서 말이야."

"아니야! 엄마가 아침에 나가면서 '밥 해놨으니깐, 아빠랑 밥 먹고 신나게 놀아라.' 이렇게 말 했는걸?"

"아! 그러니깐. 그게 말이야. 소풍을 가는 날은 아침에도 김밥을 먹잖아. 그래서 아빠가 오늘 분위기를 띄어보려고 아침부터 김밥을 먹는 거야."

영호는 분식집에 들어가서도 안절부절못하고 시선은 계속 집이 있는 쪽으로 향했다.

김밥이 나올 때 쯤 전화가 걸려왔다. 영호는 동식에게 화장실을 다녀온다고 핑계를 대고 집으로 달려갔다. 눈에 띄지 않게 세간 뒤에 붙여진 딱지들 외에는 변한 것은 아무것도 없어 보였다. 그러나 집 안으로 들어선 영호의 몸이 움찔했다. 집 안에 있는 세간들이 자신을 잡아먹을 듯 노려보는 것 같았기 때문이었다. 마치 자신들을 불량배들에게 내팽개쳐 두고 자기만 살겠다고 비겁하게 도망갔다 온 겁쟁이를 대하는 듯했다. 순간 영호의 가슴을 누르고 있던 불안감은 모욕감으로 바뀌기 시작했다.

'짐승 같은 놈들! 이젠 남의 집 안방까지 쳐들어와 버렸구나.'

영호는 그 자리에 무너지듯 주저앉아 버렸다. 그리고 잠시 후 도망치듯 집을 빠져나와 동식을 데리고 아차산으로 향했다. 야트막한 산인데도 도무지 정상까지 올라간다는 것이 엄두가 나질 않았다. 대충 올라갔다가 내려갈 요량으로 동식이 눈치만 보며 걷고 있는데, 산책로가 끝날 즈음 조그만 절 하나가 나타났다. 동식은 시키지도 않았는데 절로 들어가더니 법당 앞에 섰다. 그리고 향을 하나 들고 불을 붙여 향로에 꽂더니 합장을 한 채 허리를 굽혀 반배를 하였다. 그 모습을 바라보던 영호도 동식이를 따라서 했다.

절에서 나와 절 뒤쪽 숲을 지나 바위를 기듯 오르니 조그만 평지가 나왔다. 막걸리와 컵라면 같은 것을 팔고 있는 노점 주변으로 사람들이 돗자리를 깔고 자리를 차지하고 있어 둘은 앉을 곳을 찾기 위해 두리번거렸다. 동식이 뭔가 발견한 듯 쪼르르 달려가더니, 한쪽 구석에 있는 작은 바위 위에 올라앉았다. 바위 옆으로는 구부러지듯 자란 소나무가 가지를 바위 위쪽으로 펼쳐 그늘을 만들어 주었다. 영호는 바위 위에 앉자마자 나무에 기대어 눈을 감았다. 간식을 먹으며 바위 주위를 맴돌던 동식이 영호 옆에 앉았다. 영호는 눈을 감은 채 동식의 어깨를 끌어안았다. 동식도 눈을 지그시 감고 아빠에게 기댔다. 바람에 나뭇잎이 조심스레 흔들렸다.

다음 날 영호는 신 상무를 찾아갔다.

"일전에 뵐 때는 기다려주신다고 하신 것 같은데, 꼭 이렇게까지 해야겠습니까?"

영호가 따지듯이 묻자, 신 상무는 야비한 웃음을 띠었다. 마치 이럴 거면서 왜 자신에게 대들었냐는 듯했다.

"아니, 이 사장은 정말 세상 편하게 사는 것 같아? 누가 다

갚으래? 사람이 성의를 보였어야지? 와이프도 돈 잘 벌고 있다던데 우린 몇 년 동안 이자 한 푼 못 받은 상황이고. 이건 완전 배 째라는 거야 뭐야? 내가 법원에 말을 잘해서 한 달 후에 집행하라고 할 테니까, 그때까지 성의를 보여줘 봐. 사람이 참는 데도 한계가 있잖아. 안 그렇습니까, 이 사장님?"

신 상무의 말이 끝나자 영호는 아무 말 없이 자리에서 일어섰다. 이젠 지칠 대로 지쳐 역정을 낼 기운조차 없었고, 또 그렇게 한들 아무런 소용이 없어보였기 때문이었다. 문을 열고 나오려는데, 신 상무가 툭 내뱉듯이 말했다.

"아참, 이 사장. 정 이사 그 사람 보통내기가 아니에요. 괜히 피곤하게 자존심 내세우지 말고 가서 무릎 꿇고 잘못했다고 비세요. 때로는 비굴해지는 방법도 아셔야죠?"

영호는 그 말에 머릿속이 하얘졌다. 집으로 향하는 길에 영호는 전화기를 꺼냈다. 현수로부터 몇 통의 전화가 와 있었다. 며칠 전 신 상무네와 자금 거래 내역을 정확히 알기 위해 현수와 통화 한 적이 있었다.

"형, 신 상무랑 만난 건 어떻게 됐어?"

"후우, 그놈들 원래 그렇잖아. 팔다리 다 묶어놓고 돈 내놓으라 이거지."

"답답하네. 나도 몇 년 동안 공부한답시고 변변한 벌이가

없었잖아. 방법을 찾아봐야 할 텐데 어떻게 하지? 그냥 넋
놓고 있을 순 없잖아? 맞아! 우리 기수 회장 재민이 알지?
몇 년 전에 걔가 아버지 하던 회사를 물려받았잖아. 요즘 일
이 좀 되는지, 돈 좀 쓰고 다니던데? 학보에 매달 광고도 내
주고, 작년에는 애들 장학금 주라고 주관 교수님한테 기천만
원 내놓고 갔다는 소문도 있어. 내가 자리 한 번 만들어 볼
게. 좀 건방진 게 흠이라면 흠인데, 뒤끝은 없잖아. 잘 구슬
려서 추켜세워 주면 도움을 줄지도 몰라."

　영호가 집으로 들어오기도 전에 현수로부터 문자가 날아
왔다.

　'형, 다음 주 수욜 인사동 그 집 7시. 난 그날 야간수업이
있어 조금 늦어.'

　영호는 현수의 말대로 재민을 만나기로 하였다. 재민이를
만나 당장 해결책을 얻을 수 있을 것이라 기대한 것은 아니
만, 달리 선택의 여지가 없었다.

　영호는 일주일 동안 아무 곳에도 전화를 걸지 않았다. 아
니 정확하게 표현을 하자면, 이젠 전화를 걸어 도움을 청할
곳조차도 없었다.

　영호는 약속장소로 향했다. 머리가 복잡해서인지 내려야
할 역을 훨씬 지나쳐 내리는 바람에 약속시간보다 30분이나

늦게 도착했다. 문을 열고 들어서자 주인아줌마가 전화를 받으며 손가락으로 2층을 가리켰다. 영호는 2층으로 올라가려다 잠시 멈칫했다.

'현수랑 세 명이 만나는데 왜 큰 방을 예약해놨지?'

방문을 열고 들어가자 낯이 익은 후배들 대 여섯 명이 눈에 띄었다. 영호가 들어서자 모두가 일어나 인사를 했다. 영호는 조금 어색한 듯 손을 들어 인사를 대신하고 자리에 앉았다. 자리에 앉자마자 잔이 찾아들었다. 술잔이 몇 번 돌자 재민이 말을 시작했다.

"아까 이야기를 했지만, 요즘 형이 좀 어려워. 현수한테 전화 받고 나 혼자 도와주는 것보다, 함께 십시일반 힘을 모아서 도와주는 게 나을 것 같아서 니네들을 모았어."

영호는 순간 얼굴이 확 달아올랐다. 언뜻 재민의 말이 고맙기는 했지만, 자신의 처지가 낱낱이 까발려진다는 것, 그것도 선배도 동기도 아닌 후배들에게 손을 벌이고 있는 자신의 모습이 수치스럽게까지 보였기 때문이었다. 당장이라도 자리를 박차고 일어나고 싶은데, 그러면 더 모양이 이상해질 것 같아 이러지도 저러지도 못하고 있는데, 변호사 사무실에서 사무장으로 일한다는 후배 창환이 입을 열었다.

"형, 그 건은 채무가 얼마예요?"

영호가 답을 미루고 머뭇거리자,

"채무액이 커서 상환을 할 수 없다면, 먼저 배우자 우선매수선택권을 신청하세요. 당일 경매에서 낙찰가가 정해지면, 그때 배우자 또는 배우자 대리인이 그만큼만 주면 압류된 유채동산은 해제가 되요. 그리고 법원에 배우자 권리배당을 신청하면 낙찰가에 반을 다시 돌려받을 수 있어요."

"그렇게 하려면 얼마가 필요한 거야?"

옆에 후배 한 명이 물었다.

"그거는 압류동산을 경매 전 감정해서, 그 가격을 기준으로 생각해봐야지."

"형, 가재도구가 많아요?"

아까 창환에게 질문을 했던 후배가 이번에는 영호에게 물었다.

"아니, 예전에 이사할 때 다 팔고 그게 얼마 안 될 거야."

"그럼, 대충 몇 백 만원만 준비하면 되겠네요?"

"아니야, 몰라! 채권자가 엿 먹어라 식으로 나올 수도 있어. 당일 경매 때 자기 선수들을 몇 명 집어넣고 낙찰가를 올려버리는 거지. 설령 다른 업자가 낙찰을 받게 돼도 다시 되사려면 프리미엄을 엄청 줘야할 거야. 한마디로 얼마를 준비해야 하는 것은 상황에 따라 틀려지지. 상대가 사채업자니까

만만치 않을 거야."

"사채업자? 아니, 그럼 조폭들 아냐? 야! 우리가 그런 놈들을 상대해야 한다는 거야?"

영호는 더 이상 자리에 앉아 있을 수가 없었다. 영호는 애써 아무렇지도 않은 듯 앞에 있는 자기 잔을 비우고 난 후 재민에게 건넸다.

"나 때문에 괜히 고생 많네. 야, 고맙다."

"고맙긴요. 어려울 때는 서로 도와가며 살아야죠."

영호는 재민에게 건넨 잔에 술을 채워 준 후 화장실을 간다는 핑계를 대고 1층으로 내려왔다. 수치심에 얼굴이 계속 화끈거렸다. 화장실에 들어가 세수를 하고 담배를 몇 대 피우면서 서 있던 화장실을 막 나서려는데, 후배 한 명이 들어왔다.

"형, 화장실에 계셨어요? 현수가 왔어요. 기다리고 있을 거예요. 올라가 보세요."

도망치려다 잡힌 놈 마냥 마지못해 저벅저벅 계단을 올라가는데, 재민과 현수가 방 앞에서 다투고 있는 소리가 들렸다.

"야! 도와주려면 너 혼자 조용히 도와주던가, 이건 뭐야. 애들 모아 놓고. 사람 개쪽 주려는 거야? 차라리 이렇게 할 거면, 학보에다 광고를 내라 광고를!"

"뭐? 남은 어떻게 해서든 도와주려고 이리 저리 전화 돌리고 난리를 쳤드니만."

"그게 잘못 됐다는 거야. 영호 형은 선배고 또 우리 윗 기수 회장이야! 형 체면도 생각해줘야지!"

"아이 씨! 이렇게 애쓰는 사람 병신 취급할거면 아예 말을 꺼내지 말든가. 체면? 회장? 처자식도 제대로 건사 못하는 놈이 체면은 뭐고, 회장은 또 뭐야!"

재민은 현수를 위아래로 훑어보며 비아냥대며 말을 이어갔다.

"맞다, 영호 형은 수진 선배랑 장 선배가 맨날 붙어 다니는 거 아는지 몰라? 아침저녁으로 카풀도 하고 다닌다던데. 얼마 전엔 우리 회사에도 같이 왔어. 하기야 요즘 여자들은 무능한 선비보다 장 선배 같이 능력 있는 마초를 좋아하지. 그건 정글의 법칙이야!"

"뭐야? 이 새끼가! 너 말이면 다인 줄 알아? 말조심해!"

현수는 재민의 멱살을 잡았다. 영호는 자신이 재민의 멱살을 잡은 듯 왼손을 움켜쥐었다. 하지만 그뿐이었다. 영호는 조용히 뒷걸음으로 계단을 내려와 도망치듯 술집을 빠져나왔다.

집으로 오는 내내 전화벨이 울렸다. 영호는 아예 전화기를

암초
〈175〉

꺼버렸다. 그리고 바로 집으로 들어가지 못하고, 늘 가던 집 근처 술집에 자리를 잡고 앉았다.

영호는 그 자리에서 조금 전의 기억들을 몽땅 지우기라도 하듯 술이 나오기 무섭게 안주도 없이 연거푸 들이켰다. 그러나 마치 대리석에 새겨진 글자처럼 독한 소주를 붓고 또 부어도 도무지 지워지지가 않았다. 머릿속이 어지러워졌다. 다시 무기력감이 밀려왔다.

나락

며칠째 이어지는 가을장마 때문에 영호는 며칠 동안 아차
산을 가지 못했다. 그런 날은 동식을 학교에 보내고 난 후 집
앞 슈퍼에 가서 소주를 사다가 작은 방으로 들어가 문을 닫
아 건 채 하루를 보내는 것으로 도피를 대신했다. 창문도 없
는 방에 처박혀 혼자 술을 마신다는 것은 몽롱하게 취하는
느낌 외에 아무것도 영호에게 주는 것이 없었다. 오히려 술
이 깨고 나면, 다시 술을 찾을 수밖에 없게 만들었다.

"할머니, 두 병 가져가요!"

여느 날과 같이 영호가 슈퍼를 들러 소주를 들고 가려는
데, 주인 할머니가 문을 열더니 달력을 내밀었다. 달력에는
영호가 그동안 외상으로 달고 먹은 내용이 삐뚤삐뚤한 글씨
로 적혀 있었다.

"동식 아빠, 정리를 조금 해 주셔야겠어요. 내일 물건 들어
오는 날이라……."

"아예, 저녁에, 제가 저녁에 와서……."

"동식이가 가져다 먹은 것도 있어요. 제가 저녁에 오시면 그것까지 계산해 둘게요."

"예?"

영호는 놀란 눈으로 바라보았다.

"너무 나무라지 마세요. 편하게 생각해서 그런 거니깐."

오후 여섯 시가 되자 밖에서 바스락 거리는 소리가 들렸다. 그 소리에 영호는 잠에서 깨어나 방문을 열었다. 태권도를 다녀온 동식이 안방에서 옷을 갈아입고 있었다. 영호가 동식을 불러 앉혔다. 동식은 눈치를 보듯 슬금슬금 걸어와 영호 앞에 앉았다.

"동식이 너! 요 앞 슈퍼에서 외상으로 과자 사 먹었어?"

동식은 아무 말 없이 고개만 끄덕였다.

"왜, 그랬어? 벌써부터 이놈이 나쁜 짓만 골라서 하고 다녀! 어디서 배운 짓이야!"

영호는 회초리를 찾으려는 듯 두리번거렸다. 그리고 세탁소 옷걸이를 발견하고는 그것을 펴 회초리를 만들었다. 그런 아빠의 행동을 보면서 동식은 잔뜩 겁먹은 표정이 되었다.

"누가 그렇게 하라고 했어? 돈 없으면 안 먹으면 되지, 왜 외상을 하고 그래? 이자식이, 종아리 걷어!"

영호는 회초리로 동식의 종아리를 때리기 시작했다. 동식은 소스라치듯 놀라며 울기 시작했다. 종아리의 통증도 통증이었지만, 아빠의 이런 모습은 처음이었기 때문이었다. 그리고 울먹이면서 말했다.

"친구들하고 놀려면 과자를 사가야 돼. 걔들은 놀다가 가게에서 뭐 사먹고 분식점도 가는데, 없으면 안 끼워줘. 어떤 새끼는 나보고 지하소굴에 사는 거지라고 놀리고. 아빠는 맨날 술 먹고 자고 있고."

영호는 억장이 무너져 내리는 것 같았다. 온몸은 쥐가 난 듯 마비가 되었고, 초점을 잃은 눈은 허공만 바라볼 뿐이었다. 영호는 그렇게 한참 동안 멍하니 앉아 있었다. 자기가 술에 빠져 정신을 놓고 사는 사이, 자신이 돌봐야 할 어린 동식은 방치되고 있었다. 그동안 어린 아이가 느꼈을 외로움과 소외감을 생각하니 가위에 눌리기라도 한 듯 몸을 움직일 수가 없었다. 영호는 눈을 감은 채 주먹으로 자신의 머리를 몇 대 쥐어박았다. 그리고 머리를 감싸 쥐고 앓는 소리를 내며 바닥에 뒹굴기 시작했다.

한참을 그러다 눈을 떠보니 자기 앞에 작은 새 한 마리가 울고 있었다. 영호는 팔을 벌렸다. 아직 솜털이 보송보송한 어린 새는 다리를 절룩거리며 다가와 쓰러지듯 품에 안겼다.

나락

하얀 젖내가 코로 스며들었고, 보드라운 털은 무뎌진 감각을 되살려주려는 듯 온몸을 간지럽혔다.

"미안해. 아빠가, 아빠가 미안해. 아빠가 다시는 안 그럴게. 그리고 낼부터는 아빠가, 아빠가, 아빠가 동식이 과자 사 먹게 용돈도 줄게. 미안해, 아빠가 미안해."

목소리는 작고 낮았지만 울부짖는 듯 했고, 몸은 심하게 떨고 있었다. 아빠가 안아주자 동식은 더 크게 울어댔고, 그 소리는 영호의 흐느끼는 소리와 섞여 방 안을 가득 채웠다.

그 날 저녁, 동식은 오랜만에 아빠가 해준 밥을 먹고 TV를 보다 일찍 잠에 빠져들었다. 동식이 잠든 것을 확인하고, 영호는 이불을 걷어 동식의 종아리를 보았다. 아기살이라 그런지 맞은 자국이 발갛게 부풀어 올랐다. 영호는 눈을 감고 종아리에 얼굴을 부비며 들릴 듯 말듯 중얼거렸다.

"미안해. 아빠가 미안해."

눈물 한 방울이 상처 위로 떨어졌다. 동식의 몸이 움찔했다. 영호는 죄인마냥 무릎을 꿇고 고개를 숙인 채 한참을 있다가 수진이 들어오는 바깥 대문소리를 듣고는 도망치듯 작은 방으로 들어갔다.

*　　*　　*

아빠는 나무다

신 상무가 말한 기한인 한 달이 가까워오자, 마치 날짜를 알려주기라도 하듯 법원에서 감정사가 와서 압류 세간들에 대한 감정평가를 하고 갔다.

저녁이 되자 영호는 동식이 잠들기만을 기다렸다. 밤 10시가 넘어서자 TV를 보던 동식이 두 눈을 부비기 시작했다. 책상을 펴 놓고 일을 하던 수진이 이불을 깔려고 일어서려는데, 옆에서 책을 보는 둥 마는 둥 하던 영호가 동식을 안고 작은 방으로 가서 눕혔다. 오늘은 처한 상황에 대해 설명을 해야 할 것 같았고, 그러면 자연스레 언성이 높아져 동식이 깰까 우려해서였다. 동식을 재우고 안방으로 들어서는 영호를 힐끗 쳐다보던 수진이 말했다.

"새삼스럽게 왜 그래? 나 당신하고 그 짓하며 노닥거릴 생각 없어."

수진의 목소리는 차갑다 못해 날카로웠다.

"저, 그게 아니라. 조금 급히 할 말이 있는데……."

영호가 말을 시작하려고 수진 옆에 조용히 앉는데, 수진은 관심 없다는 듯 노트북만 골똘히 쳐다봤다. 영호는 다시 타이밍을 잡아보려 밖으로 나와 담배를 한 대 피워 물었다. 안에서는 수진이 누군가와 통화를 나누는 소리가 들렸다. 영호는 통화가 끝나기를 기다리며 문 앞에서 서성거렸다. 통화가 길어지는지, 담배 한 대를 더 피웠는데도 끝나지 않자 영호는 어쩔 수 없이 다시 안으로 들어갔다. 안방으로 들어서자 수진은 화장대 앞에 앉아 있었다. 수진의 목소리는 조금 들떠 있었고, 화장을 하면서도 어깨로 전화기를 귀에 밀착시켜 통화를 계속하고 있었다.

"몇 번을 찾아가도 피하기만 하시던 분이셨는데, 장 이사님은 역시! 지금 바로 갈게요. 제가 갈 때까지 꼭 붙잡고 계세요."

'장 이사라면? 얼마 전 재민이 말하던 학보사 선배?'

수진은 외출복으로 갈아입으려는지, 영호의 시선은 아랑곳하지 않고 옷을 벗기 시작했다. 아래위 속옷만 남은 상황에서도 수진의 통화는 계속됐다. 묘한 느낌이 들었다.

"알았다니까요. 그래도 손님 만나는데, 잠옷 바람으로 나갈 순 없잖아요. 호호호!"

목소리는 조금 전 자신을 대하던 쌀쌀함과는 정반대로 한껏 들떠 있었다. 통화를 마치기 무섭게 수진은 현관문을 열고 신발을 신었다. 영호가 다급히 손목을 잡고 말했다.

"지금 몇 신데 나가? 11시가 다 돼가!"

"일 때문에 나가는 거야!"

"일 때문이라면 내일 회사에 가서 해. 다시 전화해! 못 나 간다고! 그리고 낼 사무실에서 만나자고 해!"

"왜 이렇게 흥분해? 그만큼 급한 일이니까 이 시간에 보자 고 하는 거지. 참."

수진은 대수롭지 않은 듯 말했다. 수진의 몸은 영호에게 잡혀 있는 팔을 제외하고는 벌써 대문 쪽으로 나가 있었다. 다시 전화가 걸려왔다.

"예, 장 이사님. 지금 나가고 있어요. 조금만 기다리세요."

수진은 영호의 팔을 뿌리치듯 나갔다. 수진이 나가고 난 후 영호는 앉지도 서지도 못하고 있었다. 마치 가게에서 아 이스크림을 샀는데, 맛도 보기도 전에 동네 불량배에게 흠씬 두들겨 맞고 빼긴 느낌이었다. 영호는 당장이라도 달려 나 가 수진의 뒤를 쫓아가고 싶었지만 도무지 몸이 움직여주질 않았다. 영호는 냉장고 문을 열고는 찬물을 벌컥벌컥 들이켰 다. 그리고 집을 나와 담배를 한 대 피워 물었다. 담배 하나 를 다 태우면, 다시 담배를 하나를 피워 물었다. 그렇게 담배 한 갑을 다 피우는 사이 슈퍼 유리문을 통해서 보이는 시계 는 12시를 가리켰다. 영호는 슈퍼로 들어가 소주 한 병을 사 서 집으로 들어와 단번에 마셨다. 그래도 성이 차지 않았는 지, 다시 소주 몇 병을 더 사가지고 와 마시기 시작했다.

새벽 2시가 가까워진 시각에 수진은 돌아왔다. 수진은 냉장고 앞에 쪼그리고 앉아 술을 마시고 있는 영호를 힐끗 쳐다보고는 길게 한숨을 내쉬었다.

"아휴, 한심하다 한심해."

마치 들으라는 듯이 중얼거리더니 안방으로 들어가 문을 꽝 닫아 버렸다. 잠시 후 영호가 방으로 들어가자 수진은 화장을 지우고 있었다.

"나하고 이야기 좀 해."

"왜? 난 할 이야기 없어! 당신이 어떤 상상을 했는지 안 봐도 비디오인데. 분명히 말하지만 난 일 때문에 나갔다 온 거고, 그 선배도 일 때문에 급하게 날 찾은 거야. 그 이상 그 이하도 아니야."

"선배? 장 선배? 일? 이 시각에? 남자가 술 처먹고 밤늦은 시간에 여자를 불러내면 분명히 딴 생각이 있는 거 아냐? 그리고 이 시각에 나오라고 나가는 당신은 도대체 뭐야? 당신은 그 새끼가 밤이고 낮이고 언제든 전화만 하면 나가는 여자야? 내일부터 잘 봐봐. 그놈은 언제든 어디서든 당신한테 전화를 걸어서 나오라고 할 거야. 이제부터 그놈에게 당신은 밤늦게 전화를 해도 고분고분 나오는 여자가 되어버렸어!"

영호는 감정이 격해져 버럭 소리를 질렀다.

"당신이 뭔데 멀쩡한 사람을 병신을 만들어! 내가 뭘 잘못했다고! 제발 정신병자처럼 그러지 마! 사람이 왜 자꾸만 삐딱해져 가는 거야?"

수진의 목소리도 날카롭고 앙칼졌다.

"뭐? 야! 멀쩡한 사람을 정신병자로 만드는 건 당신이야. 남편이 있는 집에 밤늦게 전화를 걸어서 남의 마누라 나오라 마라 하는 새끼는 제정신이야? 그리고 그 새끼가 나오라 한다고 얼씨구 나가는 건 제정신이냐고!"

"이 새끼 저 새끼 하지 마! 나하고 일하는 남자들은 당신하고 질적으로 틀려! 당신이 지금 이렇게 아무것도 아닌 일 가지고 방방거리고 있는 이 시각에도 그 사람들은 사무실에서 죽어라 일하고 있어. 그 사람들은 먹고 살겠다고 꼭두새벽부터 나와서 지금까지 일하고 있고, 성공 하나에 자신의 모든 걸 건 사람들이야. 당신같이 집구석에 틀어 박혀 하루 종일 빈둥거리며 밖으로 일 나간 마누라 의심이나 하고 트집이나 잡는 병신들은 아냐!"

순간 영호는 해머로 머리 한 대를 얻어맞은 듯 심한 현기증을 느꼈다. 다리는 아까보다 더 힘이 빠져버렸고, 주먹을 쥔 손은 부르르 떨렸다.

수진은 눈을 흘기며 그런 영호의 모습을 한심하다는 듯 쳐다보았다. 그리고 잠옷으로 갈아입고, 상을 한쪽으로 밀치고, 장롱에서 이불을 꺼내 바닥에 깔고 누웠다. 마치 자신의 옆에는 아무도 없다는 것처럼 움직이는 수진의 행동이, 자신이 투명 인간 취급을 당한다는 느낌에 영호의 마음은 더욱 헝클어졌다.

영호는 더 이상 자기 스스로를 통제할 수 없다는 불안감에 잽싸게 집 밖으로 나왔다. 만약 수진이 자기에게 '개새끼' '씹새끼'라며 욕을 했다면 잠깐 기분만 상하고 말 일이었다. 영호는 부정하고 싶었지만, 언제부터인가 한 여자의 남편이라는 존재, 한 여자의 남자라는 존재로서 자신의 가치는 서서히 폐기처분되기 시작했고, 오늘의 일은 그런 서글픈 현실을 확인시켜주는 일종의 명백한 증거였다.

영호는 무조건 달리기 시작했다. 숨이 턱까지 차올랐을 쯤 한강공원에 도착했다. 얼마나 뛰었는지 속이 부대껴 화장실로 뛰어 들어가 내장까지 다 쏟아낼 듯 몸부림을 치며 구토를 했다. 그리고 세면대에서 얼굴을 씻고 난 다음 거울을 바라봤다. 불쌍해보였다. 두 눈은 슬픔과 분노로 가득 차 있었다. 그런 자신의 모습이 보기 싫었는지 외면하듯 고개를 돌리고 화장실을 나와 걷기 시작했다. 어느덧 영호는 집 앞에 서 있었다.

집으로 들어온 영호는 잠든 수진을 흔들어 깨웠다.

"또 무슨 말을 하려고 그래? 나 피곤하니깐 저리 가!"

"그게 아니라, 내 이야기 좀 들어봐!"

"듣긴 뭘 들어봐! 술 처먹고 들어왔으면 곱게 잠이나 자! 병신 머저리처럼 굴지 말고! 당신이라는 놈한테는 도무지 기대할 것이 없어!"

수진은 연신 '으이그, 으이그'라는 한숨을 반복하며 이불을 뒤집어쓰고 돌아누웠다. 그런 수진의 말과 행동은 새삼스러운 것은 아니었는데, 오늘만큼은 영호에게 대단히 자극적으로 다가 왔다. 순간 영호는 돌아누운 수진의 등을 주먹으로 한 대 갈겼다. 수진은 손을 뒤로 한 채 몸을 꼬며 비명을 질렀다.

영호는 순간적으로 주위를 둘러봤다. 집안의 있는 모든 사물들이 자신을 병신 머저리라고 놀리며 비웃고 있는 것 같았다. 영호는 짐승처럼 울부짖으며 눈에 보이는 사물들을 방바닥으로 패대기치기 시작했다. 그 순간 영호는 남편도 아빠도 아니었다.

얼마나 흘렀을까?

부들부들 떨며 서 있는 영호의 한쪽 다리를 붙잡고 동식이 울고 있었다. 그리고 그렇게 시간이 흐른 후 기석과 옆집 남자가 나타났고 기석의 아내가 수진을 부축해 울고 있는 동식을 데리고 나가는 것이 보였다. 옆집 남자가 깨진 유리조각들을 치우고 있는 사이 기석은 피가 흐르는 영호의 오른 손에 붕대를 감아주었다. 영호는 절규했다.

"제발, 이젠 그만 날 좀 놔줘. 제발."

*　　　*　　　*

일요일 오후, 동서울터미널에서 남양주로 가는 버스정거장 앞에서 영호는 한쪽 무릎 위에 동식을 앉힌 채 예전처럼 킁킁거리며 자신의 코를 동식의 머리와 얼굴에 부비고 있었다.

"아빠, 출장 가도 주말에는 볼 수 있지?"

"그럼, 싸나이. 외할머니 집에서 일주일 동안 잘 지내면 아빠가 토요일에 짠! 하고 나타날게. 그리고 엄마는 주말에 공부해야 하니까 아빠랑 둘이 신나게 놀자. 그래서 동식이는 일주일 동안 아빠랑 하고 싶은 거 생각해놔. 그리고 혹시 가지고 싶은 것이나, 가보고 곳이 있으면 꼭 수첩에 적어뒀다가 아빠한테 보여줘. 알겠지?"

"알았어. 그렇게. 난 싸나이니까 참을 수 있어. 아빠도 꼭 참아야 해."

"아빠 출장이 길지는 않을 거야. 동식이 3학년 올라가기 전까지 일 마치고 꼭 올라올 테니까, 할머니 말씀 잘 듣고."

"걱정 마! 난 싸나이니까 잘 할 수 있어!"

"그래, 그래. 싸나이. 아빠 최고 싸나이."

수진과 동식은 남양주로 가는 버스에 올랐다. 수진은 영호의 시선을 피하듯 반대편 창문을 쳐다봤고, 동식은 영호에게 무슨 말을 전하려는 듯 과장되게 입을 움직이며 손을 흔들었다.

동서울터미널에서 고시원까지는 족히 대여섯 정거장 거리는 되었고, 중간에 긴 언덕길을 넘어가야 했다. 영호는 고개를 숙인 채 그 언덕길을 걸어 오르기 시작했다. 그동안 세상 사람 모두에게 손가락질을 받고, 고약한 냄새가 나는 쓰레기 취급을 당하는 것까지는 버틸 만했다. 하지만 이제 가장 가까운 가족에게, 그냥 쳐다만 봐도 행복했던 그들로부터 버려졌다는 생각에 그 흔한 울음조차 나오지 않았다. 원래 인생이 한순간의 꿈이라고 하지만, 이런 식의 꿈이라면 차라리 꾸지 않는 게 나았다.

비가 내렸다. 영호의 머리 위로, 어깨 위로, 메말라 비틀어진 영혼 위로 더운 비가 내렸다. 영호는 자리에 멈춰서 눈을 감은 채 중얼거리기 시작했다.

나락
〈189〉

"곁에 있어주겠다는 약속을 지켜주지 못해서 미안해. 아빠가 미안해."

언덕길은 가팔랐다. 그렇다고 마냥 멈춰서 있을 수는 없었다. 원했든 원하지 않았든 영호가 머물 곳은 언덕 너머 그곳밖에 없었다. 영호는 주문이라도 외듯 중얼거렸다.

"넘어가자, 넘어가자, 저 언덕을 넘어가자."

고시원 근처 슈퍼마켓 앞 파라솔에 서너 명의 남자가 앉아 과자 한 봉지를 안주삼아 소주를 마시고 있었다. 과자봉지 옆에는 당첨되지 않은 즉석복권들이 널려 있었고, 경마장 마권으로 보이는 종이들이 파라솔 아래 바닥에 어지럽게 버려져 있었다. 일주일 동안 막노동으로 번 돈을 한방에 터트려보려고 경마장으로 갔지만 헛품만 판 듯 보였다. 게다가 마지막 남은 몇 천 원의 돈으로 즉석복권이라는 히든카드를 꺼내 들었지만 그 역시 허사가 된 듯 보였다.

하루 벌어 하루를 겨우 살아가는 사람들.

그들에게 복권이라는 것은 마지막 돌파구이자 유일한 희망일 것이다. 그러나 그것은 절박한 희망만큼 허탈감 또한 클 것이다. 그들은 그런 허탈감에서 빠져나오려는 듯, 아무렇지도 않은 농담에도 껄껄거리며 웃기도 하고, 서로를 위로라도 하듯 연거푸 술잔을 돌리고 있었다. 영호가 그 모습을 물끄러미 바라보고 있는데, 누군가 뒤에서 다가와 등을 툭 쳤다.

"야! 환영한다고 해야 하나? 암튼, 다른 사람들은 몰라도 나는 너하고 함께 생활하게 돼서 무지하게 기쁘다. 하하하!"

동수였다.

"날도 날이니 한잔해야지? 아! 그리고 재혁이 형님 있잖아? 재혁이 형님도 저번 달에 다시 돌아왔어. 그동안 절에 가 있었나봐. 진우형이랑 치킨 집에 함께 있다니 가자고."

고시원 1층 치킨 집에는 재혁과 진우가 함께 영호를 기다리고 있었다. 재혁의 얼굴은 밝고 환해 보였다.

"형님, 도 닦고 오셨다면서요?"

"허허, 도가 따로 어디 있나? 지금 서 있는 자리가 도량이요, 매사가 수행이지."

"영호야, 재혁이 형님하고 말 길게 섞지 마라. 절에 오래 계시더니 이건 완전히 도사가 다 되가지고 왔어. 그것도 말이 아주 많은 도사."

진우는 자신의 어깨로 재혁의 어깨를 밀며 동의를 구했다. 재혁이 그냥 웃어넘기자 진우가 말을 다시 이었다.

"있다가 올라가보면 알겠지만, 네 방은 내 방 옆 구석방으로 세팅 해놨어. 그리고 일주일치 세를 먼저 내야 하는데, 내가 내놨어. 유리창이 있는 방이라 오천 원이 더 비싸."

410호실. 두 평이 될까 말까 한 작은 방. 한 사람이 겨우 누울 수 있는 침대, 발끝 선반에는 누군가가 버려두고 간 작은 TV가 놓여 있었다. 영호는 그것을 치우고 컴퓨터를 세팅하기 시작했다. 그러다가 순간 동작을 멈췄다. 옆방 진우의 뒤척이는 소리가 마치 바로 옆에서 들리는 듯했기 때문이었다.

고시원 벽은 얇은 베니어판 하나로 막혀져 있어 작은 소리도 몇 칸 건넛방까지 또렷이 들었다. 그리고 작은 공간에서 오랫동안 생활을 했던 사람들인지라 청각에 의한 이미지 연상이 쉽게 이뤄져 옆방에서 들리는 몇 가지 소리만 가지고도 그 사람의 행동을 짐작할 수 있었다. 영호는 내일 낮에 컴퓨터를 세팅하기로 하고, 가방을 열어 사진 한 장을 꺼냈다. 동식이 사진이었다.

입영 첫날밤의 기분이 이랬을까?

영호는 그 사진을 안고 흐르는 눈물을 삼켰다. 그 슬픔은 고시원 복도를 타고 잔잔히 흘러 퍼졌다. 가늘고 작은 영호의 떨림에 화답이라도 하듯 몇 개의 방에서는 담뱃불을 붙이는 라이터 소리가 들렸다. 떠나온 것이 아니라 내버려졌다는 것, 그것은 고시원이라는 공간에서 생활하는 사람들이 가지는 최소한의 공통점이었다.

영호는 조용히 침대 위로 누웠다. 침대 스프링 소리가 귀 바로 아래서 들렸다. 그 소리는 마치 슬픔을 억지로 참으며 흐느끼는 소리 같았다. 이 방 저 방에서 침대 스프링들이 흐 느꼈다. 그날 밤, 그곳에 있는 사람들은 낯선 곳에 버려진 채 첫날밤을 맞이하는 영호의 슬픔과 절망에 공감했다.

나락

미로 찾기

토요일 아침. 영호는 새벽부터 일어나 부지런을 떨기 시작했다. 거울을 바라봤다. 까칠해 보였다. 몸도 지칠 만큼 지쳐있는 데다가 낯선 곳에서 보낸 일주일이 영호의 얼굴을 더 까칠하게 만들었다.

마음이 급했던 영호는 버스 정류장 앞에 약속시간보다 한 시간을 먼저 와 기다렸다.

'동식이는 나를 보면 맨 처음 어떤 행동을 할까?'

'가만 있어봐라. 동식이가 오늘 뭘 사달라고 조를까?'

이런저런 생각을 하면서 주머니에서 지갑을 꺼내 눈대중으로 돈을 세어보기도 하고, 동식 또래의 애들이 지나가면 손을 흔들며 인사를 하기도 했다. 하지만 영호의 마음과 반대로 시간은 더디게 흐르고 있었다. 남양주에서 오는 버스가 몇 대나 지나갔지만 동식은 여전히 나타나지 않았다.

영호는 초조함에 얼굴이 달아오르고 침이 바짝바짝 말라

갔다. 행여 잠깐 사이 동식을 놓치기라도 할까 매점에서 얼른 생수 한 병을 사들고 돌아온 영호는 단숨에 물을 들이키고는 얼굴에 비벼가며 벤치에 앉았다 섰다를 반복했다. 그리고 마치 숫자를 세듯 하늘을 보고 뭐라고 중얼거렸다.

드디어 어디선가 동식이의 목소리가 들려왔다.

"아빠!"

"싸나이!"

영호는 동식의 목소리가 들리는 쪽으로 고개를 돌렸다. 동식이 저쪽에서부터 달려오고 있었다. 둘은 얼싸안고 얼굴을 비벼댔다. 영호는 연신 코를 벌렁거리며 동식의 냄새를 맡았다. 이내 영호의 모든 신경이 동식을 안고 있는 가슴으로 모이기 시작했다. 동식의 콩닥거리는 심장소리가 전달되어 영호의 몸을 흔들었다.

'아! 동식이가 맞구나!'

"싸나이, 일주일 동안 잘 지냈어?"

"응. 피아노 학원도 등록했고 영어학원도 등록했어. 나, 공부 대따 많이 해."

"뭐? 무슨 공부를 그렇게 많이 해! 그럼 언제 놀아?"

"공부를 열심히 해야 훌륭한 사람이 되지! 아빠는 노는 것만 좋아해?"

"싸나인 노는 게 싫어?"

"아니! 사실 나도 노는 게 제일 좋아! 하하!"

영호는 동식의 얼굴을 다시 한 번 쳐다봤다. 고작 일주일밖에 지나지 않았는데 동식이 부쩍 자란 것처럼 보였다. 뒤따라온 수진이 입을 열었다.

"낼 저녁 6시에 여기로 데리고 와."

수진의 그 한마디는, 마치 막 첫 휴가를 나와 들떠 있는 이등병에게 귀대날짜를 물어보는 것과 같았다. 영호의 얼굴이 굳어졌다. 수진은 영호의 표정은 아랑곳하지 않고, 동식과 몇 마디 대화를 나누고 동서울터미널 전철역으로 향해 뒤도 한 번 돌아보지 않고 걸어갔다. 수진이 시야에서 사라지자, 영호는 허리를 굽힌 채 말했다.

"싸나이! 아빠랑 어디 갈지 생각해 봤어? 먹고 싶은 것은 뭐야? 가지고 싶은 것은 없어?"

"아빠, 하나씩 물어봐. 초등학생이 한꺼번에 어떻게 대답해?"

핀잔을 주는 것도 귀여웠는지, 영호는 동식의 얼굴에 입술을 대고 연신 뽀뽀를 해댔다. 둘은 롯데월드로 향했다. 길잡이는 예전처럼 동식이 맡았다. 동식은 놀이기구를 한 번이라도 더 타보려고 콩콩거리며 뛰어다녔고, 영호는 그런 동식의 뒷모습을 두 눈동자에 가득 담은 채 졸졸 뒤꽁무니만 따라다녔다. 둘은 밤 9시가 돼서야 롯데월드를 나왔다.

"아빠, 우리 이제 어디 가서 자는 거야?"

영호도 그랬지만, 동식 역시 아빠와 바깥에서 보내는 둘만의 첫날밤이 설레고 궁금했다.

"응? 응. 동식이는 어디 가서 자고 싶은데?"

"쩌~기. 저기에 방이 대따 많대. 우리 반 상민이는 생일날 롯데월드에서 놀고 저기서 자고 왔대. 걔네 아빠가 저기서 높은 사람이래."

동식은 롯데호텔을 가리켰다. 영호는 순간 어떤 답을 할까 고민했다.

"싸나이, 오늘은 성남 할머니 집에 가서 자자. 할머니가 동식이를 무지하게 보고 싶어 하거든. 저기는 담에 아빠랑 꼭 가자, 어때?"

성남 할머니 집으로 가자는 제안을 동식은 의외로 쉽게 받아들였다. 예전 같았으면 한 번 쯤은 떼를 썼을 텐데 일주일에 한 번밖에 못 보는 아빠에게 떼를 써가면서 소중한 시간을 빼앗기지 않으려는 듯했다.

성남 할머니는 동식의 친할머니다. 영호가 서울의 대학으로 진학을 하자 뒷수발을 들기 위해 올라온 게 계기가 되어

여지껏 성남 모란시장에서 과일가게를 하며 혼자 살고 있었다. 영호는 성남 가는 버스 안에서 동식에게 몇 가지 당부를 했다.

할머니에게는 엄마 시험 준비 때문에 자리를 비켜주려고 둘이 주말을 함께 보낸다는 것과 아빠는 지방출장을 간 것이 아니고 함께 살고 있다고 말해야 한다는 것. 영호는 동식이에게 주말마다 만나는 상황을 출장이라고 거짓말을 한 것에 더해서, 할머니에게 해야 하는 거짓말까지 말해주려니 본인 스스로도 헷갈려서 몇 번씩 말을 정리해야 했다.

할머니는 이미 집 앞 골목 앞에 나와 계셨다. '할머니!'를 부르며 달려오는 동식을 얼싸 안고는 '어이구, 내 새끼, 어이구 내 새끼'를 연발했다. 그리고 영호를 바라보더니 걱정스런 말을 쏟아냈다.

"무슨 애가 얼굴이 그래? 밥도 못 얻어먹고 사는 놈처럼. 에이!"

영호는 배시시 웃었고, 할머니는 못마땅한 듯 혀를 찼다. 밥을 먹은 뒤 영호는 다리를 벌린 채 등을 벽에 기대고 앉았다. 동식은 아빠의 배를 등받이 삼아 기대고, 다리를 팔걸이 삼아 걸친 채 TV를 보다가 스르르 잠에 빠져들었다.

"불편할 텐데 애 옆에 눕혀 놓고 이리 와서 과일 먹어라."

"괜찮아."

그리고 동식을 품으로 끌어다 안고 엉덩이를 땅에 끌며 과일 접시 쪽으로 다가왔다. 그 모습을 보던 할머니는 다시 한 번 혀를 찼다.

"어쩌면 너는 니 애비랑 똑같냐? 늘 품에 안고 있다가 어디에 갈 때도 등에 업고 가고 하물며 잠을 잘 때도 딱! 달라붙어서 잤지. 오죽하면 엄마인 나도 젖 먹일 때 **빼고는** 제대로 널 한 번 안아보지도 못했으니까."

영호는 잠시 생각에 잠겼다.

영호와 동식은 할머니가 준비한 새 이불을 깔고 누웠다. 손자는 귀여운 맛에 흐뭇한 눈으로 바라볼 수 있지만, 자식은 늘 성에 차지 않아 불만 섞인 눈으로 바라볼 수밖에 없는 것이 부모다. 그러면서도 뭐 하나 더 보태주지 못해 자식 앞에선 죄인처럼 늘 마음을 졸여야 하는 것 또한 부모다. 품 안에 자식이라 했던가? 사랑받는 것을 행복하게 생각하던 놈이 이젠 사랑을 주는 것을 행복이라고 느끼는 애비가 되어버렸다. 그래도 할머니에게 영호는 자식일 뿐이다. 그날 밤, 할머니는 잠든 두 부자의 머리맡에 앉아 영호의 머리를 몇 번이고 쓰다듬었다.

다음 날, 둘은 아침을 먹고 할머니 집을 나섰다. 할머니는 동식에게 만 원짜리 한 장을 용돈으로 주었고, 영호에겐 동식이 안 보이게 슬며시 봉투 하나를 주머니에 찔러 넣어 주었다. 영호는 한사코 거절을 했지만 할머니는 완강했다. 그리고 잔소리를 쉼 없이 쏟아냈다.

"남자가 주머니에 돈 떨어지면 저절로 어깨가 쳐져. 이거 비상금으로 가지고 있어. 절대 밥 굶으면 안 된다. 술 많이 먹지 말고, 담배는 어지간하면 끊어! 그리고 너는 왜 남들처럼 넥타이 매고 아침에 나가서 저녁에 들어오는 걸 못하냐? 대학까지 나온 놈이. 이제 고생 그만하고 취직해서 평범하게 남들처럼 살아. 자기 식솔들을 책임지지 못하는 남자는 짐승무리에서나 인간무리에서나 제대로 대접 못 받아. 그래서 자고로 남자는 도둑질을 해서라도 자기 식솔들을 책임져야 하는 거야. 정신 바짝 차리고 살아! 쫓겨나지 말고! 알았어? 곧 있으면 생일인데, 애 엄마가 생일이나 챙겨 주냐? 안 챙겨 주면 일루 조용히 넘어와. 너 좋아하는 반찬 해 놓고 기다릴 테니까. 그리고 얼굴이 이게 뭐냐? 쯔쯧."

버스 정류장까지 따라 나오면서 할머니의 잔소리는 계속되었고, 영호는 '알았어, 알았다고.'라는 말을 추임새처럼 넣으며 잔소리를 빨리 끝내길 종용했다.

둘은 잠실로 돌아와 한강 공원으로 향했다. 비가 오려는지, 하늘은 구름으로 덮여 있었다. 둘은 자전거도 타고, 매점 옆 돗자리에 누워 낮잠도 즐겼다. 야속하게 흘러가는 시간만 빼고는 모든 것들이 평화로웠다. 4시가 넘어서자 영호는 동식이를 데리고 터미널 근처 사우나에 데리고 들어갔다. 낮에 흘린 땀을 씻으러 간 것이기도 하지만 앞으로 일주일 동안 동식이를 데리고 목욕탕을 갈 사람이 없다는 것을 생각해서였다. 시계가 6시에 가까워지자 터미널로 향하던 영호는 초조해지기 시작했고, 동식에게 '뭐 먹고 싶은 것이 없냐? 가지고 싶은 것은 없냐?'를 반복해서 물어보았다.

수진은 먼저 와서 기다리고 있었고, 버스는 조금의 망설임조차 없이 출발해 버렸다. 야속했다. 영호는 한참을 버스가 떠난 자리에 서서 서성이다 고시원으로 돌아왔다.

고시원으로 가는 언덕길을 오르는 영호의 걸음은 일주일 전보다 더 무거웠다. 절룩거리듯 겨우겨우 고시원까지 온 영호의 시선에는 저번 주와 다름없는 풍경이 펼쳐졌다. 여전히 슈퍼마켓 앞 파라솔에는 몇몇 사람들이 앉아서 과자 몇 봉지에 소주를 마시고 있었고, 고시원 건물 치킨 집에는 영호처럼 주말을 보낸 생계형 기러기 아빠들이 텅 비어버린 속을 술로 채우고 있었다. 그들은 서로에게 어떤 질문도 하지 않았고 서로의 빈 잔만 채우고 있었다. 영호는 첫 휴가를 마치고 자대에 복귀한 이등병처럼 이리저리 눈치를 보며 슬금슬금 그들 속으로 기어 들어갔다.

*　　*　　*

　가을이 끝나가고 있었다. 바람이 아침저녁으로 차가워지고 금방이라도 눈이 쏟아질 것 같았다.

　그동안 주말부자로 지낸 영호와 동식에게도 변화가 있었다. 만나면 마냥 노는 곳만 찾아다니다가, 이제는 영화관이나 미술관 같은 곳을 가기 시작했고 서울근교의 유명한 산과 수목원도 찾아 다녔다. 그러나 가장 큰 변화는 더 이상 할머니 집으로 갈 수 없게 되었다는 것이다.

　매주 찾아오는 영호가 의심스러웠던지, '어미 시험은 언제 끝나냐?'는 할머니의 질문에 영호는 아무 생각 없이 '담 주면 끝나요.'라고 답을 해버린 것이다. 그 후로 두 부자는 찜질방 신세를 져야 했다. 하지만 찜질방 생활은 오히려 그들에게 자유로움을 주었다. 그림도 같이 그리고 낮에 사온 장난감 모델도 함께 조립하고 일주일 동안 지낸 이야기를 늘어놓으며 수다를 떨다가 새벽이 다 돼서야 잠이 들었다.

　그래도 변하지 않은 것은, 일요일 아침이 되면 쫓기듯 불안해하며 남은 하루를 보내는 것과 동식을 보내고 난 후에는 정류장에 서서 담배를 몇 대 피고 나서야 고시원으로 가는 것이었다.

일요일 저녁, 땅거미가 질 즈음 영호는 여느 때와 같이 힘겹게 고개를 넘어 고시원으로 돌아왔다. 그러나 그날은 사람들과 어울리지 않고 아무 말도 없이 자기 방으로 들어갔다. 어젯밤 동식이가 한 말에 아침부터 체하기라도 한 듯 속이 답답했기 때문이었다.

"아빠, 다음 주 금요일에 운동회 하는데 아빠 올 수 없지, 그치?"

"맞아! 가을 운동회 할 때구나?"

"나 훌라후프 연습도 많이 했고, 댄스연습도 많이 했어. 보여줄까?"

동식은 노래를 부르며 운동회 때 보여줄 율동을 보여줬다. 친구들과 함께 춰야 하는 춤을 혼자해서 그런지, 중간 중간에 멈칫거리기는 했지만 끝까지 잘 마무리했다. 영호는 노란색 운동복을 입고 운동장에서 음악에 맞춰 춤을 출 것을 떠올리며 입이 찢어질 듯 미소를 머금고 바라봤다. 그러나 동식이 잠든 후 영호의 얼굴은 점점 어두워졌다. 운동회에 함께 해주지 못한다는 미안함과 그에 따른 자책감에 한숨이 절로 나왔다. 그날 밤 영호는 잠든 동식을 바라보며 한숨도 자지 못했다.

　방에 있던 영호는 답답했던지 문을 열고 나와 건물 옥상으로 향했다. 언젠가 동식과 헤어지고 난 후 허전한 마음이 들어 혼자만의 공간을 찾다가 우연히 건물 옥상으로 올라가게 되었고, 새벽 나절이 되서야 내려온 적이 있었다. 그 후로 옥상은 영호의 텅 빈 마음을 달래는 최적의 아지트가 되어주었다.

　영호는 담배를 한 대 피워 물었다. 그리고 낡은 화분 뒤 작은 상자에 미리 숨겨둔 라면 한 봉지와 소주 한 병을 꺼내려는데, 옥상 한구석에 서 있는 누군가가 눈에 띄었다. 동수였다. 동수가 다른 기러기 아빠들과 달랐던 것은 토요일에는 대리운전을 해야 했기에 일요일 새벽에 대리운전을 마치고 난 후 터미널로 가서 첫차를 타고 내려갔다가 저녁에 올라오는 당일치기를 한다는 것이다. 영호는 같이 한잔 할 겸 동수를 불렀다. 이어폰을 끼고 음악을 듣고 있는 탓인지, 몇 번을 불러도 동수는 알아차리지 못했다. 영호는 동수에게 다가가 바로 옆에 선 채 동수의 한쪽 귀에 있는 이어폰을 빼 자기의 귀에 꽂았다. 영호가 피식 웃으며 눈인사를 건네자, 동수도 역시 피식 웃으며 눈인사로 답했다.

"이 노래 네가 저번에 노래방 가서 고래고래 소리 지르며 불렀던 노래 맞지? 제목이……. 맞아! '거위의 꿈'인가? 제목이 그래서, 이 노래는 너처럼 꽥꽥거리며 불러야 맛인가 생각했는데, 애들은 그렇게 안 부르네?"

영호의 농에도 동수는 말없이 웃기만 하였다. 노래가 끝나자 동수가 이어폰을 빼고는 말했다.

"다시 이사 갈 때, 그때 비로소 이삿짐 정리가 모두 끝난대."

그 말이 무슨 뜻인지 물어보기도 전에 동수는 먼저 답을 말했다.

"여기서 너무 많은 것을 얻으려 하지 마. 한계가 있어. 그 한계를 넘으려 하거나 그것을 넘지 못해 아쉬워하다가는 더 많은 것을 잃을 수가 있어. 너무 애달아 할 필요 없어. 이사 갈 때면 짐은 저절로 정리가 돼. 물론 그 짐들은 새로 이사 간 곳에서 정리가 안 되다가 그 담 이사 갈 때 쯤 정리가 되지."

동수는 더 이상 말을 하지 않았다. 자신의 말을 듣는 영호의 진지한 태도에 더 이상의 해설은 사족에 불과하다고 느꼈기 때문이었다.

다음 날 아침, 영호는 함바집에서 아침밥을 먹는데 모래를 씹는 것 같아 반 그릇도 넘기질 못했다. 그리고 아무런 생각 없이 이리저리 몸을 굴리다보니 점심시간이 되었다. 점심을 먹는 모습도 아침의 그것과 다를 바가 없었다. 영호는 점심을 먹는 둥 마는 둥 하고는 함바집을 빠져나와 공사장 위 언덕에 올라 담배를 피워 물었다.

"노가다는 밥이야. 밥을 제대로 먹어야 저녁까지 버티지."

진우와 동수가 영호가 마실 커피 한 잔을 더 들고 언덕으로 올라왔다. 월요일 오전이면 늘 어두운 표정을 지었던 영호. 그래도 점심시간이 지나고 나면 언제 그랬냐는 듯 다시 밝은 얼굴로 돌아왔는데, 오늘은 후유증이 오래가는 것 같았다.

공사장 건너편 초등학교 교문에서는 여러 무리의 학생들이 하교를 하고 있었다. 교문을 나선 작은 꼬마들은 교문 앞에서 기다리고 있던 부모들과 짝을 이뤄 집으로 향했다. 가만히 담배만 피우던 영호가 갑자기 벌떡 일어났다. 그리고 마치 망원경 렌즈를 조작하듯 눈 주위 근육을 계속 움직이며 더 정확하게 그 모습을 보려고 애를 쓰는 듯했다.

오후 작업을 하는 동안에도 영호의 시선은 건너편 초등학교 교문을 벗어나지 못했다. 팔레트 위에 폼을 엉성하게 쌓아, 작업반장이 개새끼 소새끼하며 다시 쌓으라고 할 때도 영호는 아무 말 없이 그쪽만 쳐다봤다. 한 조가 되어 작업을 하던 진우가 몇 번이고 눈치를 줬지만 저녁이 되어 일당을 받으러 인력소개소로 돌아갈 때까지 영호의 입은 굳게 닫혀 있었다.

　인력소개소에 도착하자 영호가 대뜸 입을 열었다.

　"저, 소장님. 남양주 쪽에 현장이 있으면, 내일부터 그쪽으로 갈 수 있을까요?"

　"뭐? 야, 인마. 여기가 뭐, 니 입맛에 맞게 고르고 자시고 할 수 있는 덴 줄 알어? 이거 참 웃기는 놈이네? 지금 가는 데가 덜 힘들고 단가도 높은 데니까, 잔말 말고 나가."

　"아니, 단가가 낮아도 좋으니깐 남양주 쪽에 있는 공사장으로 갈 수 있게 해주세요."

　"그래도, 이놈이! 다 널 생각해서 그러는 거야! 거기는 대부분 철거 현장이라 이 바닥 생활 십년을 넘게 한 사람도 힘들어서 사흘 건너 하루 쉬면서 가는 데야. 그리고 거긴 위험해서 경험 없는 놈들은 안 돼!"

　"저, 위험해도 괜찮으니깐 그래도."

　"소장님, 저도 내일부터 남양주 쪽으로 갈게요."

　"저도 가게 해주세요. 저도 철거 몇 달 나가봤는데, 저희 세 명이 브래까 한 대에 붙어서 호흡만 잘 맞춰 하면 욕은 안 먹을 거예요."

　진우와 동수가 가세하자 소장은 마지못해 다음 날부터 셋을 남양주 철거현장으로 보냈다. 남양주 쪽 철거현장은 소장이 말했던 것처럼 무척 힘들었다. 굉음을 내는 중장비와 기계, 그리고 건물이 부서지고 무너지는 소리에 옆 사람과의 대화는커녕 잠시 작업을 멈춘 사이에도 귀속엔 그 소리들이 남아 계속 맴돌았다. 그래서인지, 작업반장은 기계가 멈췄을 때도 고래고래 고함을 지르며 대화를 했고 그 말에 절반은 욕이었다. 고단한 것은 귀뿐만이 아니었다. 물을 계속 뿌려대는데도 먼지는 현장 전체를 미친 듯이 떠돌며 다녔고, 그 자리에 몇 시간만 있어도 마스크는 먼지들로 인해 금방 딱딱해졌다. 중장비가 큰 덩어리들을 퍼서 덤프에 싣고 나면 나머지 작은 폐기물들은 사람들이 직접 들어서 톤백에 옮겨 담았는데, 하루 종일 손으로 들고 나르다보니 팔다리 허리는 둘째치더라도 손목과 손가락이 쓰리고 쑤셔서 밥숟가락을 잡는 동작조차 고통스러울 지경이 되었다.

일당잡부의 인격은 존재하지 않은 곳. 그저 사고 없이 개처럼 시키는 대로 일하면 되는 개잡부 취급을 받는 곳. 그 대가로 다른 현장보다 만 오천 원을 더 받는 곳. 그러나 영호는 단순히 만 오천 원을 더 벌겠다고 이곳으로 오겠다고 한 것은 아니었다. 함께 나온 둘도 대충은 짐작했지만 금요일에 돼서야 그 이유를 정확하게 알게 되었다.

금요일 점심때가 되자, 영호는 함바집으로 가지 않고 어디론가 가기 위해 현장을 나와 택시를 잡기 시작했다. 그러나 택시들이 영호 앞에 서지 않고 지나쳤다. 영호의 몸은 온통 먼지투성이였기 때문이었다. 영호는 휴대폰을 꺼내 시계를 보았다. 12시 10분. 초조한 나머지 영호는 택시 잡는 것을 포기하고 달리기 시작했다. 숨이 턱까지 차올랐고, 땀이 흘러내려 얼굴에 덮여 있던 먼지와 뒤범벅이 되었다.

20여분을 달려 영호는 어느 초등학교 앞에 도착했다. 초등학교 안에서는 가을 운동회가 한창 진행되고 있었다. 점심때가 되어서인지, 오전에 자기 차례를 끝낸 학년들은 운동장 주변에서 부모들과 삼삼오오 돗자리를 펴고 앉아 밥을 먹고 있었다. 때마침 2학년 학생들의 율동이 있다는 방송이 흘러나왔다. 영호의 귀는 번쩍 뜨였고, 눈동자는 운동장 중앙으로 열을 지어 나오고 있는 무리들 속으로 향했다. 그러나 똑같은 옷을 입어서인지 동식을 찾기가 쉽지 않았다.

영호는 울타리 쪽으로 바싹 다가가 다시 목을 쭉 내밀고 동식을 찾기 시작했다. 오른쪽 열 뒤쪽에 동식의 모습이 보였다. 영호는 자신도 모르게 손을 흔들며 크게 '싸나이!'를 불렀다. 다행히 음악소리에 묻혀 동식은 듣지 못했지만 담 아래에서 점심을 먹던 사람들은 모두들 영호를 쳐다봤다.

영호는 사람들의 시선을 피해 급히 나무 뒤로 몸을 숨겼다. 그리고 다시 주변을 살피고는 조심스럽게 울타리로 다가가 동식이가 율동하는 모습을 바라봤다. 먼지와 땀이 뒤섞여 얼룩진 얼굴에선 환한 미소가 넘쳤고, 율동이 끝날 때까지 몸은 연신 들썩거렸다.

율동이 끝나자 아이들은 자기들이 나왔던 곳으로 열을 지어 다시 들어갔다. 영호는 우두커니 선 채, 손으로는 작은 박수를 치고 있었지만 시선은 동식의 뒤를 쫓아갔다. 그렇게 한참을 멍하니 서있던 영호는 휴대폰을 꺼내 시계를 들여다봤다. 12시 45분. 영호는 아쉬움이 남은 듯 학교 쪽을 바라보며 뒷걸음질로 걷다가 몸을 돌려 달리기 시작했다. 숨은 가빠와 헉헉거렸지만 영호는 뭔가를 계속 중얼거렸다.

"싸나이, 잘했어. 너무 멋졌어. 싸나이, 역시 우리 최고 싸나이."

그 목소리는 금방 울먹이는 목소리로 변했다.

"미안해. 아빠가 미안해."

눈물이 흘러내렸다. 콧물도 함께 흘러내렸다. 영호는 흐르는 눈물을 손으로 훔쳤다. 손에 묻어 있던 먼지가 눈을 파고들었다. 그래서 더 눈물이 쏟아져 내렸다. 그 날 오후, 영호는 마음만큼이나 허기가 져버린 배를 쥐어 잡고 어렵게 오후를 버텨야 했다.

다시 월요일에 찾아왔다. 하지만 영호에게 더 이상 월요병은 없었다.

그날도 영호는 남양주로 일을 나갔고, 점심시간이 되자 어김없이 학교 앞으로 달려갔다. 12시 15분. 영호는 교문 건너편 전봇대 뒤에 숨어 빵과 우유로 점심을 대신했다. 12시 50분. 급식을 마치고 하교를 하는 동식의 모습이 보였다. 영호는 급히 전봇대 뒤로 숨어 얼굴만 내밀곤 숨을 죽인 채 동식을 가만히 지켜봤다.

영호는 작은 소리로 동식을 불러보았다. 그리고 만질 듯이 손을 내밀었다. 그러나 동식을 부르는 소리는 입 안에서만 맴돌다 목구멍으로 다시 기어 들어갔고, 내민 손은 잠깐 허공에 머물 뿐 전봇대 뒤로 몸을 숨기기 위해 움츠린 옆구리에 와서 달라붙어야 했다. 달려가 안아보고 싶었지만 그럴 수 없었다. 세상으로부터 버려져 추하고 남루해진 이 꼴을 동식에게 보여주고 싶지 않았다. 다른 사람에겐 몰라도 동식이에게는 지금 자신의 모습이 '아빠에 대한 기억'으로 남지 않기를 바랐다. 영호는 도살장에 끌려가기 위해 대문 기둥에 묶여져 있는 소처럼, 전봇대에 매달려 더운 김을 내뿜으며 물기 머금은 검은 눈동자를 껌뻑이고 있었다.

동식이 눈앞에 사라지자 영호는 휴대폰을 꺼내 시계를 봤다. 1시, 영호는 왔던 곳으로 다시 달리기 시작했다. 횡단보도를 건너 지름길인 편의점 옆 골목으로 들어갔다. 한참을 골목길로 달려 큰 타이어 가게가 있는 사거리에 도착했다. 저 멀리 공사장이 보였다. 만약 저번 금요일처럼 오늘도 반장보다 늦게 현장에 도착하면 낭패였다.

다시 시계를 봤다. 반장이 점심을 먹고 낮잠을 더 길게 자기만을 바랐다. 영호는 신호도 무시하고 사거리를 가로질러 달리기 시작했다. 순간 과속으로 달려오던 승용차 한 대가 날카로운 소리를 내며 영호 옆으로 달려들었다. 주변에 사람들이 비명을 질렀다. 영호는 엉겁결에 몸을 날렸고, 보도블록이 푹 커진 전봇대 아래에 꺼꾸러졌다. 운전자는 차문을 열고 나와 영호에게 급히 달려왔다. 다른 사람들도 영호 주변에 모여들었다.

영호의 몰골은 한 눈에 봐도 주위에 있는 사람과 확연히 달랐다. 온몸은 먼지투성이에다가 얼굴은 며칠을 씻지 않은 것처럼 여기저기 얼룩져 있었다. 운전자는 그런 영호의 모습을 보더니 갑자기 영호를 몰아세우기 시작했다.

"아니, 이 양반이. 누구 신세 접으려 작정을 했나, 뭐하는 짓이야! 돈이 필요하면 일을 하러다녀야지."

주변 사람들도 그 운전자의 말에 공감하는지 웅성거리기만 할 뿐 쓰러져 있는 영호를 일으켜주려는 사람이 없었다. 초등학생 하나가 어른들 틈을 비집고 영호에게 다가와 말했다.

"아저씨. 괜찮아요? 빨리 일어나 보세요."

'동식아, 걱정하지 마라. 아빠는 괜찮다. 봐라, 멀쩡하다.'

영호는 일어서려다 갑자기 뒤로 엉덩방아를 찧었다. 그리고 그 꼬마의 얼굴을 유심히 쳐다보고 난 후 다시 일어섰다.

'아! 동식이가 아니구나. 다행이다.'

사람들이 영호의 움직임에 주목하자, 운전자는 자신의 잘못이 아니라는 것을 항변이라도 하듯 다시 영호를 다그치기 시작했다. 영호는 손을 들어 몇 번 내저었다. 꼬마에게는 괜찮다는 신호였고, 운전자와 주변 사람에게는 이제 그만하라는 부탁이었다. 그리고 정신 나간 사람처럼 고개를 연거푸 숙이며 사과하기 시작했다.

"미안합니다. 죄송합니다. 미안합니다. 죄송합니다."

그리고 그 사람들을 뒤로 한 채 다시 달리기 시작했다.

'달려야 한다. 여기서 짤리면 동식이를 내일부터 볼 수가 없다. 달려야 한다.'

머리는 흔들거렸고, 가슴은 터질 것만 같았다. 눈물은 계속 볼을 타고 흘렀다.

영호는 1시 30분이 돼서야 만신창이가 된 채 현장으로 돌아왔다. 반장은 오후 내내 영호에게 욕을 해댔고, 죗값을 치르라는 듯 쉬는 시간엔 아예 담배 심부름까지 시켰다. 하대(下待)야 막노동판 일당잡부의 피치 못할 숙명. 욕은 늘 먹는 것이라 먹을 만했고, 몸의 고달픔은 하루 이틀이 아니니 버틸 만했다. 그런데 배가 너무 고팠다. 그 마음을 알았는지, 진우는 점심시간에 함바집에서 사람들 눈을 피해 만든 주먹밥 하나를 영호 주머니로 찔러줬다. 영호는 쉬는 시간에 화장실 뒤편으로 가서 그것을 게걸스럽게 먹었다.

그리고 다시 기운을 찾은 영호는 시키지 않은 일도 알아서 해가며 반장의 비위를 맞추려 했다. 쉬는 시간이 되면 어김없이 담배 한 가치를 권하고 잽싸게 불도 붙여주었다. 영호의 그런 행동에 반장은 입을 한쪽으로 째가며 만족스런 웃음을 지었고, 영호는 그런 상황에 스스로를 길들이듯 더 개처럼 뛰어다녔다. 진우와 동수는 영호의 절박한 마음을 아는지라 그냥 안타까운 마음으로 쳐다만 볼 수밖에 없었다.

고시원으로 향하는 영호의 손에는 검은 봉지가 들려 있었다. 저녁을 먹고 들어가자는 진우와 동수의 제안도 뿌리치고 고시원 앞 슈퍼 앞에 들러 라면 한 봉지와 소주 두 병을 산 것이다. 육체적인 피곤함은 더 이상 문제가 되지 않았다. 내일 동식을 만날 시간까지 버티기 위해서는, 그 애잔한 그리

미로 찾기
〈215〉

움을 지울 수 있는 지우개가 필요했다.

철거공사가 마무리 되자 영호는 더 이상 점심시간에 달릴 필요가 없게 되었다. 그런데 남양주 현장을 나가지 못하자 영호는 며칠 동안 정신 나간 사람처럼 허공만 쳐다보며 살았다. 그동안 안타까운 마음으로 영호를 지켜봤던 진우와 동수는 오히려 다행이라 생각했다.

영호가 남양주 현장으로 나가던 한 달 동안, 점심때면 어김없이 학교 앞으로 달려갔고, 점심이라고는 전봇대 뒤에 숨어서 먹는 빵 하나와 우유가 전부였다. 더구나 저녁이면 밥도 먹지 않고 소주와 생라면으로 끼니를 때웠고, 일요일 저녁이 되면 새벽까지 울먹이며 술 마시는 소리가 맞은편 동수의 방까지 들렸다. 그러면서 영호의 얼굴에는 점점 핏기가 사라졌고, 입술과 손은 늘 하얗게 부르터 있었다. 그랬던 영호가 다른 현장으로 일을 나가기 시작한지 일주일 만에 다시 얼굴에 핏기가 돌아왔으니, 본인 마음이이야 어떻게 되었든 주변 사람에게는 무척 다행스러운 일임은 분명했다.

* * *

고시원의 겨울은 몹시 추웠다.

워낙 오래된 건물이라 난방이 제대로 되지 않는데다가 보일러 시설이 없어 사람들은 추위를 맨몸으로 버텨야 했다. 영호는 궁여지책으로 재활용센터에 가서 몇 만 원짜리 전기난로를 구입했는데, 난로 하나당 전기세 명목으로 일주일에 오천 원을 더 내라는 통에 전기난로를 팔고 다시 군용 침낭을 샀다. 현장은 더 추웠는데, 낮 동안 파고들었던 한기가 미처 빠져나가기도 전에 밤을 맞이하니, 새벽녘에는 잠을 이루지 못하고 여기저기 앓는 소리가 합창을 이뤘다. 추위를 유독 많이 탔던 영호 역시 그 대열에 끼어들었고, 늘 감기를 달고 살았다.

체감온도가 영하 20도가 넘게 내려갔던 어느 날 영호와 진우는 점심을 일찌감치 먹고 현장 입구 담벼락에 기대서 담배를 피우고 있었다.

"형, 추운 것도 추운 거지만 밥값보다 약값이 더 많이 드니…… 그렇다고 병원 갈 처지도 못 되고. 방법이 없나?"

"그냥 버티는 거지 뭐. 우리 같은 놈들이 춥고 덥고를 따질 팔자냐? 그러지 말고, 한 일주일 동안만 푹 쉬어. 주말에 동식이 만나서 쓰는 돈은 내가 좀 꿔줄게. 야! 말 나온 김에 한번 물어보자. 방값에, 밥값 그리고 약값까지. 그거 빼고 나면 금요일까지 만근해도 십만 원도 안 남을 텐데, 주말에 동식이 만나는 것도 꽤나 들지?"

"그래도 요즘은 겨울이라 어디 놀러 안 다니고 찜질방에 내도록 있어. 그냥 먹는 것만 쓰니깐 헤어질 때 용돈도 좀 주고 그래."

"겨울이 춥긴 해도 그거 하난 좋네. 야! 맞아. 며칠 전에 김 반장한테 전화가 왔는데, 저번에 용산 노인 회관 보수공사 갔을 때 봤던 김 반장 말이야. 전라도 쪽에 공사 하나 맡아서 한 달 동안 일을 간대. 먹여주고 재워주고, 이백씩 줄 테니깐 1월에 같이 갈 생각 없냐고 묻던데?"

"안 돼! 형이나 다녀와. 방학인데 왜 주말에만 봐야 하냐고, 아빠 방학도 없냐고 따져서, 아예 1월까지는 매주 계획이 서 있어. 이번 주는 눈썰매장, 다음 주는 스케이트장 그리고 신정 연휴 때는……."

"알았다, 알았어. 말을 꺼낸 내가 잘못이지. 야! 나 화장실 갔다가 올라갈 테니까 기다려. 저번처럼 먼저 시작하지 말고."

영호는 오른손을 들어 대답을 대신하고 담배를 꺼내려는데, 전화가 울렸다.

"저, 이 영호 사장님 되시죠?"

오랜만에 듣는 사장님이라는 말이 어색했는지 영호는 잠

깐 대답을 망설였다.

"아, 예. 맞습니다. 제가 이 영홉니다. 누구시죠?"

"저, 기억하시겠습니까? 서 태진입니다."

"아, 예! 팀장님 잘 지내셨죠? 어쩐 일이세요?"

"사장님께 자문 구할 일이 있어 전화를 드렸는데, 전화로는 그렇고. 오늘 저녁 때 시간이 어떠세요? 아니면 낼 저녁이라도."

"네. 알겠습니다. 저녁에 뵙지요."

영호는 오랜만의 약속에 조금 어리둥절한 기분이 들었다. 그러다 약속시간에도 30분 정도 늦게 나갔다.

"늦어서 죄송합니다. 서두른다고 서둘렀는데."

"아닙니다. 사실 저도 조금 늦었습니다. 그나저나 요즘 어떻게 지내세요?"

"그냥, 공부도 하고 일도 준비하고. 그럭저럭 지냅니다."

"몇 년 전보다 몸은 조금 마르신 것 같은데, 얼굴은 참 편해 보이십니다."

"예, 요즘 마음 하나는 참 편합니다. 허허."

"저, 오늘 뵙자고 한 것은 다름 아니고, 몇 년 전에 제가 사장님 프로젝트를 보고 '우리 회사 같은 조직에서는 아마 5년이나 더 지나야 이런 계획을 추진할 수 있을 겁니다.'라고 말씀을 드린 적이 있습니다. 사실 지금도 저희 회사 사정상 그 정도 프로젝트를 추진하기는 만만치 않습니다. 시장도 좋지 않고요. 그래도 경영진의 반승낙을 얻어 일단 추진을 해보려고 하는데, 사장님한테 조언을 좀 듣고 난 후 계획을 세워볼까 합니다."

영호는 서 팀장의 말을 조용히 들으며 몇 년 전에 추진했던 일이 무엇이었는지를 생각해봤다. 그러나 그 일을 추진하면서 얻은 상처 때문인지 머릿속 뇌세포들은 그것들을 기억하기를 꺼려했다. 그런 영호의 속을 아는지 모르는지, 서 팀장은 간간이 농담을 섞어가면서 자기들의 계획을 설명했고, 앞으로 추진하려는 몇 가지 일들을 상세하게 늘어놓았다.

"제가 생각하고 있는 것들은 거의 다 말씀을 드렸습니다. 이제 사장님 차롄데. 일단 한잔 받으시고."

"예."

잔을 비우고, 안주를 먹고, 스스로 술잔을 다시 채우는 동작을 하는 동안 영호의 눈빛은 진지하게 변했다. 서 팀장은 술과 안주를 추가로 주문하려고 손을 들려고 하다가 뭔가 골똘히 생각에 빠진 영호의 모습을 보고 분위기를 깨지 않으려는 듯 다시 손을 내렸다. 영호는 다시 잔을 입에 가져다 대려다가 입을 열었다.

"이건 제 생각인데요. 음, 제가 이런 말을 할 자격이나 있는지⋯⋯."

영호는 들었던 술잔을 다시 놨다가, 다시 들어 입 안에 털어 넣고 한참을 뜸을 들였다.

"우선 세 가지만 짚고 넘어갑시다. 첫째 커뮤니케이션 환경이 급속도로 변하고 있다는 것. 즉 속도에 밀리면 안 된다는 것. 둘째 선택과 집중을 분명히 해야 한다는 것. 즉 핵심은 틀어쥐고 나머지는 과감히 아웃소싱을 해야 한다는 것. 셋째 타 기업과의 경쟁구도에 집착하면 시장의 흐름을 놓쳐버린다는 것. 즉 원칙과 방향을 정하고 초지일관해야 한다는 것."

마치 수학 공식을 풀 듯 영호의 말은 논리정연 했고, 서 팀장이 한 말들을 조목조목 설명하기 시작했다. 그리고 완급을 조절하려는 듯 서 팀장에게 잔도 권하고, 안주를 시켜 직접 구워가면서 말을 이었다 끊기를 반복했다. 오히려 서 팀장이 영호의 말 한마디 한마디를 놓치지 않으려는 듯 술잔을 받는 작은 행동에도 조심스러워했다. 영호의 말은 한 시간을 넘겼고, 그 사이 테이블 위에 소주병들은 소리 없이 쌓여갔다. 말을 마친 영호가 벽에 걸려있는 시계를 보았다.

"말을 하다 보니 주제넘게⋯⋯. 결례가 되었다면 죄송합니다. 그리고 제가 내일 아침에 일찍 어디를 가야 해서…….”

서 팀장은 자리에서 일어서려는 영호를 깜짝 놀란 표정으로 바라보았다.

“사장님, 이제 막 이야기가 되려고 하는데. 아직 10시도 안 됐어요. 조금만 더 시간 내셔서 길 건너편에 예전에 잘 가시던 맥주 집에 가서 한잔 더 하세요.”

“서 팀장님 오늘은……. 시간되시면 낼 저녁에 다시 뵙죠. 제가 어디 도망가는 건 아니니까요. 그리고 낼은 주제를 딱 정해놓고 이야길 나누죠. 술잔 주고받으면서 수박 겉핥기식으로 말해봤자 어디 술값이라도 건지겠습니까? 허허.”

아쉬워하던 서 팀장의 얼굴이 금세 밝아졌다.

“좋습니다. 낼은 저희 팀 실무자 몇 명을 데리고 나와도 되겠지요? 팀원이 많이 늘었습니다. 저도 본부장으로 불리고 있고요. 월급도 조금 올랐습니다. 하하하!”

다음날 서 본부장은 자기 팀원들 대여섯 명을 더 데리고 나왔다. 그들 중에는 예전에 만났던 홍 과장이라는 여자도 있었다. 서 본부장은 예전에 그녀와 함께 자리했던 것을 기억하지 못하는지, ‘이 분은 홍 팀장인데’ 하면서 구구절절 신상을 늘어놓으며 처음 소개하는 것처럼 했지만, 둘은 다른 사람들의 시선을 피해 다시 눈인사를 나눴다.

영호는 어제처럼 사람들의 이야기를 듣는 것으로 시작했다. 그리고 어느 정도 시점이 되자 영호의 질문이 시작되었다. 질문을 받은 사람들은 마치 수건돌리기를 하다가 술래에게 잡힌 것처럼 진땀을 흘려가며 영호의 질문에 겨우 답을 했다. 그녀는 그런 영호의 모습을 흐뭇하게 바라보고 있었다. 10시가 넘어서자 서 본부장이 말했다.

"자! 이 사장님은 신데렐라 같은 분이라 자정이 되기 전에 집으로 돌아가야 하니까, 하하! 오늘은 이만들 하고 나중에 다시 자릴 만듭시다."

"아니, 본부장님. 본부장께서 이 영호 사장님 매니저라도 되십니까? 겨우 이제 귀가 뚫리는 것 같은데, 너무 야박하신 거 아닙니까? 하하!"

모두들 웃었다. 영호도 웃었다. 정말 오랜만에 사람들과 만나 일 이야기를 하면서 웃어보는 것이어서 더 크게 웃었다.

"저, 저도 질문 하나 드려도 됩니까?"

자리를 정리하려는 참에 나온 홍 팀장의 질문이었다.

"아, 예."

"조금 생뚱맞은 질문인데요. 혹시 결례가 안 된다면, 요즘 뭘 하고 계시는, 아니, 어떻게 지내시는지 여쭤 봐도 될는지요?"

뜬금없는 질문에 영호는 당황하는 빛이 역력했다.

"어허, 홍 팀장. 이 사장님은 유부남이야. 정말 개인적인 것을 알고 싶다면, 이 매니저님께서 허락할 테니 통닭에다가 맥주 한잔을 사세요. 하하!"

영호가 따라 웃으며 서 팀장의 말을 제지했다.

"뭐 어려운 것도 아닌데, 말씀드리죠. 제가 요즘 하는 일은, 이거 말하자면 복잡한데, 한마디로 저는 요즘 수행 중입니다. 아주 길고 혹독한 수행을 하고 있지요. 죽기 전에 깨달음을 얻을 수 있을는지 모르겠지만, 그동안 살아오면서 죄를 많이 지어서 그 죗값을 치르기 위해서 수행을 하고 있습니다. 이 정도면 답이 되겠지요?"

모두들 심오한 표정을 지으며 고개를 끄덕였다.

"하핫! 이거 완전히 우문현답이 되어버렸네요? 알았어요. 제가 통닭과 맥주를 사지요."

홍 팀장이 입을 쭉 내밀며 멋쩍게 웃었다. 그 모습에 동석한 주변 사람들이 모두 웃었다. 영호는 다른 사람들보다 더 크게 웃었다.

모두가 2차를 갔다. 2차를 가서 영호와 홍 팀장은 마주 앉게 되었는데, 그곳에서도 홍 팀장은 일적인 것보다는 '요즘 어떤 음악을 주로 듣느냐, 어떤 음식을 좋아하느냐' 등등 개인적인 질문을 간간이 던졌다. 자정을 훨씬 넘긴 시각, 자리가 마무리 되자 모두를 배웅하고 마지막으로 영호가 타고 갈 택시를 잡아주기 위해서 옆에 서 있던 서 본부장이 말했다.

"사실 이 사장님을 모셔서 자문을 받자고 제안한 건 홍 팀장입니다. 지금 와서 생각하면 홍 팀장의 판단이 아주 적중했습니다. 홍 팀장이 가끔 전화해서 조언을 구해도 마다하지 마시고 고견 부탁드립니다."

"무슨 말씀이세요. 저도 오랜만에 속세에 내려와 즐겁게 놀다 갑니다. 아직도 제 말을 들어주는 사람들이 있네요? 허허. 고맙습니다."

택시가 도착하자 서 본부장은 손수 문을 열어주었다.

"주머니에 택시비 챙겨드렸습니다. 남는 돈은 댁에 들어가실 때 과일이라도 사가지고 들어가셔서 사모님께 드리세요."

"싸나이, 뭐 먹을 거야?"

"아빠, 오늘도 찜질방 갈 거지?"

"왜?"

"거기가면 또 계란하고 식혜 먹을 거 아냐. 그래서 여기서
는 다른 거 먹으려고."

듣기 좋은 꽃노래도 한두 번이라고, 그나마 남들 눈치 안 보
고 편하게 쉬면서 둘이 하룻밤을 보내는데 최적의 공간이었던
찜질방이 동식에게는 지겨운 장소가 되어버린 것 같았다.

"일단 간식부터 사서 먹자. 아빠가 근사한 곳을 생각해
볼게."

신발이 눈에 젖어 발이 시렸던지, 매점 앞에서 줄을 서 있
던 동식은 발가락을 계속 꼼지락거렸다. 영호는 돈을 준비하
려고 지갑을 꺼냈다. 만 원짜리 몇 장 사이에 봉투 하나가 끼
어 있었다. 얼마 전 서 본부장이 택시비라고 준 봉투였다. 영

호는 서 본부장이 준 봉투를 열어보지 않았었다. 누군가가 자신의 이야기를 들어준 것만으로도 오히려 고마웠는데, 크든 작든 사례라는 것을 받는 것이 부담스러웠기 때문이었다.

영호는 슬쩍 봉투를 열어봤다. 그리고 놀란 눈으로 급히 봉투를 닫았다가 다시 열어 그 안에 든 것을 조심스럽게 꺼냈다. 백만 원짜리 수표 두 장.

'이 정도 돈이면 족히 내 두 달 치 벌이는 되는 큰돈인데, 왜 나한테 이런 큰돈을…….'

하루 벌어 하루 사는 것에 익숙해진 영호에겐 그런 금액의 돈을 손에 들고 있다는 게 익숙하지 않았다. 더구나 최근 몇 년 동안 세상으로부터 스스로를 격리시키며 살아왔기에 사람들을 온전히 대하지 못하고 늘 의심하며 경계하는 습관이 생겨, 봉투 속 돈을 꺼내는 일이 마치 계약서에 도장이라도 찍는 것만 같아 아예 그 돈은 자기 게 아니라고 생각했다. 그래서 당장 만나 돌려줘야 한다는 생각이 머릿속을 맴돌았다.

"팔천 원입니다."

매점 직원이 사무적인 어투로 말했다. 그 말을 못 들은 듯 영호가 멍하니 있자 동식이 다시 한 번 말했다.

"아빠! 팔천 원이래."

"응? 아니, 아니! 팔천 원? 그래 여기."

영호는 오른손에 든 지갑을 통째로 동식에게 건넸다.

영호는 테이블로 돌아와서도 간식을 먹는 둥 마는 둥 헛젓가락질을 했다. 그 모습을 유심히 보던 동식은 걱정이 되었다.

"아빠, 그냥 찜질방 가자. 겨울에는 찜질방이 최고야."

영호는 손사래를 쳤다.

"아니, 아니야! 싸나이. 우리 오늘 롯데호텔 가서 잘까?"

"치! 아까 아빠 지갑을 봤는데 만 원짜리 몇 장 밖에 없던데?"

영호는 동식에게 가까이 오라고 손짓을 했다. 그리고 무슨 보물이라도 보여주듯 주변을 살피고는 봉투에서 수표를 반쯤 꺼내 보여줬다.

"뭐야?"

동식이 눈이 휘둥그레졌다.

"쉿! 백만 원짜리 수표! 두 장!"

"아빠 거야?"

둘은 남들이 들을세라 서로의 귀에 대고 속삭였다.

"그럼!"

"와우! 우리 아빠 형편이 아주 쫙 폈네. 빠샤!"

롯데호텔을 들어서는 둘의 표정이 잔뜩 긴장되어 보였다. 그 안에 있는 사람들은 하나같이 TV에서나 볼 수 있는 멋진 옷을 입고 있었고, 외국인도 무지하게 많았다. 호텔 로비는 마치 참기름이라도 발라 놓은 마냥 반들거렸고, 로비 천정 높은 곳에는 수정 같은 것을 치렁치렁 매단 조명이 반짝이고 있었다. 주변을 살피던 둘은 자신들의 모습을 가만히 살펴보았다. 신발은 젖어 있었고 바지 하단은 얼어서 딱딱해져 있었다. 머리는 빵모자를 눌러쓴 때문인지, 머리카락이 딱 달라붙어 맹구 머리처럼 되어 있었다. 아무리 생각해도 둘의 행색은 호텔과는 어울려 보이지 않았다. 동식의 표정을 살피던 영호가 말했다.

"싸나이, 옆에 백화점 가서 옷도 사 입고, 신발도 사 신고. 음, 저 사람들처럼 멋쟁이가 돼서 다시 올까?"

"오예! 좋아!"

영호의 그 말에 동식은 가슴속에 답답함이 풀렸는지 쾌재를 불렀다.

둘은 백화점으로 갔다가 다시 호텔로 돌아왔다. 그리고 레스토랑으로 가서 근사하게 식사를 하고 프런트로 갔다.

객실료를 지불하고 엘리베이터로 향하는데, 객실 안내를 위해 호텔 직원 한 명이 영호네 쇼핑백을 들고 앞서갔다. 쇼핑백에 든 것이라고는 젖은 옷과 신발뿐인 별것 아닌 그것을 정성스럽게 들고 가는 게 신기했던지, 동식은 손가락으로 호텔 직원을 가리켜며 입모양으로 누구냐고 물어봤다. 영호는 대답 대신 동식의 등을 살짝 치면서 입에 검지를 가져다 댔다.

둘은 욕조에 물을 받아 놓고 함께 목욕을 즐겼다. 찜질방과는 달리 둘이서만 있는 공간이라 그런지 동식은 욕조 안에서 노래도 부르고 혼자 중얼중얼 수다도 떨다가 냉장고에서 음료수도 가져와서 먹고, 마치 물 만난 고기마냥 발가벗은 채로 객실 여기저기를 헤집고 다녔다. 욕조에 기대어 동식의 행동을 물끄러미 바라보던 영호는 눈을 지그시 감고 생각에 잠겨있었다. 동식이 다가와 그런 아빠의 얼굴을 빤히 쳐다보았다.

"아빠, 아빠는 꿈이 뭐야? 잠잘 때 꾸는 꿈 말고. 선생님이 다음 주까지 자기 꿈을 적어 와서 발표하라고 했어."

"꿈? 음……. 넌 꿈이 뭐야?"

"나? 난 아빠랑 엄마랑 강아지를 키울 수 있는 큰 마당이 있는 집에서 사는 거."

영호는 동식을 들어 욕조 안으로 끌어와서 안았다.

"싸나이. 꿈이라는 건 자신이 커서 되고 싶은 것을 말하는 거야. 그러니깐 자기 인생의 목표인 셈이지. 싸나이가 말한 꿈은 꿈이 아니라 소원이야. 예를 들면, 박찬호 아저씨처럼 훌륭한 야구선수가 되려면 어떻게 해야 하지?"

"열심히 운동하면 되지!"

"그래! 바로 그거야! 꿈이라는 것은 자신의 힘으로, 열심히 노력하면 이룰 수 있는 거야. 그래서 '꿈은 이루어진다.' 뭐, 이런 말도 있잖아."

"그럼, 엄마랑 아빠랑 강아지를 키울 수 있는 집에서 사는 거는?"

"그건, 아빠 꿈이지. 아빠가 열심히 일해서 돈 많이 벌면 널찍한 마당이 있는 집에서 강아지를 키우면서 우리 싸나이랑 엄마랑 살 수 있지."

"이백만 원 보다 더 벌면?"

"하하하! 그래, 그래."

영호는 동식을 꼭 안았다. 가만히 안겨있던 동식이 물고기처럼 파다닥 튀어 오르며 소리치 듯 말했다.

"알았다! 아빠의 꿈이 내 소원이야! 그럼 아빠의 소원은?"

"당연히 우리 싸나이의 꿈이지!"

둘은 뭔가 대단한 것을 발견이라도 한 듯 욕조 안에서 물이 넘쳐라 얼싸안고 뒹굴었다. 둘은 자신의 꿈과 소원들을 연결시키기라도 하듯 밤새 꼭 껴안고 잠을 잤다.

　　　　*　　　　*　　　　*

　일을 마치고 인력소개소로 돌아오는데 전화가 걸려왔다.
서 본부장이었다.

　"바쁘셨나 봐요? 몇 번 전화를 드렸는데, 낮에는 전화를
통 안 받으시더라구요?"

　"아, 예. 그렇게 됐습니다. 안 그래도 전화를 드리려고 했
는데, 그때 봉투에 넣어주신 게 부담스러워서."

　"오! 다행입니다. 부담 만땅 가지시라고 드린 겁니다. 하
하! 농담이구요. 혹시, 내일 저희 사무실에 한 번 들리실 수
있습니까? 전화로 여쭙기는 긴 내용이라."

　"예, 몇 시쯤 들어가면 될까요?"

　"오전에 아무 때나 오세요. 약도는 제가 이메일로 넣어드
리겠습니다."

　영호는 서 본부장을 만나는 일이 어쩐지 내키지 않았다.
자신의 이야기를 귀담아 들어주는 일이 감사하긴 하지만 자
신의 말에 책임질 수도 없고, 더구나 자신의 가정도 제대로
건사 못해 고시원 생활이나 하는 처지에 남의 일에 감 놔라
배 놔라 하는 자신이 우스워 보였기 때문이다.

　영호는 직업소개소에 들러 일당을 받으며 몇 번을 머뭇거

리다가 '일이 생겨서 내일 하루 못 나올 것 같다.'는 말을 꺼냈다. 그 말을 듣던 진우가 눈이 동그래졌다. 비록 하루지만 영호가 일을 나오지 않는 이유가 무척 궁금했던 것이다.

고시원 입구 골목에서 진우는 영호의 어깨를 툭 치며 말을 걸었다.

"야, 내가 살 테니깐, 우리 오랜만에 속에 기름이나 발라 볼까?"

"됐어, 고시원 가서 라면이나 끓여 먹자. 저번에 사 놓은 라면 있잖아."

영호는 허겁지겁 라면을 먹고는 아무 말 없이 자기 방으로 들어갔다. 진우는 그런 영호의 행동이 마음에 걸렸는지 영호의 뒷머리에 대고 소리쳤다.

"야! 너 무슨 일 있어? 밤에 출출하면 밑에 치킨 집 가자. 내가 쏠게."

"알았어."

영호는 방으로 들어가며 건성으로 대답했다. 방으로 들어온 영호는 컴퓨터를 켜서 이메일부터 확인했다. 서 본부장의 메일이 보였다. 메일에는 약도만 첨부되어 있는 것이 아니라 상당한 양의 파일이 하나 첨부되어 있었다.

이 사장님,

저번에 이 사장님의 고견을 듣고 난 다음 저희 전략기획본부에서 나름대로 추진안을 마련해 봤습니다.

그 안은 조만간 그룹 전체 간부 회의에서 P/T 하려고 합니다.

아시다시피 저희 본부가 추진하고 있는 프로젝트는 저희 그룹 관계사가 모두가 연관된 것이라 회장님께서도 이번 프로젝트에 대해 관심이 많습니다. 아니, 정확하게 표현하자면 관심보다는 조금 불안한 시선으로 바라보고 계시지요. 그래서 말인데요.

이 사장님께서 숙제 검사 한다고 생각하시고, 한 번 쭉~ 보신 다음 다시 한 번 고견 부탁드립니다.

서태진 드림

영호는 첨부파일을 열어보지도 않고 컴퓨터를 꺼버렸다. 그리고 침대에 누워 물끄러미 천정을 바라보다 혼잣말로 중얼거렸다.

"쳇! 이게 뭐야! 돈 몇 푼 줘놓고 사람을 오라 가라, A/S 해 달라는 거야? 에이! 하루 일당만 날리게 됐잖아!"

이래저래 답답한 마음에 옥상에 가서 담배나 한 대 피우려고 문을 나서는데 문자가 한 통 왔다.

'내일 급한 약속 때문에 뵙기 힘들 것 같습니다. 죄송합니다. 대신 홍 팀장이 기다리고 있을 겁니다.'

영호는 홍 팀장의 이미지를 떠올리며 이런저런 생각에 잠겨 있다가 옥상에서 내려와 다시 컴퓨터를 켰다. 그리고 새벽 4시가 넘어서야 잠이 들었다.

늦게 잠에 든 탓이기도 했지만, 오랜만에 일을 나가지 않는다는 생각에 긴장이 풀렸는지 영호는 12시가 넘어 눈을 떴고, 서 본부장 사무실에는 4시가 넘은 시각에 도착했다.

접견실에서 홍 팀장을 찾자, 홍 팀장은 마치 대기라도 하고 있었다는 듯 바로 내려왔다. 홍 팀장은 밝은 표정으로 영호를 맞이했다.

"오셨어요? 오늘 안 오시나 걱정했어요."

"아, 예."

"따뜻한 차로 드실 거죠?"

"예."

홍 팀장은 영호를 작은 방으로 안내했다.

영호는 홍 팀장이 차를 가지러 간 사이 문을 열고 나와 접견실을 둘러봤다. 크고 작은 방이 20개가 넘어보였다. 영호는 새삼 회사 규모에 놀라며 다시 방으로 들어와 바깥을 바라봤다.

건너편 택시 정류장에서는 선물꾸러미를 든 사람들이 발을 동동거리며 택시를 잡기 위해 서 있었고, 그 사람들 머리 위로 보이는 통유리 건물 안에는 오후 시간인데도 많은 사람들이 러닝머신을 타며 땀을 흘리고 있었다. 어학 학원으로 보이는 그 위층에서는 수십 명이 둘러 앉아 외국인 강사와 대화를 나누고 있었고, 그 위층 미용실에는 여러 명의 여자들이 머리에 뭔가를 뒤집어 쓴 채 잡지를 보고 있었다. 회의실로 보이는 그 위층에는 정장 차림의 사람들이 둘러 앉아 진지하게 이야기를 나누고 있는 모습이 보였다. 고개를 돌리려는데, 유리에 흐릿하게 비친 자신의 모습이 눈에 들어왔다. 유리를 통해 보이는 건너편 풍경, 그리고 지금 서 있는 이곳과 자기의 모습은 도무지 어울려 보이지 않았다. 영락없는 이방인이었다. 왠지 씁쓸한 마음에 담배를 꺼내 담뱃불을 붙이려는데 금연표시가 눈에 띄었다. 영호는 다급히 담배를 주머니 속으로 집어넣었다. 뒤에서 홍 팀장의 목소리가 들렸다.

"요즘 담배 피우시는 분들은 고생이 참 많아요. 그죠?"

"예? 아, 네."

둘은 접견실에서 30분가량 이야기를 나눴는데, 주제는 일과 상관없는 것들이었다. 영호가 먼저 본론으로 들어갔다.

"저, 홍 팀장님. 제가 어제 그 자료를 다 봤는데요. 너무 잘 정리되어 있어서. 뭐라고 드릴 말씀이. 그러니까, 여기 계신 분들 대부분은 엘리트들이시고, 또 큰물에 노시는 분들인데, 저 같은 놈이 주제넘게 뭐라고 말할, 그리고 이번 일은 저 같은 사람이 끼어들어 뭐라고 말할 소소한 일도 아니고. 그리고 결정적으로는 제가 책임지지 못할 말을 누군가에게 한다는 것이, 한마디로 말씀드리자면……."

영호는 몇 번씩 더듬거리며 말을 이어가다가 결국 마무리를 못했다. 다시 말을 시작하려고 홍 팀장을 바라 봤는데, 그녀는 당황한 기색도 없이 처음 볼 때의 밝은 표정 그대로 있었다. 홍 팀장은 에스프레소 커피를 한 모금 마시고 혀로 입술에 묻은 커피를 닦아 냈다. 아주 짧은 순간이었지만, 그 모습이 귀엽고 친근해 보였다.

"아이, 이거 서 본부장님께서 하신 말씀이 맞는 것 같은데요?"

"예?"

"이 사장님한테 뭔가 부탁을 하려면 그냥 맨입으로 안 되고 술을 먹여야 한다는데. 맞죠?"

영호는 머릿속으로 그 말의 의미를 파악하려는데, 홍 팀장이 갑자기 자리에서 일어났다.

"이 사장님, 저녁 약속 없으시죠? 나가요. 같이 저녁이나 먹으며 이야기하죠. 음, 장어 좋아하신다 그러셨죠? 역시 남자한테는 장어가 짱이죠."

홍 팀장은 윙크를 살짝 하면서 자신의 질문에 동의를 구했다. 영호는 얼떨결에 고개를 끄덕였다. 홍 팀장은 긴 생머리를 찰랑거리며 문 쪽으로 걸어갔다. 청바지에 붉은 블라우스를 입은 홍 팀장의 뒷모습은 영락없는 말괄량이 소녀였다.

"10분만 기다리세요. 바로 정리하고 내려올게요."

소주가 두 병 가까이 비워지는 동안 둘의 대화 내용은 일상적인 것에 맴돌았다. 홍 팀장은 조금 붉어진 눈빛으로 영호의 눈을 쳐다봤다.

"저, 사장님. 사장님하고 저하고 스무 살 처녀총각으로 만났으면 참 예쁜 커플이 됐을 것 같지 않아요? 정말 화려하고 짜릿하게 연애를 했을 텐데, 그죠?"

분명히 동의를 구하는 말은 아닌 것 같았지만, 영호는 그 말에 어떤 답을 해야 할지 고민하는 듯 심각한 표정을 지었

다시 일어서기

다. 그 모습을 보더니, 홍 팀장이 놀리듯 말을 이어갔다.

"호호호! 사장님 얼굴 빨개지셨네요? 아뇨, 그냥 그렇단 말이에요. 사람들은 늘 그렇잖아요. 자기들이 할 수 없는 불가능한 것들을 가지고 늘 아쉬워하면서 살아가잖아요. 그렇다고, 이 사장님하고 저하고 연인이 되지 말란 법은 없죠. 불가능한 것은 아니잖아요. 그죠?"

"예, 그렇죠. 그럼요!"

영호는 무심코 내뱉은 자기의 말에 당황했는지, 앞에 놓여 있는 술잔을 들어 단숨에 입으로 털어 넣고는 소주병을 들어 자기 잔을 다시 채우려 했다. 그러자 홍 팀장이 엉덩이를 반쯤 든 채, 상체를 영호 쪽으로 쭉 내밀고 두 손으로 영호의 빈 잔을 대신 들었다.

"혼자 지부비처 하시면 앞에 앉은 사람 10년 동안 재수 없는 거 아시죠? 설마 혼사길 막으려고 일부러 그러시는 거 아니에요? 저 책임지실 수 있겠어요?"

홍 팀장은 한 손으로 빈 잔을 든 채 다른 한 손으로는 입을 가리며 까르르 웃었다. 미간을 찡그린 채 눈을 흘기며 웃는 그녀의 장난기 어린 웃음소리는 은은한 향수냄새를 품은 채 영호의 코와 귀를 통해 온몸으로 번져갔다. 순간 굳었던 영호의 몸이 녹아내렸다. 웃고 있던 그녀가 영호의 표정을 살피더니, 술을 따라 달라는 듯 영호 앞으로 자기 잔을 쫙 내밀었다.

"언제부터 이러셨어요? 이렇게 머뭇거리는 거. 사장님은 일 이야기를 하는 동안에는 소름이 끼칠 정도로 예리한 집중력과 판단력을 보여주셨어요. 또 자기 판단에 대한 확신이 강하신지 에너지가 넘치셨고요. 그런데 뭔가 행동을 시작하기 전에는 지금처럼 꼭 머뭇거리시는 것 같아요. 그리고 늘 무슨 말씀을 하시기 전에 '이건 제 생각인데요.' '제가 이런 말을 해도 될는지 모르겠지만요.' 식의 접두어들이 달려요. 제가 하나 맞춰볼까요?"

"예?"

"어제 사장님은 저희들이 보내드린 문서를 잠도 안 주무시고 몇 번씩 보셨을 거예요. 물론 저희들에게 할 이야기를 빈 종이에 몇 장씩이나 메모를 하셨을 거구요. 그 메모지가 지금 이 사장님의 속주머니에 있는데, 꺼내시지 못하고 있는 거구요."

영호는 속주머니가 있는 왼쪽 가슴을 살짝 눌러봤다. 오늘 만나면 이야기를 나누려고 메모해둔 종이뭉치가 바스락 소리를 냈다. 순간 영호의 얼굴이 확 달아올랐다.

"도자기는 물렁물렁한 흙으로 만들어지지만 몇 천도의 열에서 단련시켰기 때문에 아무리 강한 열과 마찰, 충격을 겪어도 강철보다 훨씬 더 잘 버틴다고 하잖아요. 제가 보기엔 사장님께서 그러신 분인 것 같아요. 그래서 사장님께서는 누구보다 큰 보물창고를 가지고 있어요. 열어보지는 않았지만, 할 수만 있다면, 제가 도둑질을 해서라도 뺏고 싶을 정도로 탐이 나는 것들일 거예요. 그런데 그 속에 가득한 보물상자들을 열어야 하는데, 사장님은 아직 보물창고조차 열 열쇠를 못 찾으신 것 같아요."

홍 팀장의 오늘 말들은 마치 선문답을 하는 듯 종잡을 수가 없었지만, 인간으로서든 아님 남자로서든 일 때문이든 그것이 아니든, 자기에게 강한 관심을 가지고 있다는 것은 확실하게 느낄 수 있었다. 영호에겐 그것은 전혀 부담스럽거나 거북스러운 것이 아니라 오히려 반가운 일이어서, 오랜만에 가슴이 뿌듯해지는 느낌마저 들었다. 누군가가 관심을 가지고 자기를 바라보고 있다는 것, 자기에게 뭔가 기대를 하고 있다는 것, 그동안 영호는 이런 따뜻한 관심을 그리워했었다.

영호는 오랜만에 느껴보는 감흥이 날아갈까 숨도 크게 쉬지 않았다.

"그렇게 보였나요? 저는 요즘, 저라는 사람을 잘 모르겠습니다. 아무 생각 없이 하루하루를 대충 보내며 살다보니, 제가 어떻게 변해 가는지도 모르겠어요."

영호의 말이 끝나기 무섭게 홍 팀장이 말했다.

"보물창고를 열 열쇠를 찾아보세요. 사장님께서는 반드시 찾으실 거예요."

홍 팀장을 만나고 온 다음 날부터 영호의 일상은 조금씩 변해가기 시작했다. 바로 어제까지만 해도 일어나 세수도 하지 않고 인력소개소를 나가던 영호였는데, 이제는 선이라도 보러 나가는 사람처럼 머리에 젤도 바르고, 양치질을 하면서 칫솔로 혀도 꼼꼼히 닦았다. 그리고 쉬는 시간이면 두 세대씩 피우던 줄담배도 참지 못할 정도가 되서야 겨우 한 대 피웠다. 물론 저녁이 되면 늘 먹던 술도 먹지 않았고, 대신 꼭 저녁밥을 챙겨 먹었다. 그런 영호의 행동을 보던 진우가 '요즘 이상해? 애인 생겼나봐.'라며 놀려댔고, 그렇게 놀림을 당해도 영호는 환하게 웃기만 하였다.

*   *   *

어느 주말, 편안히 눈을 감고 누워있는 영호의 머리맡에서 동식은 노트 한 권을 읽고 있었다. 얼마 전 꿈 이야기를 하다가, 일주일 동안 꿈을 이루기 위해서 어떤 노력을 했는지 일

기 쓰듯 기록하고 보여주기로 약속한 노트였다. 둘은 그 노트 이름을 '꿈 공책'으로 명명했다

"아빠 이건 뭐야? 하루에 한 번씩 보물창고 열쇠 찾기?"

"응?"

영호가 눈을 뜨자 동식은 영호의 얼굴에 자신의 얼굴을 포개 듯 들이대고 있었다.

"그걸 왜 찾아? 열쇠는 주머니에 있잖아."

"주머니? 주머니? 아! 그렇지! 열쇠는 주머니에 있지! 역시 우리 싸나인 천재야!"

그날 영호는 동식이랑 헤어지고 돌아오면 늘 올라가던 고시원 옥상으로 올라가지 않았다. 저녁은 동식이랑 먹다 남은 계란과 김밥으로 대신했고 서둘러 PC를 켰다. 서 본부장으로부터 이메일이 와있었다.

다음 날 영호는 일을 나가지 않고 서 본부장에게 전화를 걸었다. 그리고 오후에 서 본부장과 그 회사 사장을 만났다.

"이 사장님, 현재 저희 회사는 이번 프로젝트를 추진하기에 썩 좋은 구조가 아닙니다. 만약 이대로 진행을 하려면 그룹 계열사 간의 역할 재조정과 그에 따른 구조조정까지 뒤따라야 하는데, 그러면 각 계열사 간 이해관계가 첨예하게 대립되게 됩니다. 물론 득과 실에 따라 주주들의 반대도 만만

치 않을 거구요. 천하의 명의사라고 하더라도 자기 살을 쩨고 꿰매는 일은 못 한다지 않습니까? 그래서 지금 종이쪼가리 계획안만 내놓고 있는 상황입니다. 사실 이걸 외부 컨설팅 회사에 의뢰하려고도 했습니다. 그런데 그렇게 되면 경영관련 비밀사항이 새나갈 우려가 있어 그마저도 엄두를 내지 못하고 있었습니다. 이 사장님께서 자문역을 맡아 이 일을 추진했으면 하는데요. 이건 저희 회장님 생각이기도 합니다."

메일로 받은 내용들은 이미 분석했고, 회장까지 거명되자 영호는 두말없이 승낙하고 바로 다음 날부터 출근을 시작했다. 영호의 출근 날, 사장실에서 나와 팀원들에게 인사를 하려 내려가자 홍 팀장이 대기하고 있었다. 홍 팀장은 마치 먼 길 나갔다 돌아온 아빠를 맞이하듯 총총 걸음으로 다가와 살갑게 영호의 손을 잡아끌더니 일일이 팀원들을 소개해줬다.

영호가 일할 방은 접견실이 있는 층 구석에 만들어졌다. 그 옆방에는 수시로 사람을 만날 수 있는 접견실 하나가 비워져 있었고, 서 본부장을 비롯한 경영전략본부 실무팀이 그 바로 옆방을 차지했다. 그리고 영호의 추천으로 후배 현수를 실무팀에 합류시켰다. 다행히 현수는 대학원에서 박사 과정을 마치고 신학기부터 강의를 준비하던 중이라 며칠 만에 바

로 합류할 수 있었다. 문제는 동식을 만나는 주말이었다. 당
분간은 주말에도 일이 많아질 것 같았기 때문이었다.

영호는 궁리 끝에 경희에게 전화를 걸었다. 사정을 들은
경희는 흔쾌히 부탁을 들어주었다.

"어머, 동식아 너무 많이 컸구나? 이제 몇 학년이야?"

"이제 3학년 올라가요."

"와, 그래? 그런데 선배는 왜 이렇게 늙었어요. 한 10년은
늙으신 것 같아요. 어머머, 흰머리도 보여요! 어떡해!"

경희는 반갑다는 표현 대신 마치 자식의 늙음을 안타까워
하는 노모처럼 혀를 차댔다.

"싸나이, 아빠가 여기 바로 2층에서 일하고 있을 테니까,
그동안 이모랑 놀고 있어. 이모 힘들게 하지 말고! 알겠지?"

"알았어. 그런데 이모 우리 뭐하고 놀아?"

"동식아, 이모하지 말고 음, 자 따라해 봐. 누나, 그렇지 누
나! 해봐."

"어떻게 아줌마가 누나야, 이모지."

"야! 이모는 아직 누나라니깐! 암튼, 선배는 일보세요. 놀
다가 저녁쯤에 전화 드릴게요."

둘을 보내고 난 후 커피숍으로 내려온 영호는 서 본부장과
홍 팀장을 대동하고 외부인사와 미팅을 몇 번 했고, 그 미팅

이 끝나자 곧바로 경영기획본부 사람들과 만나 회의를 진행했다. 영호의 추천으로 결합한 현수는 영호가 제시한 과제를 완벽히 정리를 해가지고 와서 영호의 체면을 세워줬다. 회의가 끝날 즈음 경희로부터 문자가 왔다.

'선배, 동식이가 스파게티를 먹고 싶대요. 7시쯤 아이스링크 입구에서 가능해요?'

영호는 주변의 눈치를 보며 책상 아래에서 답문을 보냈다. 그 모습을 힐끗 보던 서 본부장은 자리를 마무리해야겠다고 생각했다.

"자자! 오늘은 이만하고, 일단 다음 주 추진 과제는 제가 오늘 저녁에 메일로 발송을 해드릴 테니, 그것을 보시고 자신이 추진해야 사항들 중 조언을 받아야 할 것들을 정리해서 월요일 오전 중에 여기 계시는 이 사장님과 개별적으로 미팅들을 합시다."

서 본부장의 말에 다들 정리를 하고 막 일어서려는데 팀원 중 한 명이 궁금한 듯 물었다.

"저, 앞으로는 주말엔 사무실이 아닌 이 호텔에서 만나는 겁니까?"

영호가 답을 못하고 머뭇거리자 서 본부장이 끼어들었다.

"김 대리, 좋잖아. 덕분에 애 엄마하고 애들도 지금 롯데월드에 와 있거든. 마치고 저녁 먹자고 하니깐 무지 좋아하던데?"

"이 사장님 사모님께서 편찮으셔서 처가에 가 계신데요. 주말엔 일하는 아줌마를 부를 수가 없어 직접 애를 보셔야 된 대요. 그래서 어쩔 수 없이 이번 주는 이렇게 진행했어요."

홍 팀장이 말했다. 영호가 듣기에도 둘러댄 것치고는 그럴 싸했다. 서 본부장은 조금 얼떨떨한 표정으로 고개를 끄덕였고, 모두들 그럴 수 있다는 듯 고개를 끄덕였다. 자리가 거의 정리되자 영호는 홍 팀장에게 다가가 나직이 말했다.

"고마워요."

그리고 자기가 입고 있는 상의 옷깃을 슬쩍 만지며 덧붙였다.

"이것두요."

사무실로 출근하기 전날이었다. 영호는 홍 팀장에게 문자 하나를 받았다. 옷을 준비해 두었으니 조금 일찍 출근하라는 내용이었다. 사실 영호에게 옷이라곤 집에서 나올 때 옷가방에 구겨 넣어 가지고 나온 청바지 몇 장에 윗도리 몇 벌 그리고 잠바 한 개가 전부였기 때문에 사무실에 뭘 입고 나갈까 걱정하던 차였다.

영호는 홍 팀장의 말대로 사장실로 가기 전 자기 방에 먼저 들렀다. 방에는 양복이며 와이셔츠, 넥타이, 구두까지 세트로 몇 벌씩이 챙겨져 있었다. 더 놀란 것은 준비된 모든 것들이 하나같이 영호의 몸에 꼭 맞았다는 것이다. 탁월한 눈썰미와 마치 영호의 현재 상황을 모두 알고나 있는 듯 세심하게 배려하는 그녀의 행동에 영호는 언제고 고맙다는 말을 꼭 하고 싶었다.

"에이, 뭘요. 그런데 동식이는 어디에 있어요? 지금까지 혼자 방에 두고 오신 거예요?"

"아뇨. 제 후배가 보고 있어요."

"그래요? 그 후배, 제가 언제 한 번 만나서 밥 한 그릇 사드린다고 전해주세요."

"예?"

"아, 고마워서요. 참! 제가 아직 동식이를 보지 못했네요. 다음 주에는 예쁜 누나가 맛있는 거 사준다고 기대 만땅 하라고 하세요. 아시겠죠? 사장님은 그때 덤으로 붙어서 얻어드세요. 호호호!"

영호는 그런 그녀의 거침없는 태도에 아무런 거부감 없이 이끌려가는 자신이 신기했다. 영호는 그녀가 몇 번씩이나 마다하는 것을 뿌리치고 지하철역까지 서류 가방을 대신 들어주고 배웅을 해줬다.

영호는 모락모락 피어오르는 욕조에 거의 눕듯이 기대어 눈을 감고 있었다. 영호는 가랑이 사이에서 앉아 장난감 배를 가지고 놀던 동식에게 물었다.

"싸나이, 싸나이는 저번 주에 꿈을 이루기 위해서 무슨 일을 했어?"

"아침마다 일어나 '저는 반드시 훌륭한 과학자가 될 겁니다!' 이렇게 다짐했어."

"그리고 어떻게 했어?"

"학교 가서 친구들하고 안 싸우고, 학원에서는 선생님 가르쳐주시는 것도 잘 배우고. 그리고 음, 아빠! 나 한자시험 100점 맞았어!"

"와우! 우리 싸나이 포인트가 급상승하고 있는데?"

"그럼! 쬐끔만 기다려봐. 그럼 꿈을 이룰 수 있어. 그런데 아빠! 아빠 꿈은 어떻게 돼가고 있어? 아빠 출장은 언제 끝나?"

출장? 그렇다. 불과 한 주 전에 함께 지냈던 찜질방보다는 훨씬 좋은 이곳 호텔에서 주말을 보내고 있기는 하지만 출장은 언제 끝날지 영호 스스로도 도무지 알 수가 없었다. 동식을 재우고 난 후 영호는 혼자 호텔을 나와 석촌 호수 근처 포장마차로 향했다. 그리고 해가 뜰 무렵 호텔로 다시 돌아왔다.

*   *   *

강바람이 불어서인지, 뚝섬유원지에 있는 눈썰매장은 생각보다 추웠다. 그도 그럴 것이 아침에 문을 열자마자 들어와 점심나절까지 쉬지 않고 놀아댔으니, 동식의 얼굴은 아예 발갛게 상기되어 있었다.

"동식아 안 추워? 점심 먹고 와서 더 타면 안 돼?"

다시 출발점으로 올라가려던 동식을 붙잡고 홍 팀장이 발을 동동 구르며 말했다.

"이모. 한 번만 더 타고."

"야! 이모가 뭐야. 누나라 불러."

"아, 하여튼 여자들은."

"뭐?"

"알았어. 누나! 누나, 1시에 가야 한단 말이야."

"알어. 좀 쉬었다가 아빠가 오면 더 타면 되잖아."

"아냐, 엄마가 데리러 온댔어."

동식이 그렇게 대꾸했다.

'엄마가? 사장님께서 오전 미팅을 마치고 1시까지 오신다

고 하셨는데.'

　그녀는 매점에서 떡볶이를 먹다가 조심스럽게 물었다.

　"엄마가 오신댔어? 왜?"

　동식은 대수롭지 않게 오뎅 국물을 한 모금 들이켰다.

　"오늘 엄마 친구 결혼식이 있대. 그래서 오늘은 1시까지만 아빠랑 놀래."

　"그래, 어디로 데리러 오신대?"

　신중하게 질문을 하는 그녀와 달리 동식은 오뎅 국물이 든 종이컵을 입으로 다시 가져다 대며 포크를 든 다른 손으로 그녀의 뒤쪽을 휙 가리켰다.

　"저기, 뚝섬유원지역. 2번 출구 아래서."

　그녀의 머리는 동식의 손가락을 따라서 저절로 돌아갔다. 잠시 후 자연스럽게 다시 돌아온 머리는 손목시계를 보려고 아래쪽으로 기울어졌다.

　"동식아, 지금이 1시야!"

　"뭐? 누나 빨리 가자."

　"나도?"

　동식이 손에 끌려서 엉겁결에 눈썰매장을 나온 홍 팀장은 동식이를 따라 뚝섬유원지역으로 걸어갔다.

　"동식아, 아빠가 눈썰매장으로 1시까지 오신 댔는데."

동식은 늦으면 안 된다는 생각이 앞섰는지, 그녀의 말을 듣는 둥 마는 둥 앞장서서 걸어갔다. 둘이 2번 출구 아래 도착을 할 때쯤 수진은 이미 계단 아래서 기다리고 있었다. 동식이 먼저 엄마한테 달려갔다.

　"이거 뭐야. 바지가 다 젖었잖아. 이러고 어떻게 결혼식장을 가! 만나면 맨날 눈썰매장이 같은 데나 가고. 그렇게 갈 데가 없어? 얼굴은 이게 뭐야. 떡볶이 먹은 거야? 저런 데서 파는 떡볶이는 안 좋아!"

　물티슈를 꺼내 동식의 얼굴을 닦아주며 쏟아내는 수진의 잔소리에 홍 팀장은 무슨 큰 잘못이라도 한 사람처럼 고개를 조아리며 다소곳이 서 있었다.

　"저, 안녕하세요. 홍 은정입니다. 오늘 이 사장님께서 급한 약속이 있으시다 해서 제가 대신······. 1시까지 오신다고 하셨는데, 오전 약속이 점심식사까지 이어지시나 봐요. 중요한 약속이라."

　"아, 예."

　수진이 홍 팀장을 한 번 힐끗 쳐다보더니 혼잣말로 중얼거렸다.

　"이럴 거면 왜 애를 보내라고 해서. 늦었다. 가자."

　수진의 시선을 피해 지하철 계단 위를 바라보던 홍 팀장이 얼른 고개를 숙여 인사하고, 동식에게 손을 흔들었다. 계단을 막 오르려던 수진이 갑자기 멈추더니 고개를 돌렸다.

"우리 그이, 요즘도 술 많이 먹나요? 몸은 좀 어때요?"

수진은 자기가 내뱉고 순간 멈칫했다. '우리 그이'라는 말은 수진이 한 번도 사용해보지 않았던 단어였고, 더구나 홍 팀장에게 영호의 안부를 묻는 것이 영 어색했기 때문이었다. 듣는 홍 팀장도 어색하기는 마찬가지였다.

"일 때문에 자주 드세요. 그래도 몸은 건강하세요.

홍 팀장은 대충 얼버무렸다. 두 사람 사이에 묘한 기류가 흘렀다.

"동식아, 다음 주에는 누나랑 좋은 곳에 가자, 알겠지?"

분명 분위기를 바꿔보자고 한 말인데, 고개를 끄덕이며 열심히 손을 흔드는 동식과 달리 둘은 아예 서로의 눈을 피했다.

수진과의 어색한 만남의 기억은 일주일 내내 홍 팀장의 머릿속을 맴돌았다.

그리고 일주일이 흐른 일요일 아침.

"아빠! 밖에 눈 와, 빨리 일어나봐!"

동식이 호텔 유리창 앞에 서서 창밖을 내다보며 외쳤다.

"싸나이. 아빠 조금만 더 자고, 딱! 십 분만 더 자고."

영호는 이불 속에서 나오지 않고 그렇게 사정했다.

"아니. 눈이 이렇게 오는데 잠만 자냐."

그때서야 영호는 겨우 눈을 비비며 일어나 동식에게 다가갔다.

"어! 눈이 온다더니, 함박눈이 오네? 그럼 아빠랑 한강에 가서 눈사람 만들고 놀까? 눈썰매장도 가고 말이야."

"또! 아빠, 우리 인생도 좀 변화를 가지자. 눈썰매장은 눈 안 올 때도 갈 수 있잖아."

아이의 입에서 나올 법한 단어가 아니어서 영호는 놀란 얼굴로 아들을 쳐다봤다. 뭔가 뿌듯하다는 듯 동식은 씩 웃으면서 말을 이었다.

"그래! 변화! 홍 팀장 누나가 그러던데? 아빠는 멋이 없대. 그래서 변해도 단단히 변해야 한대. 그래야 인생이 행복해진대."

영호가 어이없다는 듯 고개를 절레절레 흔드는데, 노크하는 소리가 들렸다.

"아빠, 옷이나 입고 나가. 홍 팀장 누나일 거야. 오늘 아침에 여기로 온댔어."

"뭐?"

옷을 대충 입고 문을 열자, 동식의 말대로 그녀가 문 앞에서 있었다. 그녀는 무슨 잘못이라도 한 사람처럼 고개를 푹 숙이고 있다가 살짝 얼굴을 들더니 미간을 찡그린 특유의 웃음을 지어 보였다.

"어머, 동식이 일찍 일어났네?"

그리고 반갑게 맞이하는 동식에게 다가가 귓속말로 물었다.

"아빠한테 말해봤어?"

"아직요."

"내가 한 번 꼬셔볼까?"

"예!"

동식이 환하게 웃으며 답했다.

"그럼, 동식이는 빨리 샤워하고 나와. 그 사이에 누나가 꼬셔볼게."

동식이 욕실로 들어가자 홍 팀장은 침대에 벌렁 누웠다. 그리고 영호가 들으라는 듯 크게 말했다.

"아! 오늘 같은 날은 경복궁 가서 사진 찍고 놀다가 인사동 가서 전시회도 보고, 출출하면 종로 뒷골목 가서 맛있는 거 사먹으면 딱인데."

그러고는 누운 채 고개를 돌려 영호의 반응을 살폈다.

"괜찮죠? 그죠? 얼마나 낭만적이에요."

영호가 얼떨떨한 얼굴로 쳐다만 보자, 홍 팀장은 성큼성큼

다가가 바짝 얼굴을 들이밀었다.

"남들한테만 변화! 변화! 외치지 말고, 이 사장님도 변화 좀 합시다!"

영호가 체념한 듯 고개를 끄덕이자, 그녀는 영호를 와락 한 번 안더니 욕실로 달려갔다. 영호는 뒤통수라도 한 대 맞은 사람마냥 침대에 털썩 앉았다. 곧 욕실 쪽에서 동식이의 비명소리가 들렸다.

"저 혼자 샤워할 수 있어요! 누난 나가세요!"

"누나가 씻겨 줄게, 이리 와봐. 누나가 동식이 고추 따 먹을까봐 그래?"

"괜찮다니까요! 빨리 나가세요!"

고래고래 소리치는 동식이의 아우성에 영호는 침대에 벌렁 누워 껄껄거리며 웃었다.

*　　　*　　　*

눈이 내리는 경복궁은 색다른 멋이 있었다. 하얀 눈을 뒤집어 쓴 근정전은 권위보다는 어느 두메산골의 마을회관처럼 소담스러움이 느껴졌고, 지붕의 처마 끝은 눈길에 미끄러지지 않으려 걸음마다 잔뜩 긴장하며 치켜 올려진 처녀들의 어깨처럼 앙증맞았다.

눈발이 제법 굵었음에도 동식은 우산도 쓰지 않은 채 강아지처럼 이곳저곳을 뛰어 다녔다. 처음에는 동식의 주변을 맴돌며 사진만 찍어주던 홍 팀장도 이내 가방과 우산을 영호에게 맡겨버리고는 눈뭉치를 던져가며 동식과 어울렸다. 그러다 마치 피신이라도 하듯 우산을 쓴 영호 옆으로 숨어든 그녀는 한참 동안 숨을 고르더니 귓속말로 속삭이듯 말했다.

"마치 다른 세상에 온 것 같아요."

영호는 눈을 감은 채 작게 고개를 끄덕였다.

그들은 종로 뒷골목 허름한 식당에서 늦은 점심을 먹었다. 그리고 인사동으로 향했다. 푸짐하게 허기를 해결해서인지, 편안하고 여유로운 걸음으로 이곳저곳을 다녔다. 다만 6시까지 터미널로 가야 한다는 시간제한 때문에, 4시가 넘어서면서부터는 발걸음이 바빠졌다.

5시경 그녀와 헤어진 둘은 안국역으로 향했다. 지하철을 타고 터미널까지 가는 동안 동식은 인사동 미술전시관에서 받은 카탈로그들을 뒤적거리며 콧노래를 흥얼거렸다. 그 모습을 보던 영호가 동식에게 속삭이듯 말했다.

"싸나이, 있잖아. 엄마 만나면 오늘 홍 팀장 누나랑 같이 다닌 거 말할 거야?"

"응? 아빠도 홍 팀장 누나랑 똑같은 질문을 하네? 아까 홍 팀장 누나도 그렇게 묻던데."

영호는 다음 말을 기다리며 눈을 동그랗게 뜨고 동식을 쳐다보았다.

"나도 눈치가 있어. 쫄지 마."

동식은 대수롭지 않은 듯 카탈로그를 뒤적거렸다.

동식을 보내고 난 후 사무실로 가려던 영호가 발걸음을 돌려 고시원으로 가는 언덕길로 접어들었다. 눈발이 다시 굵어지기 시작했다. 영호는 우산을 폈다. 작은 우산 안이지만 마치 큰 집에 혼자인 것처럼 허전한 느낌이 들었다. 매주 일요일 똑같은 시간대에 찾아오는 익숙한 고독이었건만 오늘은 유독 다른 날보다 더 무겁게 느껴졌다.

눈이 내려서 그런지, 슈퍼 앞 파라솔을 차지했던 멤버들은 보이지 않았다. 아마 시장골목 싸구려 순대 집에 옹기종기 모여 앉아 쓴 소주를 홀짝거리고 있을 것이다. 영호는 고시원으로 바로 가려다 슈퍼를 들러 소주 세 병과 안주를 샀다. 진우와 오랜만에 한잔 나누려는 생각에서였다.

고시원으로 가는 골목으로 접어드는데, 어디서 많이 본 듯한 여자가 저 멀리서 우산을 쓴 채 서 있는 것이 보였다. 대수룹지 않게 생각하고 다시 걸어가려다, 갑자기 뒷걸음을 쳐 다시 골목 입구로 돌아 나왔다. 홍 팀장이었다. 순간 영호의 머리는 복잡해지기 시작했다. '어? 아까 분명히 헤어졌는데.'

'어떻게 여기를 알고 왔지?'

일단 그곳을 벗어나야 한다는 생각에 몸을 돌렸다.

"어! 이게 누구야? 이 형! 요즘 얼굴 안 보이던데, 잘나간다는 소문이 자자해. 아니, 잘 됐으면 옛정을 생각해서라도 나 같은 놈한테 술 한잔 사야지."

같은 현장에 나간 적이 있는 신 형이었다. 대낮부터 술을 마셨는지, 벗겨진 머리 위에 가발처럼 하얀 눈을 얹은 채 풀릴 대로 풀린 눈을 이리저리 굴리며 영호 앞에서 건들거리고 있었다.

"저, 신 형. 나중에 내가 술 한잔 살게. 지금은 급한 일이 있어서."

그러자 신형은 소리를 버럭 질렀다.

"아니, 이 사람아! 나 하고 술 한잔 하는 것보다 급한 일이 뭐 있다고. 이거 봐 이 형, 저기 치킨 집 가서 한잔 더 하자고."

신 형이 영호의 어깨에 자신의 손을 걸치면서 강제로 영호

의 몸을 고시원 쪽으로 돌렸다. 그러자 영호 코앞에 우산이
보였다. 그녀가 바로 뒤에 와 있었던 것이다. 영호는 어쩔 줄
몰라 하며 안절부절못했다. 그런 두 사람의 눈치를 보고 있
던 신 형이 말했다.

"이 형, 이거 미안하네. 정말 급한 일이 있긴 있나보네? 그
럼 급한 것부터 먼저 해결해야지."

신 형은 두 사람을 힐끗거리며 고시원 쪽으로 몇 걸음 걸
어가다가 다시 오더니, 샘이라도 부리듯 영호 양손에 들려있
는 봉지와 우산을 휙 빼앗았다.

"그렇지! 이건 나 혼자 먹을게. 급한 김에 우산도 둘이 같
이 써. 고마워."

신 형이 다시 비틀거리며 고시원으로 돌아서자 그녀는 입
을 가리며 웃었다. 둘은 고시원 골목을 나와 큰 길을 따라 걸
어갔다. 길을 걷는 내내 영호의 표정은 굳어 있었다. 그녀에
게 자신의 궁색한 처지를 보인 것이 부끄럽기도 했고, 느닷
없이 찾아온 그녀가 영 못마땅한 눈치였다.

"팔 아파요. 우산 좀 들어줘요."

영호가 우산을 받아 들자, 그녀는 우산을 든 영호의 손에
가볍게 팔짱을 끼며 몸을 밀착시켰다. 그렇게 한참을 말없이
걷다가 뚝섬유원지역 근처 카페에 자리를 잡았다. 술과 안주

를 앞에 놓고 둘은 서로의 시선을 피해 창밖만 바라보았다. 그녀가 먼저 말을 꺼냈다.

"이 사장님을 처음 뵐 때쯤, 저는 거의 십 몇 년 만에 아빠를 만났어요."

그녀의 말에 창밖을 바라보던 영호의 시선이 그녀 쪽으로 옮겨졌다.

"아빠 오랫동안 정부기관 연구원으로 일하셨어요. 그러다 사업을 시작했는데, 그게 잘 안 되셨나 봐요. 그때부터 안 드시던 술도 드시고, 거의 매일 엄마랑 싸우셨죠. 그런 날은 동생이랑 저는 근처 이모 집으로 피신을 갔어요. 그러다 결국 아빠만 남기고 저희들은 외삼촌이 계시는 미국으로 이민을 갔어요. 저는 거기서 대학을 마치고 미국지사에서 근무하다 한국본사로 오게 되었어요. 오자마자 저는 아빠를 찾기 시작했어요. 결국 2년 만에 지방에 있는 요양병원에서 아빠를 보게 되었지요. 저를 겨우 알아보기는 했지만 말을 제대로 못하실 정도로 위독한 상황이었어요. 아빠는, 아빠는 저를 기다리시며 버티셨던 것 같아요. 그리고 몇 달을 더 버티시다가……."

차분하게 말을 잇던 그녀의 목소리가 젖어들기 시작했다. 영호는 그녀에게 잔을 건넸다. 그녀는 눈물을 보이지 않으려는 듯 창밖으로 얼굴을 돌린 채 잔을 받고 단숨에 잔을 비웠다. 두 사람의 잔이 몇 번 비워지는 동안 침묵은 계속 이어졌다.

"아빠에게 미안했어요. 저희들이 조금만 더 참고 기다려 줬어야 했는데, 그러면 그렇게 쉽게 무너지실 분은 아니셨는데. 다른 사람에게는 몰라도 동생과 저한테만큼은 유난히 각별하셨는데……. 십년을 넘게 혼자 남겨져 어떻게 견디며 지내셨는지."

영호는 묵묵히 술잔에 잔을 따랐다. 그러고는 창밖을 바라봤다.

바람이 거세게 불어 내리는 눈들이 유리에 와서 부딪혔다. 영호는 그동안 그녀가 왜 그렇게 자기를 살갑게 대했고, 세심하게 배려하려 했는지 조금은 알 것 같았다. 순간 그녀에게 고마운 마음과 미안한 마음이 교차했다. 지금 그녀의 슬픔을 영호가 준 것은 아니지만, 영호로 인해 그 슬픔이 다시 기억되고 있는 것은 분명했고, 영호 역시 누군가에게 그런 슬픔을 주고 있다는 엄연한 현실이 서글프게 느껴졌다.

"죄책감에 시달리다 결국 다시 미국지사로 돌아가려 했죠. 그러다 이 사장님을 뵙게 되었어요. 문득 돌아가신 아빠 생각이 났어요. 하늘에 계신 아빠에게 열심히 사는 모습을 보여주고 싶었어요. 일에 대한 의욕도 다시 솟구쳐 올랐어요. 몇 년 동안 한 번도 먹지 않았던 아침밥을 먹을 정도였으니까요. 어쩌면 이 사장님이라는 존재가 저를 다시 일으켰는지 몰라요."

영호가 고개를 숙인 채 말이 없자, 그녀가 술잔을 들어 목을 축였다.

"동식이가 너무 고맙고 대견스러워요. 지금도 힘드시겠지만 동식이가 없었으면 아마 더 힘드셨을 거예요. 그러셨다면 저를 못 만났을 수도 있고요."

영호는 홍 팀장의 말에 동의한다는 듯 빈 잔에 술을 따라줬다.

"저는 동식이에게 죄인입니다. 아버님께서도 아마 홍 팀장님을 생각하며 그런 마음을 가지셨을 거예요. 돌이켜보면 세상의 모든 것들은 저와 동식 엄마를 갈라놓으려 했어요. 링 위에서 직접 싸움을 하고 있는 상대방 말고도, 구경을 하는 관중들조차요. 그들은 우리에게 충고를 해준답시고 손가락질을 하며 사람을 바보로 만들었고, 동정을 해준답시고 우월감에 빠져 우리를 비아냥거렸죠. 마치 불우이웃 돕기를 할 거라며 급우들에게 모은 쌀을 그들 모두가 보는 앞에서 전달하는 식이었죠. 사람들은 결국 우리 둘을 통해 자기만족을 취한 거예요. 마치 배우들이 슬픈 연기에 몰입하면서 카타르시스를 느끼듯 말이에요. 둘이 힘을 합쳐 그런 모든 것들과 죽기 살기로 싸워도 이길까 말까 했는데, 서로 네 탓을 하면서 물고 늘어지느라 힘을 다 빼버렸어요. 그러니 이렇게 보기 좋게 져버린 거죠. 결과적으로 보면 저는 동식이에게 정말 부끄러운 아빠가 되어버렸습니다."

그녀는 영호의 말을 부정이라도 하듯 손사래를 치며 잔을 내밀었다. 영호는 내미는 그녀의 잔에 자기 잔을 건성으로 부딪쳤다.

"아뇨, 절대 그렇게 생각하지 마세요. 동식이는 지금 누구보다 행복해하고 있어요. 또 이 사장님께 많은 것을 기대하고 있잖아요. 누군가가 자기에게 뭔가를 기대한다는 것은 그만큼 애정과 믿음이 있다는 거잖아요."

"하하, 그렇게 보면 그렇긴 하네요."

그녀의 짧은 말 몇 마디에 심각했던 분위기가 금세 밝아졌다.

"저, 부탁이 있어요. 지금처럼 이 사장님과 동식이 곁에 가까이 있게 해주세요. 이 사장님 곁에 있으면 왠지 마음이 편안해지고 의욕이 넘쳐나요. 그리고 동식이 때문에 오랜만에 하루 종일 웃으며 즐거운 시간을 가질 수 있었어요. 다른 부담 드릴 생각이 있어서가 아니에요."

영호는 뜻 모를 미소를 지으며 창밖으로 시선을 던졌다.

아까부터 카페 안에는 귀에 익은 노래가 잔잔하게 흘러나왔다. 'You raise me up.' 영호는 그 노래의 마지막 대목을 작게 따라 부르는 것으로 대답을 대신했다.

"You raise me up to more than I can be."

바람이 잦아들고 눈은 차분히 땅 위로 내려앉았다.

＊　　＊　　＊

동식이 개학을 맞고 몇 주가 흘렀다. 그리고 어김없이 일요일이 돌아왔다.

홍 팀장이 일 때문에 바빠 놀아줄 수 없다는 말에 시무룩해 있던 동식이 한강으로 자전거를 타러 나가자고 하자 갑자기 부산을 떨기 시작했다.

둘은 아침 먹는 것도 생략한 채 찜질방을 나왔다. 밖으로 나와 보니 거리에는 차량 대신 잠실대교를 향해 달려가는 사람들로 가득 차있었다. 무슨 일인가 싶어 멍하게 서 있는데 동식이 길 건너편을 가리켰다.

"아빠, 저기 봐. 1시까지 차량 통제한다고 적혀 있어. 마라톤 대회 하나봐."

"아, 그렇구나."

달리는 이들을 응원하기 위해 많은 사람들이 인도 위에 서 있는데, 어떤 동호회는 아예 천막을 쳐 놓고 회원들과 가족들이 진을 치고 있었다. 그러다 기다리던 동료가 달려오면 마치 개선장군을 맞이하듯 박수와 환호를 질러댔고, 꿀물과 바나나 같은 간식을 건네줬다. 그것을 먹으며 잠시 휴식을 취한 선수는 다시 의기양양하게 잠실대교 방향으로 달려갔다. 둘은 신기한 듯 그들을 쳐다보다 천막이 있는 곳으로 걸어갔다.

'나는 달릴 때가 제일 행복합니다. 뚝섬마라톤 동호회 힘! 힘! 힘!'

영호는 그 플랜카드 주변에 있는 노인에게 다가가 물었다.

"영감님, 마라톤 대회 하는 거예요? 저분들 어디서부터 뛰어오신 거죠?"

"응, 광화문에서 출발해서 다리 건너, 저 뒤쪽 잠실종합운동장까지 달려가."

노인은 손가락으로 광화문 쪽을 가리키다 몸을 한 바퀴 돌려서 잠실주경기장 쪽을 가리켰다.

"아빠, 저 아저씨들은 왜 저렇게 뛰어오는 거야?"

옆에 있던 아저씨가 고개를 돌려 동식을 보더니 웃으면서 말했다.

"꼬마야, 이건 마라톤이라고 하는 건데. 음, 42.195km를 달리는 경기야."

"그런데 쉬지 않고 계속 달리기만 해요? 그러면 숨이 차서 힘들잖아요."

"꼬마야, 힘들어도 꾹 참고 멈추지 않고 달리기만 하면 반드시 결승점까지 갈 수 있는 게 마라톤이란다. 마라톤은 참 착하고 정직한 운동이지?"

설명을 하던 영감님은 동료가 지나가는지, 주변 사람들과 환호하기 시작했다. 조금 전까지는 거의 죽을상을 하고 달려오던 선수 한 명이 응원하는 사람들을 보자 언제 그랬냐는 듯 주먹을 위로 쳐든 채 웃음을 보이며 달려왔다. 그런데 뭘 보았는지, 동식이 갑자기 깡충깡충 뛰면서 소리치기 시작했다.

"아빠! 그 아저씨야! 히치하이킹, 그 아저씨!"

정말이었다. 예전에 춘천에서 만났던 노신사가 저 먼발치에서 달려오는 모습이 보였다. 동식이 환호성을 지르자, 노신사도 동식을 알아봤는지 두 팔을 들어 손을 흔들며 달려왔다. 노신사가 지나치며 동식에게 손을 내밀자 동식은 깡충 뛰어올라 하이파이브를 했다. 둘은 노신사를 따라 인도 위를 달리기 시작했다. 따라서 달려가다 보니 어느덧 잠실대교를 넘어서고 있었다. 1km를 조금 넘게 따라 달렸을까. 둘은 숨이 턱까지 차올라 헐떡이기 시작했다.

결국 잠실대교를 넘지 못하고 둘은 멈춰 섰다. 노신사는 손을 한 번 흔들더니 손가락으로 어딘가를 가리켰다. 노신사가 가리킨 곳을 따라 고개를 돌리니 잠실종합운동장이 있었다. 동식은 무슨 생각이 났는지 손뼉을 딱 쳤다.

"맞다! 아빠, 지금 지하철은 다니겠지?"

영호는 손을 들어 동식의 손에 하이파이브를 하며 기뻐해 주었다. 둘은 잠실역을 향해 달려갔다. 종합운동장역에서 내려 계단을 올라가자, 수백 명의 사람들이 줄지어 경기장 안으로 달려 들어가는 모습이 보였다. 둘은 응원을 나온 사람들 사이를 비집고 종합운동장 안으로 들어갔다.

파란 잔디가 깔린 운동장 그리고 그 주변을 둘러싼 적갈색 트랙 위로 선수들은 마지막 힘을 다해 결승점을 향해 달려가고 있었다. 결승점을 통과하는 이들의 얼굴에는 긴 여정의 피곤함보다 뭔가 이뤄냈다는 환희로 빛나고 있었고, 결승점 앞에서 그들을 기다렸던 사람들은 백 십리길 위에 족히 서너 말의 땀을 쏟아 냈을 고단한 몸을 어루만지며 자랑스러워했다.

영호가 그런 풍경을 흐뭇한 표정으로 감상하고 있는데, 동식이 갑자기 영호의 손을 끌었다. 결승점에서 주자들을 기다리는 무리 사이에 노신사의 아들로 보이는 꼬마가 보였기 때문이었다. 한 손에는 물병, 다른 한 손에는 큼지막한 수건을 들고 있었다. 그런데 가만히 보니 다른 사람들과는 달리 몹시 초초해보였다. 무슨 일인가 싶어 스탠드를 내려와 트랙으로 내려가려는 순간, 가만히 있던 아이가 갑자기 흥분하며 방방 뛰기 시작했다. 경기장 입구에서 노신사가 달려오고 있었던 것이다. 영호는 결승점으로 가려는 동식의 손목을 잡았다. 곧이어 결승점에서 있을 두 부자의 감격적인 상봉을 방해하고 싶지 않았기 때문이다.

아이는 트랙을 성큼성큼 돌아 달려오는 아빠를 향해 고래고래 함성을 질러댔다.

노신사도 아들의 응원소리에 두 손을 높이 쳐들고 춤을 추듯 달려왔다. 마라톤 대회라는 공간적인 배경을 무시한다면, 노신사는 결승점을 향해 달려오고 있는 것이 아니라 퇴근길 집 앞 골목에서 기다리는 아이를 보고 한달음에 달려오는 아빠처럼 보였다. 이윽고 노신사가 결승점을 통과하자 아이와 노신사는 서로를 덥석 안았다. 아이는 아빠보다 더 흥분해서 소리를 질러댔고, 그것을 본 결승점 주변 사람들은 박수를 치며 달려온 사람과 기다린 사람의 감격적인 만남을 축하해 줬다.

영호는 둘에게 다가가 휴대폰 카메라로 기념사진을 찍어 줬다. 동식이도 빠질세라 둘에 끼여 기념사진을 찍었다. 두 부자는 잠실운동장을 나와 근처 신천역 뒷골목에 있는 어느 식당에 자리를 잡았다. 아이는 아빠가 걸어준 완주메달을 목에 건 채로 아빠 곁에서 떨어질 줄을 몰랐다. 영호도 그랬지만 동식은 그 모습을 무척 부러운 눈으로 바라봤다.

"완주한 사람보다 애가 더 좋아하네요? 하하."

"며칠 전부터 그랬어요. 엄마한테는 데려다만 달라고, 결승점에서 혼자 기다리겠다고. 사실 처음이라 못 올 수도 있었는데, 이놈이 기다린다는 생각에 이를 악물고 달려왔죠."

그러면서 노신사는 대견하다는 듯 아이의 머리를 몇 번이고 쓰다듬었다. 그러자 아이는 젖무덤을 찾는 새끼 강아지마냥 노신사의 품으로 파고들었고, 노신사는 온몸으로 아이를 보듬어 앉았다. 영호의 눈에는 둘의 모습이 그 어느 때보다 행복해 보였다.

그들과 헤어지고 난 후 둘은 뚝섬유원지로 돌아와 자전거를 빌렸다. 처음에는 뚝섬유원지 근처만 빙빙 돌다가 영동대교 쪽으로 방향을 잡고 달려 성수대교를 지나 서울 숲 입구에 있는 벤치에 다다랐다. 더 갈 수 있었는데, 동식이 바퀴가 작은 자전거를 빌려서인지 힘들어 했다. 자전거를 세우고 땀을 식히며 물을 마시다 동식이 물었다.

"아빠, 아까 그 아저씨가 달린 42.195km가 얼마나 되는 거리야?"

영호는 어떻게 설명을 해줘야 할지 막막했다. 본인도 여태껏 차를 타지 않고서는 가본 적이 없는 거리였기 때문이다.

"오면서 거리표지판을 봤는데, 우리가 아까 출발한 데서 여기까지가 3km 정도 되거든. 그러니깐 음, 우리가 좀 전에 자전거 타고 온 거리의 14배 정도 되는 거리네?"

"와, 그렇게 먼 거리를 달렸는데도 히치하이킹 아저씨도 그렇고, 다른 아저씨들도 쌩쌩해! 결승점 들어올 때 전부 웃으며 들어와."

"멈추고 싶은 유혹과 걸음마다 찾아오는 고통을 이겨내며 결승점까지 왔다는 성취감 때문에 그런 걸 거야. 뭔가 이뤄냈다는 성취감."

순간 영호는 멈칫했다.

'뭔가 이뤄냈다는 성취감?'

영호는 흘러가는 한강물을 바라보며 조금 전 자기 입에서 나온 그 말을 곱씹으며 상념에 잠겼다. 순간 지난 몇 년간 이리 치이고 저리 치이며 쫓기듯 살아온 시간들이 눈앞을 스쳐 갔다.

생각해보니 거의 10년의 시간이 흘렀다. 땅이라고는 겨우 발바닥 하나 디딜 정도를 가지고 허영이라는 늪에 빠져 천석꾼을 꿈꾸던 시기. '하고 싶은 일'과 '할 수 있는 일'을 구분하지 못해서 위험한 몽상과 착각조차도 도전이라는 이름으로 쉽게 둔갑되었고, 막연한 기대는 희망이라는 이름으로 포장되어 버렸다. 가지지 말았어야 할 '오기'와 하지 말았어야 할 '오판'들 때문에 너무 많은 사람들에게 슬픔을 안겨주었고, 스스로도 치명적인 상처를 입고 쓰러졌다. 배신과 비겁함이 하늘을 뒤덮었고, 영호는 햇볕조차 들지 않는 그 아래서 절망과 굴욕에 빠져 어둠의 시간들을 고스란히 알몸으로 버텨야 했다. 밤이 깊어지자 들짐승들이 나타나 새벽이슬과 땀에 범벅이 된 영호의 알몸 주위를 맴돌며 낄낄거렸다. 영호는 주먹을 움켜쥔 채 몸살이라도 걸린 사람처럼 부르르 몸을 떨었다.

"아빠! 아빠 왜 그래?"

동식이 아빠의 이상한 행동에 놀라 영호를 손을 잡으며 물었다. 영호는 애써 태연한 척했다.

"응? 아니, 조금 추워서."

동식은 영호의 '춥다'는 말이 생뚱맞아 보였나보다.

"피, 40km를 넘게 뛴 사람도 쌩쌩한데. 맞아! 아빠도 함해봐. 나도 결승점에서 기다려줄게."

"정말 기다려 줄 거야? 그럼 아빤 무조건 달려오지."

"진짜지? 약속한 거다! 만약 안 오면 내가 잡으러 갈 거다! 알겠지?"

"좋아!"

그 후 며칠이 지나고, 저녁약속이 취소되자 일찌감치 고시원으로 온 영호는 허겁지겁 라면을 끓여 먹고는 한강으로 나왔다. 한번 달려볼 심산이었다.

몇 번을 망설인 끝에 달리기 시작한 영호는 처음엔 그럭저럭 숨이 조금 차기는 했지만 상쾌한 기분도 느낄 수 있었다. 그러나 30분쯤 지났을까. 속도를 조금 낸 탓인지 호흡이 들쭉날쭉 거칠어지고 가래가 목을 타고 넘어오는 것 같았다. 연신 침을 뱉으며 달리던 영호는 구역질을 하기 시작했고 결국 다리 기둥을 잡고 토하기 시작했다. 저녁으로 먹은 라면이 고스란히 쏟아져 나왔다. 주변에 운동을 나온 사람들이 이상한 듯 힐끗힐끗 쳐다봤지만 그런 시선을 신경 쓸 상황이 아니었다.

어느 정도 속이 진정되자 영호는 고개를 들어 성수대교 쪽을 바라봤다. 그리고 눈을 들어 저 멀리 보이는 동호대교를 바라봤다. 그 순간 영호에겐 42.195km라는 거리가 단순한 수치가 아닌 공포로 다가오기 시작했다.

"뭐야 이거. 겨우 몇 키로도 못 와서. 멈추지 않고 달리기만 하면 된다고? 하는 놈들이나 하지. 에이."

비 맞은 중처럼 중얼거리는 영호 옆으로 마라톤 연습을 하는 사람들이 무리를 지어 달려가고 있었다. 영호는 그들의 뒤꽁무니를 바라보며 소리쳤다.

"미친놈들! 에이, 미친놈들!"

그 중에 한 사람이 달리면서 뒤를 힐끗 쳐다봤다. 영호는 그와 눈이 마주치자, 아무 말도 안 했다고 발뺌이라도 하듯 두 손을 흔들었다. 그런데 그는 영호의 그런 행동이 자기들을 응원을 해주는 것으로 착각했는지, 머리 위로 손을 흔들어 주고는 다시 앞을 보며 달려갔다. 영호는 그 무리들을 바라보며 주먹밥을 한 방 날렸다.

"에라이, 이 미친놈들아!"

*　　*　　*

그룹 구조 개편 보고대회를 일주일 앞두고 영호네 팀은 바빠지기 시작했다. 영호는 각 부분별로 진행되는 회의와 토론에 빠지지 않고 참석해야 했기에 밤 시간조차 서류검토에 매달리느라 퇴근은 고사하고 잠을 잘 시간조차 가질 수 없었다. 더 피곤했던 것은 구조 개편 방향에 따라 희비를 달리하게 되는 계열사 임직원들의 전화와 방문이었다. 일면식도 없는 사람들이 예고도 없이 찾아와 반 회유 반 협박 식으로 달려드는 일이 하루에도 몇 번씩 일어났다. 그러나 영호는 그들을 상대로 현재 진행 중인 일들에 대해 차분히 설명하며 이해를 구했고, 그렇게 해서 말이 통하지 않으면 집요한 설득으로 붙잡고 늘어져, 결국 두 손 두 발 다 들고 돌아가게 만들었다. 물론 그런 곤혹스러움에는 사장과 서 본부장도 예외가 될 수 없었다. 하루는 사장이 밤늦은 시간 영호와 서 본부장을 회사가 아닌 다른 곳에서 보자고 청했다.

"예상은 했지만 반발이 심하네요. 반발이 심한 몇 가지 부분은 수정하는 게 어떤지요."

자리를 잡자마자 사장이 둘을 향해 말했다. 서 본부장이 입을 꾹 다물고 공감한다는 듯 고개를 끄덕였다.

"아닙니다. 반발이 심하다는 것은 그만큼 우리가 잘하고 있다는 반증입니다. 즉 방향이 맞았다는 것이지요. 그들은 시장과 가장 가까이 있는 사람들이기 때문입니다."

둘의 시선이 동시에 영호의 입으로 향했다.

"잘 아시겠지만 기득권을 유지하려 한다면 당장의 이익은 취할 수 있겠지만 장래의 더 큰 이익은 기대할 수 없게 되지요. 한 마디로 소탐대실이죠. 장래에 독이 될 코앞의 이익이 뭔지, 그래서 그것을 버리자고 정곡을 찌르니 반발이 생기는 거 아닙니까?"

"맞아요."

셋 외에 다른 목소리가 뒤에서 들려왔다. 셋은 깜짝 놀라 뒤를 돌아봤다.

"여기에 숨어들 계시는구먼. 손님을 만나고 있는데, 셋이 몰려서 들어오기에 무슨 작당 모의를 하려나 하고 이렇게 와 봤습니다."

사장과 서 본부장이 동시에 일어나 고개 숙여 인사를 했다. 영호도 얼떨결에 따라 일어나 인사를 했다.

"아 이분이 자네가 말한 제갈공명이라는 분이구먼."

"아 예. 회장님. 하하."

"참, 박 사장. 자넨 사람 보는 눈은 나보다 훨씬 나아. 예전에 이 친구, 서 본부장을 데리고 온 것도 그렇고. 요즘 나한테 찾아와 이래저래 궁상떠는 사람들 말을 들어보면, 지금 이 분이 얼마나 잘하고 있는지 알 수 있단 말이야. 어디서 찾아오는지, 사람 하나는 참 잘 잡아 온단 말이야."

회장의 말에 사장은 익살스럽게 헛기침을 하며 괜히 어깨에 힘을 주었고, 영호와 서 본부장은 몸 둘 바를 몰랐다.

"잘 해봐요. 욕먹어도 뒤는 내가 봐줄 테니까. 다음 주지?"

"예. 다음 주 화요일입니다."

"그날 이후에 조용해지면 다시 뭉칩시다. 그땐 저 빼면 절대 안 됩니다!"

"예? 하하. 알겠습니다."

셋은 여러 가지 시뮬레이션을 설정하고 토론에 토론을 거듭했고, 새벽이 돼서야 사무실로 돌아 올 수 있었다.

박 사장과 서 본부장이 사무실 앞 사우나에 가서 잠깐 눈을 붙이는 사이 영호는 자기 방으로 가서 서류 검토를 했다.

아침 일찍 전체회의가 진행되었다. 최종적으로 확정할 구조 개편안과 구조 개편 보고대회 진행방식이 논의되었는데, 어제 세 명이 논의한 내용들을 중심으로 진행되었고 영호가 회의를 주도하였다.

회의를 마치고 난 후 영호는 자기 방으로 돌아와 무너지듯 의자에 앉은 순간 자기도 모르게 스르르 잠에 빠져들었다. 잠시 후 영호는 눈을 감은 채 손을 휘저으며 신음소리를 내기 시작했다. 그 신음소리가 점점 울음소리로 변하더니 주먹을 쥔 채 비명을 지르며 번쩍 눈을 떴다. 영호는 자리에 앉은 채 일어나지도 못하고 눈만 껌뻑거렸다. 정확하게 기억나지는 않지만 악몽을 꾼 것 같았다. 잠시 후 눈앞에 홍 팀장의 모습이 보였다.

"무슨 잠꼬대를 그렇게 심하게 하세요. 남들이 밖에서 들으면 싸우는 줄 알겠어요."

영호는 정신을 차리려는 듯 상체를 일으켜 세웠다.

"아, 예."

"이거 말씀하신 대로 수정해서 다시 정리한 케이블 방송 사업부분 통합관리시스템 안이에요. 그리고 아직 식사 안 하셨죠? 이거 드세요."

홍 팀장이 손수 싼 도시락을 내려놓고 뚜껑을 열고 수저를 영호 앞에 가지런히 놓아주며,

"따뜻할 때 드세요. 다 드시는 거 보고 나갈 거예요."

영호는 젓가락으로 밥과 반찬을 번갈아 집어 입에 넣고는 바로 서류를 펼쳐 읽으려는데, 홍 팀장이 서류를 빼앗듯 가져갔다.

"밥 드실 때만이라도 좀 편안하게 드세요. 그러다 음식이 코로 들어가겠어요."

영호는 음식을 입에 가득 문 채로 겸연쩍은 미소를 지었

다. 영호가 식사를 마칠 즈음 홍 팀장은 차를 가져왔다. 영호가 그 차를 받으려고 일어서려는데, 순간 머리가 띵해지면서 다시 자리에 털썩 주저앉았다. 아주 잠깐 사이였지만 세상이 하얗게 보였다가 다시 제대로 보일 즈음 그녀가 자신의 얼굴에 화장지를 가져다대는 모습을 볼 수 있었다.

"이런, 코피까지. 어디 가서 잠깐 눈이라도 붙이고 오세요."

영호는 정신을 차리려는 듯 머리를 몇 번 흔들더니 아무렇지도 않다는 듯 손을 흔들었다.

"아닙니다. 얼마 전부터 습관처럼 이랬어요. 그리고 큰일 앞두고 피를 보면 좋대요. 옛날에는 전쟁 같은 것을 앞두고 일부러 짐승의 피를 제물로 바치기도 했잖아요."

그녀는 어이없다는 표정을 짓더니 영호의 농담에 조금은 안심이 되었는지 미간을 찡그린 특유의 웃는 표정을 지었다.

구조 개편대회를 마치고 영호는 사무실을 정리하고 나왔다. 애초에 약속대로 영호가 할 일은 모두 끝났기 때문이었다. 그리고 사장으로부터 '임시주주총회를 앞두고 새로운 임원을 선임하는 과정에서 반드시 추천을 할 테니, 휴가 얻었다고 생각하시고 기다려 달라.'는 당부의 말을 듣고 현재는 대기 중이었다. 사무실을 나와 처음 며칠 동안은 그냥 쉬고 싶다는 생각에 고시원에 틀어박혀 밀린 잠도 자고, 책도 보고, 무료하면 한강에 나가 달리기도 하며 지냈는데 시간이 흐르면 흐를수록 초조해지기 시작했다.

　그동안 눈코 뜰 새 없이 지내왔던지라 한가하게 쉬고 있다는 게 어색해서였기도 했지만 사장의 말에 기대하는 바가 있어서인지 한 달이라는 시간이 일 년보다 더 길게 느껴졌다. 하지만 싫지 않았다. 도무지 출구가 보이지 않던 미로에서 헤매다가 마침내 길을 찾은 기분이었다.

*　　　*　　　*

　어느 토요일 저녁. 이제 막 잠에 들려던 영호에게 동식이 진지하게 물었다.

　"아빠, 아빠는 회사에서 계급이 어떻게 돼?"

　동식의 뜬금없는 질문에 영호는 눈이 동그래졌다.

　"왜?"

　"내 친구 성준이 아빠는 사장이래. 그래서 출장을 안 간대. 사장은 원래 부하를 시켜서 출장 보낸대. 새끼, 공부도 못하는 새끼가 잘난 체 하기는. 씨. 아빠 부하야? 계급이 낮아서 맨날 출장만 가는 거야?"

　영호는 어떻게 답을 할까 고민을 하다가 한쪽팔로 동식을 살짝 안으며 말했다.

"싸나이, 아직도 강아지를 키울 수 있는 집에서 아빠 엄마랑 살고 싶은 게 소원이야?"

동식이 시큰둥한 말투로 대답했다.

"당근이쥐. 그런데 아빠 출장은 언제 끝나?"

"응? 곧 끝날 거야."

늘 듣던 대답이어서 그런지 별 반응이 없었다.

"맨날 맨날 곧! 곧! 곧! 씨. 아빠는 뻥쟁이야!"

동식은 몇 번 식식거리더니 자기를 안은 아빠의 팔을 밀치고 돌아누웠다. 그런 동식을 뒤에서 안으려고 몸을 돌리던 영호가 동작을 멈추고 한참 동안 동식이 등을 바라보았다.

영호는 한참을 그러고 있다 동식이 잠든 후 이불을 조심스럽게 밀치고 일어나 천천히 걸어 창가 테이블에 앉았다. 그리고 눈을 감고 생각에 잠겼다.

동식이와 이렇게 주말에만 만나는 게 삼 년째 접어들고 있었다. 돌이켜보면, 집에서 나올 때만 해도 주말에 동식이를 만날 수 있다는 것만으로도 감사했다. 늘 얼굴을 맞대고 살던 때보단 아쉬움이 많았지만, 일주일에 한 번 어둡고 침침한 고시원을 빠져나와 동식이와 함께 시간을 보낼 수 있다는 것은 최악의 상황으로 몰려버린 영호가 누릴 수 있는 최고의 행운이었고, 지탱할 수 있는 힘이 되어주었다. 그러나 어느 순간부터인가, 영호는 주말마다 동식을 만나는 일이 짐처럼 느껴지기 시작했다. 동식을 만나고 난 후 다시 돌아오면 아무것도 변하지 않은 채 제자리에서만 맴돌고 있는 엄연한 현실이 매번 절망감을 느끼게 했다. 그러면서 생기기 시작한 동식에 대한 채무의식은 시간이 흘러갈수록 커지더니, 최근 들어서는 아예 마음 한구석에 큰 돌덩어리처럼 굳어져 가슴을 짓누르고 있었다.

'언제까지 이렇게 살 순 없는데. 저놈이 지금보다 더 자라면, 그때까지 이렇게 산다면 어쩌지. 저 녀석이 사회로 나가서 이리 치이고 저리 치이게 되면, 그땐 비빌 언덕이라도 되어 줘야 하는데. 이렇게 살다가 결국 저 녀석 인생에 짐만 되는 건 아닐까? 더 늦기 전에, 더 늦기 전에, 아, 더 늦기 전에……'

    파란 잔디가 깔려 있는 마당에 영호는 동식이와 공놀이를
하고 있었다. 둘의 주변에서 깡충거리며 뛰어놀던 강아지가
갑자기 꼬리를 내리더니 마당 한구석으로 가서 숨었다. 영
호가 대문 쪽을 바라봤다. 갑자기 대문이 부서지듯 열리면
서 흉악하게 생긴 불량배들이 들이닥쳤다. 그들은 영호의 팔
과 다리를 묶고 나서 땅에 말뚝을 박아 영호의 몸을 꼼짝도
하지 못하게 고정시켰다. 영호는 조금이라도 움직여 보려고
안간힘을 썼으나 마치 바위덩어리에 몸이 짓눌린 듯 손 하나
까딱하지 못했다. 그들은 집에다 불을 지르고 아내와 동식을
발가벗긴 뒤 마당 한가운데서 잔인하게 두들겨 패기 시작했
다. 영호는 그 장면을 보지 않으려 눈을 감았다. 그러나 그러
면 그럴수록 그들의 비명소리가 바늘로 고막을 찌르듯 날카
롭게 귀로 파고들었다. 우두머리로 보이는 놈이 영호의 머리
를 밟고 짓이겼다. 그리고 영호의 얼굴에 오줌을 갈기기 시

작했다.

"안 돼, 안 돼!"

영호는 가위에 눌려 손을 허공으로 휘저으며 몸부림치고 있었다. 바로 앞방을 쓰고 있는 동수가 급하게 문을 열고 들어와 영호를 깨웠다.

"영호야, 영호야. 어디 아퍼?"

영호는 잠시 후 호흡을 고르며 힘겹게 눈을 떴다. 동수의 얼굴이 희미하게 눈에 들어왔다. 침대는 흥건히 젖어 있었고, 눈에는 눈물이 고여 있었다. 또 악몽을 꿨다. 며칠째 계속되는 악몽에 잠을 제대로 이루지 못해 영호의 얼굴은 누렇게 떴다. 영호는 진우랑 동수가 일 나가는 것을 배웅하고 들어와서도 다시 악몽을 꿀까 두려워 잠을 이룰 수 없었다.

침대에 걸터앉아 한참을 멍하니 있던 영호는 고시원을 나와 한강으로 가 무작정 달리기 시작했다. 영동대교를 지날 즈음 영호는 더 이상 달리지 못하고 강변 옆 벤치에 앉아 힘겹게 호흡을 골랐다. 영동대교 위에는 강남으로 가는 차들의 행렬로 가득 찼다. 영호는 그것을 물끄러미 바라봤다. 저 다리를 몇 번 오가는 사이 영호의 인생은 요동쳤다. 그리고 지금은 여기 건너편에 와있다. 영호는 담배를 꺼내 물었다. 한 개비를 다 피우고 나면 다시 한 개비를 꺼내 물었다. 그러기를 몇 번, 시간이 흘러 차들의 행렬이 빨라질 즈음 영호는 뚝섬유원지 쪽으로 걷기 시작했다. 뚝섬유원지역에 이르자 노점이 막 문을 열기 시작했다. 영호는 컵라면 하나와 소주 한 병을 주문했다. 소주 한 잔을 빈속에 붓고는 안주 삼아 라면을 한 젓가락 집어 드는 순간 전화가 울렸다.

"형, 어디야?"

현수였다.

"어, 그냥 산책하러 한강에 잠깐 나왔어."

"아니, 대기업 임원 분께서 한가하게 산책이나 즐기시고 그러면 쓰나. 형 축하해! 임원으로 추천됐어. 그것도 본사 전략기획부분 총괄임원으로. 이제 형식적인 주주총회 승인만 남아 있어. 사장님께서 담 주에 직접 전화하고 찾아뵙겠다고 전해달래. 일 마치고 저녁에 서 본부장이랑 홍 팀장이랑 넘어갈 테니까 목욕재계하고 기다려. 알겠지? 형, 듣고 있어?"

영호는 도무지 실감이 나지 않아 아무 말도 할 수 없었다. 무척 기대했고, 그래서 간절히 기다렸던 일이지만 막상 소식을 듣고 나니 어안이 벙벙했다. 영호는 노점을 박차고 나와 달리기 시작했다. 눈물인지 콧물인지 얼굴을 타고 흘러내렸다.

"싸나이, 싸나이 됐어. 아빠 출장 끝났어. 계급도 높아졌어. 야, 아빠 짱이지? 형편이 확 풀렸지? 하하하!"

정신 나간 사람처럼 중얼거리며 달리던 영호는 뚝섬유원
지를 빠져나와 택시를 잡아탔다. 택시는 곧바로 달려 동식이
다니는 초등학교 앞에 멈춰 섰다.

시계를 봤다. 11시도 되지 않은 시각.

학교 앞 문방구 문 옆에 달려있는 거울을 바라봤다. 얼굴
이라는 놈은 분위기 파악을 못하고 초췌해 보였고, 옷은 자
다가 일어나 그대로 입고 나온 추리닝 바람이었다.

영호는 큰 길로 나와 다시 택시를 잡아탔다. 옷이라도 갈
아입고 다시 올 생각이었다. 전화가 울렸다. 수진이었다.

"거주지 확인? 내가 어디에 살든 왜, 저그들한테 보고를
해야 하는데! 뭐, 유채동산 압류? 살림살이에다 딱지 붙이겠
다 이거 아냐? 개새끼들처럼 오줌 질질 흘리며 영역 설정하
는 것도 아니고, 공공기관이라는 곳에서 하는 짓이라고는 사
채업자들하고 똑같아."

얼마 전 남양주 동식이 외할머니 댁으로 신용보증기금 쪽
사람이 수진의 거주지 확인을 한다며 다녀갔고, 그 후 며칠
있다가 유채동산 압류를 하겠다는 통고장을 보내 왔다고 한
다. 수진은 몇 년 전과는 달리 그런 일에 당황한 기색보다는
불쾌하다는 반응이었다. 물론 그것에 대해 화풀이라도 하듯

영호를 몰아세우기는 했지만 오히려 그런 수진의 태도에 영호는 마음이 놓였다.

"몇 년이 흘러도 당신이나 그 사람들은 어떻게 하나도 변하질 않아?"

적어도 지금 상황에선, 자기의 인생에 고통을 주는 가해자라는 측면에서 볼 때, 수진의 눈에는 그들과 영호는 하나의 무리로 간주되었다.

"어떻게 해결해 볼게. 방법이 있을 거야."

"방법? 주머니에 돈 좀 생겼다고 애하고 호텔이나 다니며 펑펑 써대는 사람이 방법은 무슨 놈의 얼어 죽을 방법. 그 사무실도 이제 그만뒀다며."

"그래서 할 말이 있는데……."

영호는 아침에 현수로부터 들은 내용을 말하려다 계속 머뭇거렸다. 아무래도 오늘은 말할 분위기가 아닌 것 같았기 때문이었다. 수진에게는 그런 영호의 모습이 '이번 일을 자신에게 떠안기려고 뜸을 들이는 것'처럼 비춰졌다.

"됐고. 암튼 이거, 우리한테 불똥 안 튀게 알아서 해결해."

통화가 끝나고 택시는 어느덧 고시원 앞 큰길에 도착했다. 그런데 그 앞에 현수가 기다리고 서 있었다. 순간 불길한 생각이 들었다.

"어! 저녁에 온다고 했잖아."

아니나 다를까, 고시원 근처 찻집에 자리를 잡자마자 내뱉은 현수의 첫 마디가 심상치 않았다.

"형, 문제가 생겼어. 그래서 사장님께서 형을 꼭 만나보고 오래."

영호는 각오라도 되어 있는 사람처럼 덤덤하게 현수의 말을 들었다.

"원안대로 구조 개편을 하고나면 현재 본사하고 계열사 임원들 중 절반이 보따리를 싸야 되잖아."

"그렇지, 그래서 반발이 심했잖아."

"그래. 오늘 새벽 내부 전산망을 통해 임시주총에서 선임될 임원 추천공지가 떴어. 그걸로 인해 하루 종일 회사가 술렁였지. 그런데 오후부터 이상한 소문이 돌면서 그 반발의 타깃이 형이 되어 버렸어. 물론 가장 핵심적인 역할을 할 자리에 외부인이 임원으로 발탁되었으니 그러려니 할 수 있어. 그런데 괜한 의심일지 몰라도 소문의 내용을 보면 그 뒤에 정 이사가 연관이 되어 있을 것 같다는 생각이 들어. 이번에 아웃되는 놈들 대부분은 양아치과들 아냐? 유유상종이라고, 그놈들 대부분은 정 이사와 직간접적으로 이해관계가 얽혀 있는 놈들이야. 아이러니하게도, 서 본부장과 형을 만나게 해준 것도 그렇게 얽힌 이해관계 때문이었지만."

"허허, 참! 그러고 보니 그렇기도 하네."

"물론 사장님 말로는 그들이 그런다고 회장님 생각은 변하지는 않는대. 문제는 회장님과 대주주들도 그들을 만만히 볼 수 없다는 거야. 그래서 그런 반발을 무마할 수 있게 임시주총 전까지 뭔가를 해달라는 거야. 한마디로 그들과의 관계를 정리하라는, 그들이 약점으로 잡고 있는 채무관계를 정리하라는 이야기지."

"휴, 너도 알다시피."

영호는 더 이상 말을 하지 못했다. 아니 그 다음에 나올 말은 현수도 너무 잘 알고 있는 것이라 말할 필요가 없었다. 현수를 보내고 영호는 한강으로 나왔다. 분명 답은 알고 있는데 문제를 풀 방법이라고는 찾을 수가 없었고, 가야할 곳은 알고는 있는데 길이라고는 보이질 않았다. 영호는 주문이라도 외듯 중얼거리기 시작했다.

'넘어가자, 넘어가자. 저 언덕을 넘어가자.'

다음날 아침 일찍, 영호는 신 상무 사무실로 찾아갔다. 신 상무는 마치 기다렸다는 듯 영호를 맞이하며 너스레를 떨었다.

"아유, 우리 잘 나가는 이 사장님. 정말 오랜만입니다. 언제 오시나 했어요."

"예, 요즘 잘 나갑니다. 신 상무님만 태클 안 걸고 도와주
신다면야 날아다닐 수도 있지요."

"무슨 말씀인지. 저야 돈놀이 하는 놈인데, 돈만 갚는다면
야 뭘 더 바라겠습니까?"

"단도직입적으로 묻지요? 제가 어떻게 하면 좋겠습니까?"

그 말에 신 상무도 정색을 했다.

"나도 남의 돈 가지고 장사하다 보니, 그 양반들 말을 따를
수밖에 없네. 이해하지?"

그러면서 신 상무는 미리 준비한 두 장의 서류를 내밀었
다. 장기기증 서약서와 채무변재 확인서. 채무변재 확인서에
는 벌써 채권자의 도장이 날인되어 있었다.

"알겠지만, 남은 채무 금액과 밀린 이자를 에프엠대로 계
산하면 우리가 백 번 손해 보는 거래야. 그리고 막말로, 좋은
일도 하고 빚도 털고, 이거야말로 일타이피 아닌가?"

"신 상무님, 하나 물어나 봅시다. 사채업자가 무슨 자선
사업가도 아니고, 왜 이런 백 번 손해 보는 거래를 하시려
고 그러죠? 제게 빌려준 돈을 댄 전주가 누군지 물어봐도
되나요?"

"참, 곤란하게서리. 아시잖아? 그런 건 말해 주지 않는 게

이 바닥 불문율이라는 걸. 이 사장, 이걸로 그냥 쫑 치자고. 거의 10년이 돼 가지? 지긋지긋하지도 않아? 옆에서 보는 내가 안타깝네. 앞으로 큰일 할 사람이 이만한 일로 자꾸 발목 잡히면 되나. 아! 참. 내 정신 좀 봐라. 밑에 손님이 와있는데. 잠깐 나갔다올 테니, 오늘 쫑 봅시다."

신 상무 사무실을 나와 지하철역까지 걸어온 영호는 계단을 내려가지 못하고 입구에서 서성이며 하늘과 땅을 향해 번갈아 한숨 내쉬듯 담배연기를 뿜었다. 영호의 머릿속에는 자신의 희생으로 누군가가 다시 새 삶을 얻게 된다는 기대감도, 칼로 자신의 배를 갈라 몸의 일부를 억지로 끄집어낸다는 것에 대한 공포감도 없었다. 신 상무의 말처럼, 10년 가까이 한 순간도 놓치지 않고 지긋지긋하게 따라다니며 영호의 인생을 어둡게 만든 그림자와 완전히 이별하고 싶었고, 팔다리를 다 잘라 내는 형벌을 받더라도 동식이만큼은 자기에 의해 드리워진 어두운 그늘에 두고 싶지 않았다. 결심을 한 듯 영호가 신 상무 사무실로 쪽으로 다시 걸어갔다.

그날 오후, 영호는 점심을 거르고 신 상무가 미리 예약한 대학병원으로 가서 장기이식에 필요한 검진을 했다. 그리고 고시원으로 돌아와 소주를 한잔 하자는 진우의 청도 물리치고 잠자리에 들었다. 그날 밤 영호는 악몽을 꾸지 않고 오랜만에 단잠을 잘 수 있었다.

이틀 후 다시 병원 예약이 잡혔다. 갑작스러운 예약이었
다. 분명히 수술 날짜는 영호가 정하기로 신 상무와 약속을
했었다. 병원에 도착해 소변을 보려는데, 눈높이에 장기매매
알선자들이 붙인 것으로 보이는 스티커들이 눈에 들어왔다.
갑자기 불안한 생각이 들기 시작했다.

'혹시 의사가 낌새를 챈 것은 아닐까? 그렇지 않고서야 갑
자기 이렇게 부를 이유가 없지.'

화장실을 나온 영호는 진료실로 바로 가지 않고 커피숍으
로 갔다. 잔돈은 무시한 채 커피만 받아 들고 커피숍 앞에서
서성이며 몇 모금을 마신 후 영호는 내과 외래 진료실로 갔
다. 이름이 불리고, 천천히 진료실 안을 들어서자 의사는 악
수까지 청하며 반갑게 맞이해주었다. 의사가 자기 앞에 놓인
두 개의 모니터를 번갈아보며 무슨 말을 하려 하자, 영호가
먼저 입을 열었다.

"저, 선생님. 저는 태어나서 여태껏 사람들한테 신세만 지
고 살았습니다. 그래서, 그래서 이번에 좋은 일 한 번 해보
려고."

영호의 말이 끝나기도 전에 의사가 턱을 괴고는 진지하게
말을 했다.

"예, 무슨 말씀인지는 알겠고요. 자, 일단 이거 보시면서. 간은 참 이상한 놈이에요. 아무 말 없다가 사고를 치거든요. 코피나 잇몸에 피가 나고, 이건 그냥 흘려버리거든요. 몸에 열이 있고, 식은땀이 나면 그것도 몸살이려니 하면서 대충 약국 가서 감기약 사먹고 말죠? 얼굴이 검거나 누렇게 뜨고 체중이 감소하면, 과로나 스트레스 때문이라고 생각해버리죠. 그런데 말입니다. 그런 것들은 하나같이 간암을 의심할 수 있는 증상들입니다. 제가 검사 결과를 꼼꼼히 봤는데."

의사는 모니터를 다시 한 번 유심히 살펴보면서 몇 번을 망설이다 말했다.

"이 영호 씨의 경우는 그러니까……. 간암입니다, 진행성 간암. 그나마 다행스러운 것은 간경화가 동반되지 않았다는 겁니다."

영호는 둔기로 머리를 한 대 얻어맞은 사람처럼 멍했다.

"저, 선생님 무슨 말씀을 하시는 건지. 전 보시다시피 밥도 잘 먹고, 그러니깐 꾸준히 운동도 하고, 마라톤요."

"그래요. 그래서 그나마 운이 좋다는 겁니다. 더 검사를 해봐야 하지만, 지금 소견으로 봐서는 아직은 다른 장기로 전이된 것 같지는 않습니다."

"아니, 그러니까. 제 말은 지금 제가 이렇게 멀쩡한데, 어디가 어떻다는 겁니까?"

"자! 제 말씀 끝까지 들어주세요. 저는 의사이기 때문에 이런 거 가지고 거짓말은 못합니다. 그러니까 지금부터는 현실을 인정하고 냉정해져야 방법을 찾을 수 있습니다."

"어떻게 치료하죠? 수술을 해야 하나요? 언제까지 살 수 있죠?"

"잠깐만요. 일단 제 말을 끝까지 들어보세요. 제가 다 말씀드리겠습니다. 이런 경우 수술보다는 종량화학색전술이라는 방법으로 치료하는 것이 효과적입니다. 간암용 항암제라고 생각하시면 간단합니다. 간에서 더 이상 암세포가 성장하지 못하게 막는 거죠. 그 치료를 하면 외양상은 아무 변화가 없습니다. 그런데 그런 일이 생기면 절대 안 되지만, 이후 간경화가 동반되면서 간 기능이 나빠질 때는 말기 암 환자들이 복용하는 항암제를 처방받아 먹게 됩니다. 물론 탈모, 구토, 설사 등의 부작용이 있을 수 있지만 복용을 시작한 후 얼마 정도는 생명을 연장할 수 있습니다. 한 번 해봅시다. 본인의 의지만 있다면 2년에서 3년, 그 이상도 건강하게 사시는 분들을 많이 봤습니다. 그리고 가족들에게 제일 먼저 말하세요. 암을 이겨낸 사례를 보면, 가족들의 역할이 아주 컸습니다. 물론 당사자만큼 고생도 하지만요."

영호는 병원을 나와 걷기 시작했다. 의사의 말처럼, 머릿속은 빨리 현실을 인정하고 냉정해져야 한다는 것에 동의하고 있었지만 정작 가슴은 그런 뇌의 판단을 거부하고 있었다. 머리와 가슴의 갈등이 계속되자 영호는 미쳐버릴 것만 같았다. 영호는 걷다가 뛰다가를 반복했다. 영호는 어느새 영동대교 중간에 서 있었다.

영호는 다리 위 난간을 손가락으로 실로폰 치듯 두들기며 좌우로 반복해 걷기 시작했다. 지금까지 살아오면서 만난 사람들의 이름들이 영호의 입을 통해서 하나씩 불리어지기 시작했다. 어떤 이의 이름을 부르고는 실성이라도 한 사람처럼 깔깔거리기도 했고, 어떤 이의 이름을 부를 때는 주먹을 불끈 쥐고 욕설을 내뱉었다. 그리고 말없이 몇 번을 좌우로 오가다가 '동식이'라는 이름이 나오자 영호는 더 이상 서 있지를 못하고 무릎을 꿇고 주저앉았다.

"아, 우리 동식이 대학도 가고 장가가는 것도 봐야 하는데. 아빠가 미안해, 정말 미안해. 아빠가 미안해. 미안해…….'

영호는 다리 난간을 잡고 꺼이꺼이 울기 시작했다.

그렇게 몇 시간이 흘렀을까?

울다가 지친 영호는 털썩 주저앉았다. 한참을 그러다가 다시 엉덩이를 털고 일어났다.

영호는 강북 쪽으로 방향을 잡고 걷기 시작했다. 다리를 건너 파란 신호가 보이면 길을 건넜고, 빨간 신호가 보이면 건너지 않고 우측으로 돌아 인도로 계속 걸어갔다.

"불공평해. 너무 불공평해. 모든 게 정상으로 돌아오고 있는데, 이제야 해야 할 말과 하지 말아야 할 말, 귀담아 들어야 할 말과 흘려들어야 할 말을 구분할 줄 알게 되었는데, 왜 이러냐고! 이렇게 끝나버리면 너무 아깝잖아! 너무 억울하잖아! 이게 뭐냐고!"

잠시 서서 혼자 중얼거리던 영호의 걸음이 빨라지기 시작했다. 그리고 달리기 시작했다.

얼마나 달렸을까? 영호는 아차산 등산로 입구에 다다랐다. 등산로 초입에는 가로등이 켜졌다. 영호는 가로등 불빛을 피하려는 듯 빠르게 산을 오르기 시작했다. 10분 정도를 오르고 나니 큰 바위 위로 팔각정이 보였다. 팔각정으로 올라갔다. 각종 불빛들이 도시의 밤을 환하게 빛내고 있었다. 이젠 저 속에 영영 살 수 없는 사람이 되어가고 있다는 서글픈 생각이 가슴을 치고 올라왔다. 영호는 바로 고개를 돌려 산을 바라봤다. 눈에 익은 산책로가 보였다. 영호는 팔각정을 내려와 그 길로 접어들었다. 산책로가 끝날 즈음에 작은 절 하나가 나타났다. 영호는 자세를 고쳐 잡고 합장을 한 후 절 안으로 들어가 법당으로 향했다. 걸음걸이는 엄숙했고, 표정은 경건했다. 법당 안에는 아무도 없었다. 영호는 그 안에 혼자만 있다는 생각에 안도감이 들었는지 털썩 주저앉았다. 그리고 방석을 끌어다 놓고 천천히 절을 하기 시작했다.

몇 시간 동안 절을 했는지, 영호의 몸은 온통 땀으로 젖어 있었다. 그러다가 영호는 방석 위에 엎드려 한참 동안 일어나지 않았다. 어느새 방석은 영호의 눈물로 젖어가고 있었다. 잠시 후 영호는 법당을 나와 절 뒤편 길로 오르기 시작했다.

나무 숲 아래 오르막길을 지나자 큰 바위가 나타났고, 그 바위를 힘겹게 오르자 소나무 몇 그루가 보였다. 영호는 언젠가 동식이와 함께 앉았던 그 소나무 아래 작은 바위 위에 앉아 눈을 감았다. 옆에서 부스럭거리는 소리가 들렸다. 영호는 미동도 하지 않았다. 그것이 짐승이든 사람이든 상관없었다. 지금 영호에게는 무서움조차 의미가 없었다.

'억울한 게 아니야. 어쩌면 이건 필연적인 결과야. 나는 스스로를 사랑하는 방법을 몰랐어. 그래서 다른 사람을 사랑할 줄도 몰랐고, 그래서 그 죗값을 치루는 거야. 아! 동식이, 그놈은 무슨 죄가 있다고.'

영호는 안타까운 마음을 가누지 못해 눈을 감은 채 몇 번이고 몸을 비틀었다. 그리고 강 건너편 산등성이로 해가 떠오를 즈음 영호는 눈을 떴다.

영호는 조용히 일어나 산을 내려왔다. 등산로 초입에 편의점이 보였다. 이른 시간 출근을 하는 사람들이 편의점 안 간이테이블 앞에서 선 채 김밥과 라면을 먹고 있었다. 배가 고파왔다. 식욕을 느끼는 자신이 고마웠다. 영호는 그들 옆에서 김밥과 라면을 먹었다. 그리고 그들과 섞여 전철역으로 향했다.

사장실에는 사장과 영호, 그리고 서 본부장이 앉아 있었다. 영호가 그간의 정황을 설명하자 긴 침묵의 시간이 흘렀다.

"아, 뭐라고 드릴 말씀이 없네요. 어떻게 이 사장님 같은 분한테 그런 일이⋯⋯."

침묵을 깨고 어렵게 말을 꺼낸 사장은 더 이상 말을 잊지 못했다. 잠시 후 사장이 다시 말을 했다.

"이런 말 하기는 좀 그렇지만, 그래도 임원이 되고 난 후 이런저런 이유로 사임하는 것과 그렇지 않은 것은 천지 차이예요. 퇴임한 임원들의 경우는 관행상 예우라는 것이 있잖아요. 만에 하나 무슨 일이 생기더라도 남은 가족들에게는 뭔가 힘이 될 것은 남겨 줘야죠. 그래서 말인데요. 일단 임시주총 전까지는 우리 셋만 알고 있는 것으로 해야 할 것 같아요.

아! 회장님께는 보고를 드려야겠네요."

사장의 말이 끝나자 서 본부장이 말을 이었다.

"임시주총까지는 이 사장님께서 특별히 하실 일이 없으니 휴식을 취하면서 몸을 추스르고 계시다가 다음 주 주총 이후에 복귀를 하세요. 제가 케이블 방송 쪽으로 빠지더라도 홍 팀장과 현수 씨가 남아 있으니 당분간 큰 무리 없이 업무를 수행하실 수 있을 겁니다. 사장님, 회장님께도 그렇게 말씀드리는 게 어떻습니까?"

사장실에서 나온 영호는 곧바로 고시원으로 왔다. 오자마자 책상 서랍을 열고 노트를 꺼내 펼쳤다. 동식과 함께 보는 꿈 공책이었다. 연필을 들고 부지런히 뭔가를 적고 지우기를 반복하기 시작했다.

'그래, 다시 이사 가기 전에, 이사 올 때 가져온 이삿짐이나 잘 정리하고 가야지.'

그리고 전화기를 들고 여기저기 통화를 시작했다. 몇 시간 동안 통화와 메모를 반복하던 영호는 침대에 잠시 누웠다. 잠시 누워있던 영호는 휴대폰을 꺼내 시계를 바라봤다. 약속 시간이 아직 한 시간 정도 남아 있었다. 눈을 감았다. 몸이 노곤해지면서 묘한 향기가 느껴졌다. 익숙한 향기였다. 영호는 기억을 더듬었다. 그 향기는 얼마 전 경복궁을 갔을 때 취향교를 건너며 맡은 그것과 같은 듯했다. 영호는 향기에 이끌려 천천히 다리를 건너기 시작했다. 다리를 거의 건널 즈음 전화 벨 소리가 들렸다. 홍 팀장이었다.

"아침에 사무실을 다녀갔다던데, 어떻게 사람이 얼굴도 안 비추고 가세요? 남은 사람들은 주말도 없이 일하게 저질러 놓기만 하고, 미안하지도 않아요?"

순간 영호는 다른 세상의 사람과 대화를 나누는 느낌을 받았다. 그도 그럴 것이 요 며칠 동안 사람들을 만나면서 나눈 대화를 색깔로 따지자면 회색빛이었는데, 지금 전화기를 통해서 들리는 말은 환한 하늘색에 가까웠다.

"하하. 열심히 일하시고, 주총 마치고 한 번 봅시다. 그때까지는 저도 정리할 게 좀 많아서요. 만나면 맛있는 거 사드릴게요. 그래! 장어가 좋겠네요. 장어."

일 이야기며, 이런 저런 잡다한 이야기들을 나누느라 통화가 길어졌다. 통화를 마친 영호의 얼굴이 모처럼 밝아졌다. 영호는 책상 서랍을 열었다. 하모니카가 든 작은 상자가 보였다. 영호는 고시원 건물 옥상으로 올라가 하모니카를 입에 대고 길게 호흡을 한 번 한 뒤 불기 시작했다. 힘들고 고독할 때면 늘 연주하던 김현식의 '한국인'이었다.

산등성이를 넘어간 태양이 마지막 힘을 다해 빛을 쏘아올리고 있었다. 저녁노을을 품고 있던 구름들이 영호의 하모니카 소리에 마치 승무를 추듯 바람을 따라 움직였다. 그 춤사위를 바라보던 영호의 눈이 붉게 젖어갔다.

저녁나절, 신천역 근처 조용한 찻집에서 영호는 춘천에서 만난 노신사를 만났다. 노신사는 안 피우던 담배까지 피우며 안타까운 마음을 숨기지 못했다. 그리고 헤어질 즈음 영호의 손을 꼭 잡으며 말했다.

"지금 제가 할 수 있는 것은 모두 해드리리다. 그러니깐 희망의 끈은 절대 놓지 마세요. 싸우세요! 피톤치드가 철철 나오게 말이에요. 그래서 동식이랑 우리들에게 힘을 주세요."

노신사와 헤어진 영호는 고시원 근처 식당에서 현수와 기석, 그리고 진우와 동수를 만났다. 그리고 자신의 상황을 차분히 설명했다. 현수와 기석은 낮에 영호와 통화를 해서 덤덤했지만 진우와 동수는 그러질 못했다.

"이 자식은 사람 놀라게 하는 데는 뭐 있다니깐. 오늘 너 생일이냐? 안 챙겨줘서 골 부리는 거지? 알았어! 형이 나가서 케이크 사올게."

진우가 일어서려는 제스처를 취하는데 동수가 진우를 잡았다. 그제야 진우도 실감이 난 듯 고개를 숙이고 흐느꼈다. 동수가 말했다.

"이삿짐 정리는 잘하고 있지?"

"하하, 그럼."

영문도 모르는 둘의 대화에 의아해 할 법도 한데, 모두들 그 말의 뜻을 묻지 않았다.

"형, 그래도 형수님한테는 말해야 되지 않아요?"

"때가 되면."

옆에서 한숨만 내쉬던 기석이 물었다.

"동식이는 어떻게 할래?"

"큰 선물을 준비할 거야. 평생 잊지 못할 큰 선물."

"그게 뭔지 물어봐도 되냐?"

"차차 알게 될 거야."

Last Spurt

임시 주주총회가 끝난 주 주말, 영호는 옷을 갈아입고 뚝
섬유원지로 나왔다. 누군가가 기다리고 있었다.

"안녕하세요. 김 영백입니다."

"아, 예. 교수님께서 소개해주신다는……."

"맞습니다. 마라톤 완주를 준비하신다구요. 교수님께 대충
말씀은 들었습니다. 저도 학교 다닐 때 운동 삼아 마라톤을
하기는 했는데, 병원으로 오고부터는 통 달려보질 않아서요.
암튼, 덕분에 달리기를 다시 할 수 있어서 고맙습니다."

"아니, 뭘요. 이렇게 든든한 보디가드와 함께 달릴 수 있으
니, 오히려 제가 고맙죠."

지난 주 영호는 담당 의사를 찾아가 마라톤 완주를 준비하
겠다며 자문을 구했다. 처음에는 만류하던 의사가 영호의 설
득을 이기지 못해 결국 병원에서 마라톤 경험이 있는 의사선
생을 찾아 대회 때까지 붙여주기로 했다. 그 사람이 바로 김

영백 선생이었다.

둘이 대화를 나누는 사이, 춘천에서 만난 노신사가 운동복을 입은 사람들과 함께 왔다.

"이 형, 이분들은 이곳 뚝섬유원지에서 마라톤 동호회 활동을 하는 분들이신데. 자, 인사부터 나누시죠."

춘천에서 만난 노신사가 영호와 사람들의 인사를 주선했다.

"말씀 들었습니다. 저는 뚝섬마라톤 동호회 회장 정 문수입니다. 이 분은 저희 동호회 훈련부장을 맡고 있는 분입니다."

"윤 수동입니다. 반갑습니다. 함께 하게 되어서 영광입니다."

"아니, 무슨. 이런 베테랑 분들과 함께 달리게 된 제가 오히려 영광이죠."

"저는 이 성욱이라고 합니다. 남들은 늦둥이 아빠라고 부르지요."

영호는 처음으로 노신사의 이름을 알게 되었다.

영호 일행은 스트레칭으로 몸을 푼 후 뚝섬유원지에서 한남대교까지 달려갔다 왔다. 돌아와서는 다시 가볍게 스트레칭을 했다.

김 영백 선생은 영호에게 몇 가지 물어보며 몸 상태를 체크했고, 윤 부장은 영호의 달리는 자세에 대해서 몇 가지 지적을 하며 시범을 보였다.

그들을 배웅하고 고시원으로 가려는데 뒤에서 누가 툭! 치더니 음료수 병을 내밀었다. 기석이었다.

"다 늙어서 아주 고생한다."

　한강을 바라보고 음료수 병을 주물럭거리던 기석이가 물었다.

"혹시, 동식이한테 주겠다는 선물이 이거냐?"

"그래."

"왜, 하필이면 마라톤이냐? 멀쩡한 사람도 하기 힘들어하는 걸."

"동식이가 결승점에서 기다린댔어. 누군가가 자신을 기다려 준다는 것만큼 신나고 힘이 되는 일은 없을 거야."

"지랄하고 자빠졌네. 쓸데없는 객기 부리지 말고 몸이나 빨리 회복할 생각해. 개똥밭에 굴러도 이승이 저승보단 낫다지 않아."

　영호는 음료수를 한 번 들이켜고 잠시 숨을 돌리더니, 기석을 조용히 쳐다보았다.

"기석아. 우리는 나무가 열매나 땔감을 주고 또 공기를 맑게 해주는 그런 역할만 하는 줄 알고 있지? 그런데 사실 진짜로 정말 중요한 역할을 하는 게 있어."

"뭔 소리야?"

기석이 고개를 갸웃했다.

"회사에선 내가 내일 당장 어떻게 되더라도 동식이 대학 등록금까지 대준다더라. 살 집도 제공해준다고 하고. 만약 내가 아프지 않았다면, 동식이에게 아빠 노릇 잘하고 있다고 목에 힘주고 건방떨며 다녔겠지. 그동안 그런 걸 못해줘서 손가락질 받으며 죄인처럼 살았으니깐 말이야. 그런데 내가 동식이에게 꼭 해줘야 할 것은 다른 것이었어. 평생을 살면서 가슴에 품고 살 '아빠에 대한 기억!' 말이야. 여태 나는 세상과의 싸움에서 주먹 한 번 제대로 휘둘러보지 못하고 비참하게 깨지고, 그래서 사람들에게 비겁하게 동정이나 구하며 겁쟁이처럼 나약하게 살아가는 그런 아빠에 대한 기억들만 동식이에게 남겨준 것 같아. 내가 죽기 전에 꼭 동식이에게 보여 주고 싶은 것은, 암이고 나발이고 핑계 댈 것 없고, 결승점에 기다리는 자기를 위해서 죽기 살기로 달려오는 아빠의 모습이야. 결승점까지 달려오면서 숱한 유혹과 고통을 이겨내며 쏟아냈던 나의 피톤치드를 동식이에게 고스란히 전해줄 거야. 그래서 걔가 살아가다가 힘들고 지쳐 쓰러질 것 같을 때 다시 일어나 싸울 수 있게 해주는 마술과 같은 힘이 되어주고 싶어. 난 동식이의 기억 속에 그런 나무가 되어 영원히 남고 싶어."

기석은 말없이 한강만 바라봤다. 그리고 손을 뻗어 영호의 어깨를 토닥거렸다.

"저녁 같이 먹을래?"

"나 선약이 있어서. 다음 주에 한 번 날 잡자."

기석과 헤어지고 고시원으로 가려고 길을 잡는데 전화가 왔다. 홍 팀장이었다.

"아 예. 안 그래도 전화하려던 참입니다."

"어디세요?"

"한강에 운동하러 나왔다가 들어가는 길입니다. 한 시간쯤 후에 구의역 근처에서……."

영호의 말이 끝나기도 전에 그녀의 말이 불쑥 치고 들어왔다.

"저녁 준비 다 돼가요. 거기서 지금 바로 오세요. 오시는 길은 문자로 찍어 드릴게요."

"예?"

저녁식사를 함께 하자는 약속은 했지만 집으로 찾아가 직접 준비한 저녁을 먹을 거라곤 생각해본 적이 없었다. 영호가 당황한 듯 잠시 걸음을 멈추고 말이 없자, 그녀가 보채듯 말했다.

"뭐 하세요, 뻘쭘하게. 오실 거예요, 말 거예요!"

영호는 놀라서 눈을 크게 뜨고 주변을 두리번거렸다. 그녀가 마치 영호의 행동을 보고 있는 듯 말을 했기 때문이었다. 영호는 전화를 끊고 곧바로 뚝섬유원지역으로 달려갔다.

전철을 타고 고덕역에 내려 지은 지 조금 오래돼 보이는 주공아파트 단지로 들어섰다. 아파트를 가로지르는 길 좌우로 초여름 햇볕을 흠뻑 받아 싱싱해진 잎들을 머리에 이고 서 있는 플라타너스가 푸른 터널을 만들었다. 그 푸른 터널은 그녀의 집을 찾아가는 내내 영호의 몸을 푸르게 감쌌다. 플라타너스는 용서와 휴식을 뜻한다고 하지 않았나? 영호는 문득 김현승 시인의 플라타너스 구절이 떠올랐다.

'수고스러운 우리의 길이 다하는 어느 날. 플라타너스, 너를 맞아줄 검은 흙이 먼 곳에 따로이 있느냐. 나는 오직 너를 지켜 네 이웃이 되고 싶을 뿐 그곳은 아름다운 별과 나의 사랑하는 창이 열린 길이다.'

영호가 현관을 들어서자마자, 벼렸다는 듯 그녀의 타박이 시작됐다.

"아니, 어떻게 나만 쏙 빼놓고 의리 없이 둘만 여행을 다녀올 수 있어요? 어제부터 속상해서 한잠도 못 잤어요. 이거 보세요. 다크서클이 생길 정도였다니까요."

홍 팀장은 영호에게 얼굴을 들이밀고 응석이라도 부리듯

코맹맹이 소리로 다그쳤다. 영호는 그런 홍 팀장을 두 손으로 막아 세웠다.

"하하, 홍 팀장님 죄송합니다. 그냥 동식이랑 고향집에 잠시 다녀왔어요."

고향집이라는 말에 그녀가 수긍하며 물러섰다.

"씻고 드실래요?"

"아뇨, 먹고 씻을게요."

자연스럽게 주고받은 말이었지만 조금 어색했는지, 그녀는 아무 말 없이 밥을 푸기 위해서 밥통이 있는 곳으로 다가갔고 영호 역시 아무 말 없이 식탁에 자리를 잡고 앉았다. 식탁에는 장어구이와 된장찌개, 각종 반찬들로 한상 차려져 있었다.

"와! 이걸 혼자 준비하신 거예요? 장어 보니깐 소주도 한잔 땅기는데, 있어요? 없으면 제가 나가서 사올까요?"

"아픈 사람이 술은 왜 찾아요!"

순간 영호는 몸이 얼음처럼 굳어졌다. 밥을 푸고 있던 그녀의 어깨가 조금씩 떨리기 시작하더니, 이내 훌쩍거리는 소리와 함께 들썩이기 시작했다.

밥을 먹는 내내 둘은 아무 말도 하지 않았다. 식사를 마치고 그녀가 설거지를 하는 사이 영호는 화장실에 씻으러 갔다. 남자 속옷과 상하의 추리닝이 세면대 옆 수납장에 곱게 얹어져 있었다. 씻고 나서 옷을 갈아입고 나오자 식탁 위에 찻잔이 놓여 있었다. 둘은 차를 마시면서도 아무 말도 하지 않았다. 찻잔이 거의 비워질 즈음 그녀가 입을 열었다.

"마라톤 대회 나갈 때까지 여기서 지내세요. 방 하나 깨끗하게 청소해 놨어요. 아침에 함께 가로수 길을 걸어 나갔다가 저녁에 함께 그 길로 돌아와요. 주말에도 동식이랑 찜질방 같은데 가지 말고 여기서 함께 지내요. 다른 생각이 있어서가 아니에요, 그렇게 해야지만 제가 평생 후회하지 않으며 살 것 같아서 그래요. 그때까지만 그냥 곁에 있게만 해주세요. 저라는 사람을 위해서도 마지막 선물 하나 정도 남겨주실 생각은 했잖아요. 잠시, 아주 잠시 쉬어간다고 생각하세요. 그동안 지나치게 바쁘고 힘들게 사셨어요. 행여 동식이 엄마한테 미안한 생각이 드신다면, 그건 모두 제게 주세요."

영호가 가만히 찻잔만 내려다보고 있자, 그녀가 영호 앞으로 얼굴을 들이밀더니 비밀이야기라도 하듯 조심스럽게 말했다.

"그리고 여기가 무슨 회사예요? 집에서는 홍 팀장이라 하지 말고 그냥 은정이라 부르세요."

*　　*　　*

　영호는 마라톤 대회에 참가하기 위해 길을 나섰다.

　긴장한 탓에 밤새 잠을 이루지 못했는지, 마라톤 대회장으로 가는 차 안에서 코까지 골면서 잠을 잤다. 반면 동식은 아빠가 마라톤 대회에 출전한다는 것에 사뭇 들떴는지 흥얼거리는 노래 소리가 그치질 않았다. 운전을 하는 진우가 조용히 시키려 몇 번 눈치를 줬지만 허사였다.

　대회 주차장에 도착하자 함께 해주기로 한 뚝섬마라톤 동호회 회원들과 김 영백 선생, 그리고 늑둥이 아빠인 노신사가 이미 기다리고 있었다. 영호를 맞이하는 그들의 표정이 모두 상기되어 있었다. 영호 역시 간이 탈의실로 가서 옷을 갈아입고 마라톤화 끈을 매는 내내 표정이 굳어 있었고, 손은 조금씩 떨렸다.

　탈의실을 나와 물품보관소로 가려는데, 꾸러미에 안에서 핸드폰이 울렸다. 영호는 꾸러미를 다시 열어 휴대폰을 꺼냈다. 문자가 와 있었다.

　'찌찌에 밴드 꼭 붙이세요. 쓸리니깐. 지갑 안에 넣어 뒀어요.'

　영호는 잠시 눈을 감았다. 미간을 찡그리고 눈을 흘기며 웃는 그녀의 모습이 떠올랐다. 그녀의 웃음소리가 들리는 것도 같았다. 은정은 지금쯤 어디 있을까. 공항에 도착했을까. 영호는 굳었던 몸과 마음이 사르르 풀리는 걸 느꼈다.

일행들과 함께 스트레칭을 한 후 출발점 앞으로 간 영호는 동식에게 다가가 한쪽 무릎을 꿇고 다른 무릎 위에 동식을 앉히고는 한참 동안 안고 있었다. 그리고 차분히 말했다.

"싸나이. 여기서 놀면서 기다려. 그러면 아빠가 달려올게."

"꼭 와야 해! 내가 시원한 얼음물 들고 기다릴게. 안 오고 꾀부리면 내가 잡으러 간다!"

영호는 활짝 웃으면서 동식을 꽉 껴안았다. 그리고 동식의 냄새를 기억하기라도 하듯 킁킁거리기 시작했다.

출발신호가 울리자 영호 일행은 힘차게 달리기 시작했다.

늦둥이 아빠와 정 회장이 옆에서 달리고, 김 영백 선생과 뚝섬마라톤 동호회 회원들이 영호를 뒤따라 달렸다. 길가에 줄지어 핀 코스모스가 가을바람에 몸을 맡기고 간들간들 춤을 추었다.

정 회장이 말했다.

"자, 긴장 푸시고, 그냥 주변 경치 구경하면서 편안하게 달리다 보면 자연스럽게 다시 이 길로 오게 됩니다. 자자! 파이팅하면서 달려봅시다. 이 영호, 힘!"

"힘! 힘! 힘!"

모두가 힘을 외치니 영호의 몸과 마음이 한결 가벼워졌다.

10km 지점을 지나자 하프구간을 달리는 주자들은 유턴을 했고, 영호네 일행은 다른 풀코스 주자들과 시내로 접어들었다.

주변 사람들이 달리고 있는 영호 일행에게 손을 흔들어 주기도 하고 선생님과 함께 응원 나온 학생들은 달리고 있는 주자들과 손이라도 부딪혀 보려고 손을 쭉 내밀며 소리를 질러댔다.

정 회장이 앞서 달리며 보란 듯이 학생들과 손을 마주쳤다.

"영호 씨도 한 번 해보세요. 힘이 날겁니다."

영호도 정 회장처럼 학생들과 손을 마주치기 시작했다.

정 회장의 말대로 힘이 솟아올랐다. 살아오면서 단 한 번도 만나보지 못했던 사람들이지만, 누군가의 응원을 받는다는 것이 이렇게 흐뭇하고 신나는 일인 줄 몰랐다. 세상으로부터 쫓겨나 지독한 외로움과 싸워온 지난 시간들의 고초가 단번에 풀리는 것만 같았다.

영호의 입에서 저절로 '힘! 힘! 힘!'이라는 말이 나왔고, 일행들은 그것을 선창으로 '힘! 힘! 힘!'을 따라서 외쳤다.

15km 지점을 지나며 물을 마시기 위해 속도를 늦추자, 급

수대 앞에서 김 영백 선생이 물었다.

"괜찮으시죠?"

"괜찮습니다! 15km면 늘 연습하며 뛰던 거린데요 뭐."

윤 부장이 영호의 말을 듣고는 뒤에서 미소를 지어보였다. 그러나 영호의 마음 한구석에는 조금씩 두려움이 생기기 시작했다.

'동식이가 있는 곳까지 앞으로 27km! 내가 과연 그곳까지 갈 수 있을까?'

그런 영호의 마음을 읽었는지, 윤 부장은 영호의 등을 두어 번 두들겨주며 말했다.

"지금까지 온 것처럼 그대로 뛰어가면 돼요. 자, 파이팅 합시다. 이 영호 힘!"

모두가 따라서 다시 '힘! 힘! 힘!'을 외쳤다. 고마웠다.

20km 지점이 다가오자 영호의 페이스는 급격히 떨어지기 시작했다. 일정하게 달리던 보폭은 리듬을 잃고 들쭉날쭉해지기 시작했고, 온탕에 있다가 갑자기 냉탕에 뛰어 들어갔을 때처럼 몇 번씩 몸을 부르르 떨었다. 영호의 상태를 유심히 지켜보며 달리던 김 영백 선생이 긴장된 표정으로 정 회장과 눈을 마주쳤다. 영호는 고통을 느끼는 듯 입술을 깨물고 달리고 있었다.

20km 급수대를 지날 때쯤에는 그 누구도 영호에게 '괜찮냐?'고 묻지 않았다. 정상적인 몸을 가진 자신들도 그 정도 거리를 달리면 지치고 힘들기 마련인데, 그런 질문을 한다는 것은 오히려 영호의 의지를 약하게 만들 수도 있다고 판단했기 때문이었다.

얼마 후, 22km 지점에 도달하자 '나는 달릴 때가 가장 행복합니다.'라는 플랜카드가 눈에 띄었다. 뚝섬마라톤 동호회 회원들과 가족들이 책상 위에 꿀물이며, 파워젤이며, 초코파이며 먹을 것을 잔뜩 쌓아 놓고 기다리고 있었다. 함께 달리던 회원들은 마치 사막에서 오아시스를 만난 사람들처럼 환호성을 지르며 그 앞으로 달려갔다. 그리고 간식들을 게걸스럽게 먹기 시작했다.

기진맥진해 있는 영호에게 정 회장이 꿀물 한 잔과 초코파이 하나를 건넸다. 초코파이 한 입을 물자 달콤한 냄새가 실룩거리는 코를 통해서 빠져 나왔다. 그 맛을 느끼려는 듯 눈을 감고 먹고 있는데, 응원을 나온 누군가가 다가와 영호의 손을 꼭 잡으며 말했다.

"꼭 완주하세요. 우리 모두가 기도하고 있습니다."

세상과 등진 채 시간이 멈춰 있기만을 바라며 살아왔던 자신이 원망스러웠다. 순간 표현하지 못할 후회와 아쉬움이 밀려왔다.

'이렇게 멈추지 않고 달리기만 했다면, 두려움에 떨며 스스로를 가둬 놓지 않았다면, 죽기 전에 이렇게 고마운 사람들을 더 많이 만날 수 있었을 텐데.'

30km 지점이 다가오자 영호의 몸이 좌우로 불규칙하게 흔들리기 시작했다. 호흡은 더 거칠어졌고, 마치 무거운 돌덩이 하나가 뱃속에서 덜컹거리기 시작하는 것을 느꼈다. 다리가 욱신거리기 시작했다. 심장이 터질 것 같았다. 금방이라도 쓰러질 것처럼 몸이 휘청거렸다.

영호는 상체를 구부린 채 겨우겨우 달려가고 있었다. 그 모습을 얼핏 보면, 달리려 하기보다 넘어지지 않고 균형을 잡기 위해 발을 앞으로 뻗는 것처럼 보였다. 그렇게 위태롭게 몇 분을 달리다가 결국 영호는 앞으로 꼬꾸라지고 말았다. 김 영백 선생이 제일 먼저 달려와 영호를 부축했다.

"자, 봅시다. 어때요?"

김 선생이 물었다.

"발을 헛디뎌 그런 걸 거예요. 괜찮을 거예요. 그렇죠?"

영호는 대수롭지 않다는 듯이 말했다.

"한숨 돌릴 겸, 조금 쉬었다 갑시다."

함께 달리던 사람들이 영호를 둘러싼 채 한 마디씩 말했다.

영호는 혼자말로 중얼거렸다.

"괜찮습니다. 달릴 수 있습니다. 정말 괜찮습니다."

정 회장은 작게 한숨을 내쉬며 영호에게 속삭이듯 말했다.

"자, 서두르지 말고 천천히 갑시다. 여기서 멈추면 지금까지 달려온 게 아깝잖아요. 이제 8부 능선까지 왔으니깐 힘냅시다. 이 영호 힘!"

"힘! 힘! 힘!"

이제 사람들이 영호의 주변을 가까이 둘러싼 채 달리기 시작했다. 그러나 영호의 걸음은 점점 더 불안정하게 보였고, 뱃속에는 뭔가가 폭발할 듯 잔뜩 팽창한 채 상체를 자꾸만 구부리게 만들었다.

땀이 비 오듯 흘러내렸다. 귀에서는 '찡' 하는 이명이 들리기 시작했고, 눈앞에 보이는 사물들은 흑백으로 겨우 구분되기 시작했다.

꼬꾸라지기를 몇 번 반복하며 영호는 35km지점을 통과했다.

'태어나서 어느 것 하나 내 스스로의 힘으로 이뤄 논 것이 없다. 가야 한다. 내 두 다리로, 내 스스로의 힘으로 뚜벅뚜벅 가야 한다.'

＊　　＊　　＊

대회가 시작하고 3시간 가까이 흘렀다. 서서히 한두 사람씩 결승점으로 들어오기 시작했다. 그것을 본 동식은 아빠도 곧 나타나지 않을까 싶어서 결승점 앞으로 달려갔다. 손에는 아직 덜 녹은 생수병이 들려져 있었다. 동식의 시선은 사람들이 달려 들어오는 다리 쪽에 고정되었고, 입은 마치 선생님한테 혼나는 아이처럼 앙다물어져 있었다.

"동식아, 아빠는 4시간이 넘어야 들어오신 댔어. 저기 오락기 있는 천막에 가서 다른 친구들이랑 놀고 있어. 아빠가 저기서 달려오는 게 보이면 내가 데리러 갈게."

진우가 다가와 동식의 어깨에 손을 짚으며 다정하게 말했다. 하지만 동식은 아무 말이 없었다. 진우도 더 이상 말을 하지 않았다.

마침내 4시간이 지나자 사람들이 몰려 들어오기 시작했다. 하지만 여전히 아빠는 보이지 않았다. 점점 초조해진 진우는 발을 동동 구르며 시계와 동식을 번갈아 보기 시작했다. 동식은 마치 장승처럼 우두커니 서서 다리 쪽만을 바라보고 있었다.

겨우 겨우 걷는 듯 뛰어오던 영호가 38km를 지점을 지나자 급기야 피를 토하며 쓰러지고 말았다. 김 영백 선생이 급히 달려와 왼손 검지를 코에 가져다대고, 오른손 검지와 중지로 목 옆쪽을 눌러봤다. 그리고 눈꺼풀을 열어 동공을 살피더니 옆구리 백에서 청진기를 꺼내 가슴과 배를 번갈아 가면서 대보기 시작했다. 영호는 피로 젖어버린 입술 사이로 간헐적인 신음소리를 흘릴 뿐 의식이 없어보였다. 김 영백 선생은 급히 휴대폰을 꺼내들고 앰뷸런스를 불렀다.

"김 영백입니다. 38km 지점입니다."

함께 달려왔던 회원들은 차마 못 보겠다는 듯 고개를 돌리고 한숨을 내쉬었다. 늦둥이 아빠가 영호를 흔들며 애원이라도 하듯 말했다.

"영호 씨. 이거 봐요, 영호 씨. 이제 다 왔어요. 조금만 더 가면 돼요. 정신 차리세요. 다시 일어나 달려야죠. 지금까지 잘 달려오셨잖아요!"

"지금 이분은 쇼크 상태예요. 식도 쪽 정맥류 출혈이 의심되는 아주 위험한 상황입니다."

"선생님, 난 그런 거 잘 몰라요. 어떻게 해서든 다시 달리게 해줘요, 예?"

김 영백 선생이 주변을 둘러보며 차분히 말했다.

"자, 이제 그만합시다. 지금 이 사람은 반은 죽은 상태예요. 당장 병원으로 옮기지 않으면 큰일이 날 수도 있어요. 의사로서 부탁입니다. 이제 그만합시다."

옆에서 지켜보던 윤 부장이 식식거리며 끼어들었다.

"뭐? 당신이 뭔데 그만하라 마라야!"

흥분한 윤 부장을 동호회 회원들이 말리기 시작했다. 늦둥이 아빠가 김 영백 선생에게 다가가 설득하듯 말했다.

"저기요, 선생님. 선생님은 지금 '환자'를 따라 여기까지 달려온 건지 모르겠지만, 우리는 '아빠'와 함께 뛰어왔어요. 남들에게는 못난 놈이라 손가락질을 받고 살아도 자기 아들에게 만큼은 영웅이 되고 싶은 그런 아빠 말이에요! 부탁입니다. 이 분이 스스로 달려서 결승점까지 들어갈 수 있게 어떻게 좀 해봐요. 의사시니깐 할 수 있잖아요! 제발!"

함께 달려온 뚝섬마라톤 동호회 회원들이 김 영백 선생을 간절한 눈빛으로 바라봤다. 김 영백 선생은 깊게 한숨을 내쉬며 더 이상은 안 된다는 뜻으로 고개를 저었다. 그들이 실랑이를 벌이는 사이 그곳을 지나쳐 달리던 사람들은 잠시 멈춰서 기웃거리다 갔다. 그중 칠순은 넘어 보이는 할아버지가 그들 곁에서 한참을 지켜보다가 영호의 가슴에 붙어 있는 배번을 외우듯 한번 입으로 중얼거리더니 결승점을 향해 달려갔다.

동식이 들고 있던 얼음생수는 어느새 다 녹아 물이 되어버렸다.

4시간 40분이 넘어서서 거의 대부분의 사람들이 결승점으로 들어오자 진우는 자신의 가슴을 주먹으로 치며 울분을 토했다.

"이 새끼! 내가 이럴 줄 알았어. 왜 이런 무모한 짓을 하냐고! 아이, 씨발."

담담하게 서 있던 동식의 눈에도 눈물이 그렁그렁 고이기 시작했다. 5시간이라는 제한시간이 거의 다 되어 갈 때쯤, 조금 전 영호네 일행을 유심히 지켜봤던 할아버지 한 분이 다리를 건너 달려왔다. 결승점을 통과하자 할머니 한 분이 반갑게 맞이하면서 월계관을 씌워주었다. 그리고 자식으로 보이는 중년의 부부가 노부부에게 축하 케이크를 건네주고 사진을 찍어주었다. 아마 생에 마지막 완주를 기념하기 위해 가족들이 마련해준 이벤트 같았다. 주변의 많은 사람들이 노부부를 둘러싸고 박수를 쳐줬다. 사진 촬영을 마치자 할머니가 할아버지에게 귓속말로 뭐라고 말을 했고, 할아버지는 동식에게 다가가 조심스레 물었다.

"너는 왜 여기 서있니?"

동식은 아무 말이 없었다.

"아빠가 아직 안 왔니?"

그 말에 동식은 울음을 겨우 참아내며 대답했다.

"아빠가, 아빠가 달려갔는데 아직 안 와요. 제가 기다리고 있으면 꼭 온다고 했는데요."

"아빠 배번이 혹시 40418번 아니니?"

동식은 아빠의 배번을 듣자, 고개를 끄덕이며 끝내 참았던 울음을 터트렸다. 할아버지는 동식을 자상하게 안아주며 말했다.

"아빠는 꼭 오실 거다. 네가 여기 서 있는 한 아빠는 반드시 오실 거야. 아니! 가만 있어보자. 할아버지가 오다가 봤는데, 아빠 벌써 저만치 와 계시던데?"

할아버지의 손은 다리 너머를 가리켰고, 동식은 눈은 재빨리 할아버지가 가리키는 곳으로 향했다.

할아버지는 마치 그라운드에 나가는 선수에게 감독이 작전을 지시하듯 동식의 귀에다 뭐라고 속삭였고, 동식은 할아버지의 말 한마디 한마디가 끝날 때마다 비장한 얼굴로 고개를 끄덕였다. 그리고 마지막으로 할아버지가 동식의 엉덩이를 두드려주자, 동식은 언제 그랬냐는 듯 환한 얼굴로 결승선을 통과해 달려 나갔다. 그 장면을 보던 할아버지는 이제 철수 준비를 시작한 본부석으로 걸어가 대회관계자와 이야기를 나눴다.

영호의 상태는 심각했다. 하지만 영호는 계속 달리겠다며 고집을 부렸다. 그러다가 다시 쓰러지기를 반복했다.

앰뷸런스가 도착했다.

앰뷸런스가 도착하고 난 후에도 실랑이는 계속되고 있었다. 김 영백 선생과 응급요원들이 영호를 부축해 들것에 누였다.

영호는 조금 정신이 들었는지 뭐라고 중얼거리기 시작했다.

"동식아 아빠가 갈게. 아빠가 지금 갈게. 기다려."

그 말을 듣고 있던 늦둥이 아빠가 김 영백 선생을 밀치고 영호를 부축하며 말했다.

"영호 씨, 다시 달릴 수 있죠? 동식이가 지금 아빠를 기다리고 있단 말이에요. 이제 다 왔어요. 일어나서 갑시다! 가요!"

늦둥이 아빠의 말은 작지만 거의 절규에 가까웠다. 그 광경을 보던 정 회장이 윤 부장에게 사인을 보냈다.

윤 부장이 '힘!'을 선창하니, 모두들 따라서 '힘!'을 외치기 시작했다.

"힘! 힘! 힘! 힘! 힘!"

그 소리는 마치 바람 빠진 풍선에 다시 바람을 불어 넣는 것처럼 영호의 몸을 스르르 일으켰다. 그 장면을 보던 김 영백 선생이 앰뷸런스로 다가갔다.

그러는 사이에 영호는 다시 달리기 시작했다.

김 영백 선생은 앰뷸런스를 뒤로 물려 만일을 대비해서 멀찌감치 떨어져 따라오게 하였다.

늦둥이 아빠와 뚝섬마라톤 동호회 사람들은 영호를 에워쌌다. 그들은 계속해서 '힘! 힘! 힘!'이라고 외치며 함께 달렸다.

그 사이에 영호는 몇 번을 넘어졌지만 정 회장은 부축하려는 사람들을 제지했다. 만약 누군가가 부축을 한다면, 영호는 스스로 결승점까지 갈 수 없다는 걸 너무도 잘 알기 때문이었다. 사람들은 영호의 의사를 이해하고 뒤로 물러섰다.

이제 결승점까지 2km를 남겨놓았다.

영호는 더 이상 달리지 못하고 땅에 꼬꾸라지고 말았다. 영호는 머리를 땅에 박고 배를 감싸않은 채, 온몸을 떨며 괴로워했다. 입에서는 피가 섞인 침이 흘러 나왔다. 더 이상 달릴 수 없다고 판단한 김 영백 선생이 먼발치서 뒤따라오던 앰뷸런스에 수신호를 했고, 이젠 아무도 그의 행동을 제지하지 않았다. 영호는 쓰러진 채 힘겹게 눈을 껌벅였다.

'내 인생 마지막 기회마저 이렇게 실패로 끝나는구나. 동식아, 아빠가 미안해. 정말 미안해.'

영호는 몸을 구부린 채 쓰러지듯 옆으로 벌렁 누웠다. 파란 가을 하늘 위로 코스모스가 춤을 추고 있는 것이 흐릿하게 보였다.

영호는 코스모스를 잡아보려는 듯 손을 뻗었다.

"아빠!"

그 순간 어디선가 자기를 부르는 소리가 들렸다. 동식의 목소리였다. 마치 환청처럼 들리는 그 소리에 영호는 상체를 일으키고 고개를 곧추세운 채 두리번거렸다. 저 먼 곳에서 동식이 아빠를 부르며 달려오고 있었다. 영호는 다시 두 주먹을 불끈 쥔 채 일어서려고 몇 번을 몸부림쳤다. 그 사이 정 회장은 뒤에서 오던 앰뷸런스를 멈춰 세웠고, 늦둥이 아빠가 영호를 일으켜주었다.

"영호 씨! 동식이가 저기 달려오네요. 보이시죠? 자! 힘내서 다시 한 번 달려봅시다."

영호는 대답 대신 고개를 끄덕이고 다리를 절면서 달리기 시작했다. 금방이라도 쓰러질 것처럼 비틀거렸다. 하지만 다행히 넘어지진 않았다. 가까스로 중심을 유지한 채, 천천히 앞으로 나아갔다.

동식은 아빠가 달려오는 것을 확인하자, 무슨 생각에서인지 오던 곳으로 다시 되돌아 뛰어가기 시작했다. 그러면서 더디게 달려오는 아빠가 답답했는지, 달리다가도 몇 번씩 멈춰서 뒤를 돌아보았다.

"아빠, 빨리 와. 빨리!"

비척거리며 한걸음, 한걸음을 내딛는 모습이 무척 힘겨워 보였지만 영호는 결코 걸음을 멈추지 않았다.

'싸나이, 아빠가 조금 늦었지. 조금만 기다려. 아빠가 갈게.'

영호가 다리를 건너는 것을 확인한 동식은 결승점으로 달려가 섰다. 대회 관계자들도 정 회장의 압력에 못 이겨 자리를 지켰다. 결승점에는 테이프가 쳐져 있었다. 노부부를 비롯해 많은 사람들이 영호의 완주를 축하해주기 위해 좌우로 도열해 있었다.

10미터.

5미터.

3미터.

그리고 1미터.

마침내 영호가 결승선을 통과하자 동식은 소리를 지르며 달려가 안겼고, 영호는 동식을 얼싸안고 흐느끼듯 말했다.

"싸나이, 아빠 최고 싸나이. 기다려줘서 고마워. 정말 고마워."

옆에서 지켜보던 진우는 눈물을 참으려 먼 곳을 바라봤고,

결승점 주변에서 지켜보던 이들도 박수를 치며 웃음 반 울음 반으로 그 장면을 지켜봤다.

주변 사람들의 환호와 박수 속에 영호의 머리에는 월계관이 씌워졌고 목에는 완주메달이 걸렸다. 사람들은 다시 한 번 환호를 보내며 영호의 생에 처음이자 마지막 완주를 축하해줬다. 그리고 영호 근처로 다가와 번갈아가며 기념사진을 찍었다.

그때 동식이가 갑자기 생각났다는 듯 어디론가 문자를 보냈다. 국제선 공항터미널에서 발을 동동 구르며 초조하게 기다리던 은정의 휴대폰이었다.

"아빠 완주했어요. 우리 아빠 세상에서 최고예요. 최고!"

은정은 그 자리에 주저앉았다. 그리고 기도하듯 두 손을 모으고 흐느끼며 울기 시작했다.

한참 동안 그렇게 있던 그녀가 천천히 일어나 가방을 끌고 비행기 탑승 게이트로 걸어갔다.

걸어가는 내내 그녀는 뒤를 몇 번씩 돌아보며 속으로 말했다.

'고맙습니다. 정말 고맙습니다.'

아빠는 나무다

남양주로 가는 내내, 진우는 운전을 하는 틈틈이 백미러를 보며 영호의 상태를 예의 주시했다.

진우의 걱정을 아는지 모르는지, 동식은 영호의 무릎 위에 누워 자기 목에 걸린 완주메달을 조몰락거리며 한시도 쉬지 않고 노래를 흥얼거렸다. 영호는 꾸벅꾸벅 졸다가도 노랫소리가 커지면 깜짝 놀라듯 눈을 뜨고는 동식의 머리를 쓰다듬었다.

남양주에 도착한 동식은 빨리 자랑이라도 하려는지, 씩씩하게 인사를 한 후 외할머니 집으로 곧장 뛰어 들어갔다. 동식을 내려준 영호 일행은 곧바로 병원으로 향했다. 그제야 긴장이 풀렸는지, 영호는 곧 잠에 빠져 들었다.

병원에 도착하자 미리 와서 대기하고 있던 김 영백 선생이 이런 저런 검사를 모두 진행하고 미리 예약된 VIP 입원실로 영호를 옮겼다. 그리고 영호가 아침에 일어날 때까지 몇 번이고 병실에 들러서 체크를 했다. 담당 교수는 회진을 돌기 전 영호를 먼저 찾아왔다.

"허허, 참 대단한 사람이네요. 정말 큰일을 하셨어요. 축하드립니다."

"감사합니다. 다 교수님 덕분입니다."

"뭘요, 제가 한 게 뭐 있다고. 꼬마가 좋아하죠?"

"예. 신경 써주셔서 고맙습니다."

"이제 다른 걱정은 하지 마시고 편안하게 쉬세요. 김 영백 선생도 참 수고 많았어. 의사로서 정말 의미 있는 일을 한 거야."

김 영백 선생이 나가고 난 후 교수는 영호에게 다가와 조심스럽게 말했다.

"저, 검사결과가 나왔습니다. 걱정한 대로 간경화 증세가 뚜렷이 나타나고 있어요. 다른 장기로 전이도 많이 된 상태구요. 제가 체크한 바로는 한 달 전부터 나타났는데, 대회 끝나고 말씀드리려고 했죠. 저도 참 의사라는 사람이. 이제 본격적으로 항암 치료를 해야 할 것 같습니다."

"그럼, 앞으로……."

"아뇨! 아뇨, 그렇게 단정 짓지는 마세요. 마라톤 완주까지 해내셨으니, 반드시 이겨내실 겁니다. 제가 경험한 케이스

중에는 항암 치료를 통해서 오랫동안 건강하게 사신 분도 많아요. 자, 그럼 내일 오전 회진 때 다시 뵙겠습니다."

담당 교수가 나가고 난 후 영호는 자리에서 일어나 창가 쪽으로 걸어갔다. 이미 예상은 했지만, 너무 일찍 우려했던 일이 생기고 말았다.

머리가 다 뽑혀 희멀건 얼굴, 병에 찌들어 찌그러져가는 모습을 동식이한테 보여주긴 싫었다. 영호는 한참 동안 병실을 서성이다 주저앉듯 침대에 앉아 땅이 꺼져라 한숨을 쉬며 쓰러지듯 누웠다. 그리고 뭐라고 중중얼거리다가, 자신도 모르게 스르르 잠이 들었다.

몇 시간이 흘렀을까? 병실 문이 열리는 소리가 들렸다. 수진이었다. 수진은 들어오자마자 냉랭한 목소리로 쏘아붙이듯 말했다.

"어제 동식이한테 다 들었어. 아니, 남들도 마라톤 뛰고 나면 이렇게 병원에 입원들 해? 동네 창피하게. 미리 말이라도 해주지 응원이라도 가게."

"어떻게 알고 왔어?"

"진운가 뭔가 하는 사람이 전화를 했더라고. 병원에 입원했다기에, 뭔 일 생겼나 했지. 쳇! 동식이는 어제 메달을 목에 걸고 자더니 오늘은 아예 학교에까지 가지고 갔어. 친구들한테 자랑한다고. 대단한 아들 두셨어."

"저, 동식엄마. 할 말이 있는데."

영호가 다시 말을 하려고 몸을 일으켰다. 하지만 수진은 백을 챙겨들고 급히 문 쪽으로 걸어갔다.

"근처에 점심 약속이 있어서 들른 거야. 나 빨리 가봐야 돼. 하루 이틀 있으면 퇴원할 거 아냐? 급한 거 아니면, 주말에 만나서 이야기해."

"응."

영호는 한숨 쉬듯 힘없이 대답을 하고 다시 누웠다.

수진이 병실을 나서서 엘리베이터로 걸어가는데, 진우가 기다리고 있었다.

"저, 영호가 아무 말 안 하던가요?"

"예? 무슨 말요?"

머리를 긁적이며 몇 번을 머뭇거리던 진우는 수진에게 영호의 상태에 대해서 이야기했다.

조용히 듣고만 있던 수진은 넋 나간 사람처럼 백을 바닥에 흘리고 간호사실로 걸어갔다. 수진의 반복된 질문에 또박또박 대답을 해주던 간호사는 나중엔 짜증이라도 난 듯 다소 신경질적인 어조로 내뱉었다.

"아니, 와이프 되신다면서요? 모르고 계셨어요? 더 자세한 것은 교수님께 여쭤보세요. 지금 외래진료 중이시니깐 2층 내과로 가보시면 됩니다."

수진이 2층으로 내려간 사이, 진우가 병실로 찾아왔다. 그리고 눈을 감고 누워있는 영호에게 나지막이 말했다.

"미안하다. 내가 제수씨에게 이야기했어. 언제까지 숨길 수도 없고 이젠 말해줄 때도 됐잖아. 더 늦어지면, 준비도 못하고, 서로 힘들어지잖아. 나 고시원에 갔다가 내일 올게. 밥 나오는 거 남기지 말고 다 먹어."

진우의 말을 들었는지, 영호는 작게 고개를 끄덕이며 옆으로 돌아 누웠다.

점심을 먹고 다시 잠에 빠져들었는데, 옆에서 누군가가 훌쩍이며 우는 소리가 들렸다. 수진이 침대에 엎드려 울고 있었다. 영호가 손을 뻗어 수진의 어깨를 잡았다.

"당신이라는 사람한테 나란 존재는 뭐야? 왜 나한테 먼저 말 안 했어? 나란 존재는 당신 애나 낳아주고 키워주는 씨받이야? 말해봐! 왜 마지막까지 이렇게 사람을 비참하게 만들어!"

영호는 아무 말도 하지 않았다. 아니 아무 말도 할 수 없었다.

"몸도 정상이 아닌 사람이 왜 그런 무모한 짓을 한 거야.

나한테 그랬잖아. 아빠 노릇, 남편 노릇 당당하게 하고 싶다
고. 그 잘난 노릇 하루라도 더 해야지, 도대체 왜 그랬냐고!"

수진은 이젠 영호에게 안기듯 달려들어 울기 시작했다. 수
진의 울음이 잦아들자 영호는 몸을 일으키면서 말했다.

"저, 동식엄마. 들었겠지만, 간경화가 시작돼서 항암치료
를 해야 한대. 그런데 그걸 하면 말이야……. 그래서 말인데,
부탁이 있어."

영호는 수진을 안은 채, 차분히 말을 이어갔다. 말을 듣던
수진이 갑자기 영호를 밀쳤다.

"참, 당신도 어지간하다. 그래, 당신 아들한테는 늙어가는
모습조차도 보이고 싶지 않겠지. 잘났어, 정말!"

*　　　*　　　*

며칠이 지난 어느 날 오후. 영호는 점심을 먹고 난 후 정장
차림으로 옷을 갈아입었다. 공항으로 가기 위해서였다. 그
모습을 지켜보던 진우가 조심스럽게 말했다.

"영호야, 다시 한 번 생각해봐라. 이렇게 하는 게, 너한테
는 좋을지 몰라도 동식이한테는 평생 한이 될 수도 있어."

"그래서 그러는 거야. 나 마라톤 완주한 날 동식이 모습 봤

지? 아빠에 대한 기억은 바로 거기까지만 남기고 싶어."

"에이. 나는 아직 모르겠다. 이게 정말 잘하는 짓인지."

공항으로 가는 길에 영호는 줄담배를 피워댔다. 그리고 진짜 먼 길을 떠나는 사람처럼 창밖으로 지나치는 풍경들을 하나라도 놓치지 않으려고 창문에서 눈을 떼지 않았다.

차가 공항에 도착할 즈음 영호는 마음을 가다듬듯 심호흡을 크게 했다. 그리고 몇 번이고 가슴을 쓰다듬으며 뭔가 다짐이라도 하듯 입을 굳게 다문 채 고개를 들어 하늘을 쳐다봤다.

조금 일찍 왔는지, 수진과 동식은 아직 도착하지 않았다. 영호는 벤치에 앉아 출국을 앞둔 사람들이 가족들과 작별하는 모습을 유심히 지켜봤다. 그리고 속으로 중얼거렸다.

'그래, 저렇게 하는 거야. 일 때문에 출장 가는 사람이 울고불고 하지는 않잖아? 그리고 동식이한테는 일이 마무리되면 바로 돌아온다고 말해야 돼. 그래, 맞아! 쫄지 마! 쫄지 마!'

마인드 컨트롤을 하려는 듯 두 손으로 머리를 감싸고 고개를 무릎 가까이 숙이고 있는데, 아빠를 부르는 소리가 들렸다. 영호는 순간 고개를 번쩍 들고 두리번거렸다. 지하철에서 올라오는 에스컬레이터 쪽에서 동식이 달려오고 있었다.

영호는 한달음에 달려가 동식을 안았다. 아까의 다짐과는 달리 영호의 몸은 심하게 떨고 있었고, 눈은 금방이라고 눈물을 쏟아 낼 듯 젖어있었다.

"도대체 아빠는 왜 이렇게 바쁜 거야? 언제 돌아올 거야? 출장 가는 데가 먼 데야? 비행기 타고 몇 시간을 가야 해? 방학 때 놀러 가면 안 돼?"

동식은 불만 섞인 질문을 쉴 새 없이 쏟아 냈다. 동식이 말하는 사이 영호의 시선은 줄곧 동식의 입에 고정되어 있었다.

"싸나이, 아빠가 빨리 일 마치고 돌아올게."

"뻥치지 마! 엄마가 그러는데, 시간이 좀 걸린다는데? 얼마나 걸려?"

"금방 끝나. 봄 소풍, 그래! 싸나이 내년 봄 소풍 갈 때쯤 아빠가 돌아올게."

영호는 문득, 왜 내년 봄에 돌아오겠다는 말을 했는지 속으로 후회했다. 그래서 다시 정정을 하려는데, 동식이 환하게 웃으면서 말했다.

"좋아! 그럼, 내가 봄 소풍 때까지는 봐 주겠어! 싸나이도 아빠 보고 싶어도 참을 테니깐 아빠도 그때까지 참을 수 있지?"

영호는 미소를 지었다. 하지만 속으로는 눈물을 흘렸다. 가슴이 아팠다. 아들을 속인다는 사실에 죄책감을 느꼈다.

"그래, 그래. 아빠도 참을게. 동식이 만나러 올 때까지 씩씩하게 참을게."

영호는 동식을 다시 안았다. 그리고 그 느낌을 영원히 기억하려는 듯 눈을 감았다. 이렇게 체취를 느낄 수 있는 게 마지막이라는 생각에서인지 참았던 눈물이 저절로 흘러내렸다.

"아빠 울어? 씩씩하게 참는다며."

영호는 힘겹게 울음을 참으며 작은 소리로 말했다.

"그래, 아빠 안 울게. 아빠 절대 안 울게."

그리고 다시 동식을 안았다. 고개를 돌리고 있던 수진이 나섰다.

"4시 비행기라고 했지? 이제 들어가 봐야겠네? 동식이도 규섭이 생일파티 가야 하니까 빨리 돌아가자. 규섭이 엄마가 떡볶이도 해놓고, 치킨하고 피자도 시켜준다고 했어."

동식은 파티라는 말에 신난 듯 두 주먹을 쥐더니 뛸 듯이 기뻐했다. 영호는 그런 동식의 모습이 원망스러웠지만 애써 웃는 얼굴로 동식을 바라보고 있었다.

"아빠, 그럼 잘 다녀와."

동식이 악수를 청하듯 손을 내밀었다. 영호는 두 손으로 동식의 고사리 같은 손을 잡았다. 수진이 동식을 잡아끌자, 영호의 손에서 동식의 작은 손이 빠져나갔다. 영호는 다시 잡으려 손을 내밀었다. 하지만 동식은 이미 그 손을 흔들고 있었다.

수진은 영호에게 가겠다고 눈짓을 보냈다. 영호는 고개를 끄덕였다. 홀로 남겨진 영호는 수진과 동식의 뒷모습을 바라보면서 들릴 듯 말 듯 중얼거렸다.

"조금만, 조금만 더 있다 가. 아직 비행기 시간이 남았잖아."

영호는 동식을 불러보려고 손을 앞으로 뻗어 입을 실룩거려봤지만 이미 둘의 모습은 점점 멀어지고 있었다. 영호는 조바심을 느끼며 아들을 따라가려고 걸음을 내딛었다.

그때 지하철역으로 내려가는 에스컬레이터에 올라탄 동식이 갑자기 뒤를 돌아보면서 영호에게 손을 흔들었다. 순간 영호의 몸이 굳어지면서 자리에 멈춰 섰다. 그리고 엉겁결에 손을 들어 답례를 했다. 이윽고 두 사람의 모습이 완전히 시야에서 사라지자, 영호는 맥 빠진 사람처럼 바닥에 무릎을 꿇고 털썩 주저앉고 말았다.

"미안해, 아빠가 미안해."

영호는 구걸이라도 하는 사람처럼 무릎을 꿇고 바닥에 엎드린 채 몸을 들썩이며 울었다.

진우는 영호만이 가질 수 있는 슬픔의 시간을 빼앗지 않으려는 듯 먼발치에서 바라만 보았다. 그렇게 몇 시간이고 울던 영호가 진이 빠진 듯 옆으로 쓰러지자, 진우가 달려갔다.

"영호야! 이 영호!"

*   *   *

얼마 후, 영호는 병원에서 퇴원했다. 더는 치료를 할 수 없다는 의료진의 판단이었다.

영호는 고시원이 아닌 동식이 다니는 초등학교 정문이 보이는 집으로 돌아왔다. 하루 두 번, 동식이가 등하교를 하는 모습을 먼발치에서라도 보고 싶다는 영호의 간청이 있었기 때문이었다.

화장실에서 구역질 하는 소리가 들렸다. 오전만도 벌써 세 번째. 거의 삼 십분 동안 거칠게 자기 몸과 실랑이를 벌이던 영호가 화장실을 나오면서 물었다.

"몇 시야?"

"아직 한 시간 정도 남았어. 나 집에 갔다가 저녁에 다시 올게. 눈 좀 붙이고 있어."

"아냐, 그냥 버티다가 동식이 보고 난 다음에 쉴래."

2시가 가까워오자. 영호는 거실 유리창 앞 흔들의자에 앉앉다. 침을 꼴깍 삼키며 초초한 표정으로 뚫어져라 정문을 바라보고 있는데, 몇 무리의 아이들이 학교 정문으로 쏟아져 나오기 시작했다. 의자에 기대어 있던 영호가 등을 곧추세웠다. 그리고 동식을 찾기 위해 눈과 귀가 긴장하기 시작했다. 몇 분이 더 지나자 동식이 다른 아이들과 어울려 정문을 나오는 것이 보였다. 영호는 자리에서 일어나 유리창 앞으로 다가갔다.

오늘 동식의 모습은 전날과 다르게 더 씩씩하고 활기차 보였다. 그리고 참새가 방앗간 그냥 못 지나치듯, 동식은 문방구 앞에서 친구들과 게임을 했다. 다른 친구들한테 안 지려고 악다구니를 쓰는 소리가 영호가 있는 응접실 안까지 들리는 듯했다. 판정에 시비가 생기면, 동식은 덩치가 훨씬 큰 애들한테도 지지 않으려고 눈을 부라리고 달려들었다. 그렇게 싸움이라도 할 기세로 멱살을 잡고 다툴 때는 영호 주먹이 저절로 쥐어졌다.

문방구 옆 건물 피아노 학원 문이 열리면서 선생님이 부르자, 동식은 아쉬운 표정을 숨기지 못하며 피아노 학원으로 발걸음을 옮겼다. 그 모습을 보던 영호는 키득키득 소리를 내가며 웃었다. 그리고 동식의 모습이 시야에서 사라지자 영호는 다시 의자로 돌아와 앉았다. 그리고 평안한 얼굴로 잠에 빠져들었다.

해가 바뀌는 동안 영호에게 많은 사람들이 찾아왔다. 초등학교 시절 친구부터 예전에 살던 아파트 부동산 최 사장과 슈퍼 김 사장까지.

영호는 그동안 살아오면서 만났던 모든 사람들을 한 명도 빠트리지 않고 보고 싶어 했고, 현수와 기석, 동수는 영호가 메모해 준 사람들을 어김없이 모셔왔다. 영호는 사람들과 만나고 난 후 보낼 때는 항상 봉투 하나를 건넸다. 그 봉투 안에는 편지들이 들어 있었다.

영호의 병색은 하루가 다르게 깊어갔다.

손톱은 말라 아예 하얗게 변해갔고, 발가락은 조금씩 비틀어졌다. 이제 영호의 몸은 링거를 통해서 기본적인 영양분을 공급 받을 뿐 물조차 받아들이지 못했다. 화요일 오전, 늘 그랬듯, 동식을 등교시키자마자 수진이 영호에게 달려왔다.

"오전에 어땠어요?"

"동식이 소풍날이 언제냐고, 계속 그것만 반복해서 물어봤어요."

죽 한 숟가락도 입으로 넣지 못하는 영호에게 미안했는지, 진우도 며칠 째 밥 한 그릇 제대로 먹지 못해 얼굴이 까칠했다.

"진우 씨, 나가서 밥이라도 한 그릇 사먹고 들어오세요."

수진이 진우를 내보냈다.

"예."

진우가 나가자 수진은 영호가 잠들어 있는 방으로 갔다. 영호 옆에 있던 간호사는 수진을 방 밖으로 끌어내더니 나지막이 말했다.

"오늘 오후에 교수님께서 다녀가신데요. 상태가 안 좋아서 제가……."

간호사는 수진의 눈치를 보면서 말끝을 흐렸다. 수진은 고개를 살짝 숙여 간호사에게 고마움을 표시하고는 방으로 다시 들어갔다. 그날 영호는 동식이가 하교하는 것을 보지 못했다. 그리고 몇 번이고 잠에서 깨어나 동식이가 소풍을 언제 가냐고 반복해서 물었다.

오후에 담당 교수가 왔다. 담당 교수는 영호의 상태를 체크한 후 간호사와 이야기를 나눴다. 그리고 심각한 표정으로 수진에게 말했다.

"물도 안 마신 지 며칠 됐죠?"

"저, 선생님……."

"준비를 하셔야 할 것 같아요. 오늘을 넘기기 힘들 겁니다. 심박동도 현저하게 떨어졌고, 호흡이 불규칙해요. 임종을 꼭

봐야하는 사람들 있으면 연락해서 빨리 모이라고 하세요."

"아뇨, 애 아빠가……."

영호는 악몽을 꾸었다. 그러면서 몇 번이고 잠에서 깨어나 중얼거리기도 하고 손을 들어 허공을 내젓기도 했다.

수진과 진우, 현수, 동수 그리고 간호사가 그런 영호의 곁을 지키며 밤을 보냈다. 다음날 아침, 수진이 동식의 소풍준비를 하기 위해 간 사이 영호는 잠에서 깼다.

"싸나이! 아빠 최고 싸나이!"

벽에 기대어 앉은 채 잠이 들었던 진우와 동수, 현수가 깜짝 놀라 영호 곁으로 갔다. 영호는 웃고 있었다. 그리고 다른 날과는 달리 뚜렷한 말투로 말을 했다.

"형, 나 지금 동식이 보러 갈래. 오늘 동식이 소풍가는 날이야."

뭔가 불길한 예감에 동수와 현수는 서로 눈치를 보며 머뭇거렸지만 진우는 영호를 안고 응접실로 나가 흔들의자에 앉혔다. 그때 동식의 소풍 준비를 끝내고 수진이 돌아왔다.

수진은 무슨 말을 하려다가 셋의 어두운 표정을 보고 뭔가 직감한 듯 조용히 영호 뒤에 와서 섰다.

개나리 진달래 꽃 무더기 사이로 아이들이 무리지어 나오는 게 보였다. 영호의 시선은 교문 쪽으로 고정되었다. 고개

아빠는 나무다

는 점점 옆으로 삐딱하게 돌아가고 입에서는 작은 신음소리가 흘러나왔지만 시선만큼은 교문 쪽을 벗어나지 않으려 안간힘을 쓰고 있었다.

영호의 눈이 크게 뜨였다. 동식이 교문에서 나오고 있었던 것이다.

영호는 들을 수 있었다. 재잘거리는 아이들 목소리 사이 동식의 목소리를.

영호의 몸은 마치 경련을 일으키듯 긴장했다. 그리고 동식의 모습을 놓치지 않으려는 듯 이를 악문 채 눈을 크게 뜨고 있었다. 동식은 연신 옆 아이와 장난을 치면서도 선생님을 놓치지 않으려는 듯 쫄쫄쫄 따라 걸어갔다. 등에는 김밥과 과자가 든 가방이 매달려 있었고, 가슴을 가로지른 빨간 끈에 달린 물병은 동식의 들뜬 마음처럼 딸랑거렸다. 영호가 신음소리를 내듯 말했다.

"싸나이. 아빠는, 아빠는."

친구들과 장난을 치며 가던 동식이 뒤를 돌아봤다. 스르르 감기던 영호의 눈이 크게 떠졌다. 동식이 방긋 한 번 웃음을 짓더니, 친구들과 장난을 치면서 다시 걸어가기 시작했다. 동식의 모습이 시야에서 사라지자 영호의 눈도 스르르 감겼다. 영호는 마지막 호흡이라도 하듯 크게 한 번 숨을 쉬더니,

엷은 미소를 지었다. 그리고 잠시 후 긴장해 있던 영호의 어깨가 축 늘어졌다. 두 손은 마치 기도를 하듯 무릎 위에 가지런히 모아졌고, 살아있는 동안 만났던 모든 사물들에 감사를 표하듯 고개는 앞으로 숙여졌다.

영호의 얼굴은 평화롭고 고요했다. 그가 이 세상에 태어나 한 번도 가져보지 못한 가장 밝고 온화한 표정이었다.

"동식 아빠. 그동안 고생했어. 잘 가."

수진은 바닥에 쓰러져 울었고, 셋은 벽을 잡고 흐느꼈다.

회갈색 날개를 가진 나비 한마리가 날아들어 유리창 앞을 맴돌았다. 그 나비 옆으로 하얀색 나비 한 마리가 날아와 함께 집 주변을 맴돌다 어디론가 날아갔다.

잠시 후 동식이 머리에 나비 두 마리가 춤을 추듯 날고 있었다.

*　　*　　*

영호의 바람대로 장례식은 고향집 마당에서 치러졌다. 어린 시절 영호와 함께 개울가에서 멱을 감고 놀았던 친구들부터 마라톤 대회에서 만난 칠순 노부부까지, 고향집 마당은 영호를 기억하려는 사람들로 가득 찼다.

장례식이 진행되는 내내 영호 어머니는 먼저 간 자식을 원망하며 마당에 주저앉아 가슴을 치며 곡을 했다. 수진 역시 그 옆에 앉아 울음을 터트렸다. 두 여인의 애끓는 곡소리가 참석한 이들의 가슴속에 있는 슬픔을 엮어냈다. 그리고 한줌 가루가 되어 나무상자에 넣어진 영호의 육신과 함께 나무 아래 묻혔다.

곡소리가 잦아들 즈음, 한줄기 바람이 불어왔다. 나무는 작별인사라도 하듯 나뭇잎을 흔들어댔다.

*　　　*　　　*

세월이 흐른 어느 가을 날.

동식은 아들 재희와 함께 마당으로 들어섰다. 재희는 동식의 손을 꼭 잡고 다른 손으로는 낡은 하모니카를 쥐고 있었다.

동식은 마당 한구석을 지키고 있는 커다란 아름드리나무로 다가갔다. 그러고는 옅은 미소를 지으며 나무를 어루만졌다. 아빠의 행동이 이상해 보였는지 재희가 고개를 갸웃하며 바짓단을 잡아당겼다.

"재희야, 이 나무가 어떤 나무인지 아니?"

동식이 미소를 띠며 재희에게 물었다.

재희는 골똘히 생각에 잠기더니 정말 모르겠다는 듯 고개를 가로저었다. 동식은 웃으면서 재희의 머리를 쓰다듬었다. 재희는 금세 나무에 대한 흥미를 잃고 손에 쥐고 있던 하모니카를 서툴게 후후 불었다. 하지만 제대로 소리가 나지 않았다. 재희가 끈기 있게 하모니카를 불자, 마침내 제대로 된 소리가 났다.

그때였다.

바람이 불어오는가 싶더니 나뭇가지가 흔들렸다. 그러면서 잎사귀 하나가 나풀거리며 떨어지더니 재희의 머리 위로 사뿐 내려앉았다. 마치 귀엽다는 듯, 아이의 머리를 쓰다듬기라도 하는 것처럼.

동식은 조용히 웃으며 재희의 머리에서 나뭇잎을 떼어주었다. 그러고는 고개를 돌려 나무를 쳐다보았다.

"재희야."

"응?"

"이 나무는 말이야, 아빠의 아빠야."

"아빠의 아빠?"

"응, 아빠의 아빠."

아이는 까만 눈을 깜빡거리며 나무를 올려다보았다.

"나무가 아빠?"

동식은 여전히 모르겠다는 표정을 짓고 있는 아이의 머리를 쓰다듬으며 아련한 눈빛으로 나무를 쳐다보았다.

"오, 우리 싸나이 왔구나!"

환청일까.

동식은 문득 아빠의 목소리를 들은 것 같았다.

"응, 아빠. 싸나이 왔어……."

동식이 조용히 웃었다. 나무도 조용히 웃었다.

– THE END –

아빠는 나무다

1판 1쇄 인쇄   2014년 3월 25일
1판 1쇄 발행   2014년 3월 31일

소설   이태범

발행인   김성룡
편집·교정   김은희
디자인   권혜영
펴낸곳   도서출판 가연
주 소   서울시 마포구 월드컵북로 4길 77, 3층 (동교동, ANT 빌딩)
구입문의   02-858-2217
팩 스   02-858-2219
신 고   2011년 6월 30일 제 2011-54호

ISBN   978-89-6897-009-2   03810